土地の記憶に対峙する文学の力

又吉栄喜をどう読むか

大城貞俊

インパクト出版会

目　次

序　章　沖縄の発見・人間の発見

又吉栄喜は、私にとって畏敬の人だ。文学の人でもあり、文学の師でもある。二十五年余の交遊から感得した私の偽らざる感慨だ。

又吉栄喜は、ささやかな文学愛好者である私にさえも、いつも誠実に対応してくれる。コーヒータイムに誘ってくれたり文学の話をしたり、一緒にシンポジウムに参加したり、請われて対談をしたりしたこともある。文学の分野だけではない。一緒に集団自決の島、渡嘉敷島を訪ねたり、ヤンバルの山や川を訪ねたりした。どの時間も楽しく、かけがえのない時間だった。それは多分に又吉栄喜の人柄に負うところが大きい。

又吉栄喜は穏やかな人だ。決して口調が激しくなることはない。どんなときでも、自己を客観視し、他者との距離を測ることのできる潔さをもっている。それだからといって、冷淡な人ではない。内部で燃える人だ。特に文学を愛する情熱は燃えさかっている。いつまでも衰えることがない。文学を愛する人は他者を裏切らない。信用できる、という根拠のない幼稚な信頼が私にはある。又吉栄喜の傍らにいると、いつもこのことを実感する。

又吉栄喜を、書く人(作家)へ押し上げたのは二つの体験が大きな要因になっているように思う。一つ目は、戦後間もない一九四七年、浦添城址前のテント村で生まれたということだ。間もなく父親の出身地である浦添城間の集落へ移動するが、これらの土地で体験した幼少期の記憶が、又吉栄喜を作家にしたようだ。浦添城址は首里王府につながる由緒ある土地であり、戦時には一帯は前田高地と呼ばれ日米両軍が死闘を繰り広げた激戦地である。移り住んだ浦添城間は、海岸沿いに米軍のキャンプ・キンザーが造成され一気に様変わりする。キャンプ・キンザーの出入り口である屋富祖ゲート前には、一夜にして、質屋、レストラン、ランドリー、映画館、そして米兵相手の女性たちが働くAサインバーなどが出現したという。他方、街の外れの裏通りには、野山や池や畑が田舎の村のままに存在する。豚を飼う人々や闘牛を楽しむ人々の憩いの場所が残る。様々な歴史や現在が剝き出しになったこの土地で、幼少期に体験した出来事を、又吉栄喜は「原風景」と呼び、人物や出来事を慈しむようにデフォルメして作品を作っているのだ。

二つ目は、大学を卒業して就職後すぐに病に罹り、長い入院生活を余儀なくされたこと、加えて大学入学直前に病で亡くなった弟の死の体験であろう。命の脆さ、命のはかなさを実感したはずだ。同時に、自らの生死を見つめ、命を愛おしむ視線をも獲得したことであろう。

少年期の記憶は土地の記憶を掘り起こし、土地の記憶は沖縄の発見へつながったように思われる。

生死を見つめた体験は、自らを発見し、自己から他者へ、他者から自己へと往還する思索の中で人間を発見したように思われるのだ。そして、発見した人間は、だれもが脆弱な存在であり、同時に発見した沖縄は、いつでも混沌とした過渡期であったはずだ。

又吉栄喜は、創作のきっかけを「ある種の救い」を目指したものだと述べ、小説の力は「人間を救う」ところにあると述べている。[1] 混沌とした時代に希望の隘路を見つけ、小説という方法で救いの形を提示する。換言すれば、又吉栄喜の文学は土地と対峙した希望の文学であり、救いの文学でもあるのだ。さらに一つのアポリアな試みとして作品において「沖縄問題も完全に人物化する」ことをあげて挑戦する意欲を示し、自らのみならず、若い作家たちを鼓舞している文学でもあるのだ。[2]

又吉栄喜が人間を愛し慈しむように、私たちもまた又吉栄喜の文学を愛することができる。本書は、又吉栄喜への私からのささやかな返礼の書である。

第Ⅰ部を「豊穣な作品世界」として特に芥川賞受賞作品「豚の報い」を含め六作品が持つ豊かな作品世界を開示した。第Ⅱ部は「作家の肖像」として、なぜ書くか、何を書くかをキーワードに作家像に迫ってみた。第Ⅲ部は「又吉栄喜をどう読むか」として、既刊の作品集に執筆した巻末解説を転載した。いずれの作品集の解説も、微力ながら又吉栄喜の作品世界の魅力に触れているようにも思われるからだ。

本書が又吉文学の魅力を示唆し、同時に多様な読みの可能性を示した試みの一つとして、又吉文学研究に幾らかでも寄与することができれば、これほど嬉しいことはない。

【註記】

注1　パンフレット『又吉栄喜文庫開設記念トークショー　すべては浦添から始まった』（10頁―12頁）２０１８年9月30日、浦添市立図書館発行。

注2　同右、22頁。

第Ⅰ部　豊穣な作品世界

第1章　重層構造の面白さ

――「海は蒼く」一九七五年（第1回「新沖縄文学賞」佳作）

1

本作は又吉栄喜の処女作と言われている。一九七五（昭和50）年に発表され、第1回「新沖縄文学賞」佳作を受賞した。作品世界には、若い作家又吉栄喜が文学への道を歩もうとする決意を主人公の少女や老漁夫の姿に投影して重層的に描いているように思われる。

作品の舞台は「亀地」と呼ばれる「美里島」の海辺だ。又吉栄喜の作品に繰り返し登場する幼少期のころに遊んだ場所である。作品は次のように展開する。

大学生の少女が生きる意欲を喪失し、その意味を探るために小さな漁村へやって来る。少女は美里食堂へ投宿し、来る日も来る日も亀地に座り込んで海を眺めている。やがて少女は一人の老漁夫に視線を注ぐ。ある日、強引にその老漁夫の船に乗せてもらい漁に出かける。その一日の船上での老漁夫と少女の会話がこの作品の読みどころである。少女は老漁夫の海を相手にした生き方に自らの生きる意味をも見いだしていく、という少女の成長譚として読める作品だ。

私はこの少女の成長譚に、それだけでは終わらない作者の意図が込められているように思われる。例えば、少女が問いかける生きることの意味は、書くことの意味と重ねて読むこともできる。すると少女は作家又吉栄喜の分身で、老人や海は文学世界の比喩となる。人物の造型や作品の展開に、多くの隠喩や寓喩を忍ばせるのは又吉栄喜が駆使する小説世界の特質でもある。

又吉栄喜は、作品世界での人物の造型や、沖縄文学の課題や可能性について次のように述べている。(1)

沖縄で文学をする人たちが、沖縄を書かなければ沖縄文学にはならない。あるいは文学賞に当選しない、というふうに考えているようなんですね。ですから、沖縄問題を情報として、なんていうかな、咀嚼しないで書いている、取り入れている。それが登場人物を希薄にしているんですよね。だから、登場人物の中に、例えば基地問題があるとか、戦争の問題があるとか、そういうふうにしたほうがいいと思うんです。未だかって、そのように人物の中に沖縄問題と言われるものを包含している若手を見たことがないような気がします。これからの一つの課題として、沖縄問題も完全に人物化するという、そのようなことを目指して欲しいと思いますね。(22頁)

沖縄問題を人物化する。とても興味深く重要な提言のように思われる。ここには、当然自らが背負った課題やテーマも、登場人物の造型に仮託するということが可能であることを示している。処女作である「海は蒼く」は既にこの方法を会得して描いた作品のように思われるのだ。生きることの意味を問う少女の不安は、書くことの意味を問う新人作家又吉栄喜の不安の吐露にもなる。作家としての出発の決意は、老漁夫の生き方にも投影されているはずだ。

作品は登場する二人の人物、少女と老漁夫に、作家としての又吉栄喜の問いを重層させながら展開される。書くことの意味を確認し不安を解消することで、又吉栄喜は作家としての出発の号砲を鳴らしたように思われるのだ。

2

沖縄の近代文学研究の糸口を開き、現代文学にも造詣の深い仲程昌徳（琉球大学教授）は、「海は蒼く」に登場する少女は「モラトリアム人間」として描かれているとして次のように述べている。(2)

少女が、どこから島にやってきたのか分からない。事件らしい事件が起こるわけでもない。強いて上げれば、船の上で少女が裸になって、老人の前に立つ、といったことがあるが、それで何かが起こるというわけでもない。それはとりもなおさず、作品が、少女と老人との会話を核にして進行していくことを示している。そこで、会話を大雑把に追っていくと、船に乗り込むまでのやりとりに始まり、漁場での魚の種類、海で起こる出来事、宗教、職業、生死、その他、細々としたことについての応答、海の上で浮かんできた少女の疑問に、老人が答えていくという形になっていた。

少女は、老人に疑問を投げかけていくなかで「私は、この十九年間、何を生きてきた」のかと思う。「何にも愛情を感じず、自然の秘密のおもしろさに気づかなかった」だけでなく、「やる前から、その結果が手にとるようにわかる」ので、何をやるにしても「ばからしく」なっていた。そしてここ二、三か月の間「考えるのもおっくう」で、「どうにでもなれという気持ち」でいたのだが、老人との応答で、それが拭い去られていくのを感じる。

少女は、老人の話を聞いているうちに、「私も何かに関心がもてるかもしれないという予感が」広がっていくだけでなく、「次第に私は何かができるかもしれないと自信が」芽生えてくるのである。

又吉は、そこで一種の「モラトリアム」期にある、少女を描こうとしたのではないか。(18頁)

仲程昌徳の見解は、なるほどと肯われる。同時に私はその先が知りたい。少女だけでなく、又吉栄喜自身も「モラトリアム」状態を脱却するために必要だったのではないかと思われるのだ。

なぜモラトリアム人間を描き、モラトリアムからの脱出を描いたのか。それは、又吉栄喜が長い間の闘病生活から、病癒えて社会へ復帰するために必要な通過儀礼の一つであったように思われるからだ。同時にそれは、闘病生活で生死の境で闘う人間の姿を見て、命のはかなさと尊さを身につけ、人間を観察することや書くことへの喜びを見いだしていた又吉栄喜が、本格的に書くことへ取り組む一歩を踏み出すための通過儀礼でもあったのだ。

このことは、少女を「子どもの頃から詩の好きな少女」に設定していることにも窺われる。そして少女には船上で詩作をも試みさせている。このことは、あるいは作者の頓着しない設定であったかもしれない。また全体としての物語や人物像に、作家としての出発を決意する又吉栄喜との二重の構造を読み取るのは、私の飛躍した想定かもしれない。しかし、作家が登場人物の言動に自らの思いを仮託するのは、意識や無意識を問わずによくあることなのだ。

3

又吉栄喜を表現者へ駆り立てた大きな要因は、たぶん二つあるように思う。一つは就職して間もなく長期の入院生活を余儀なくされた闘病生活だ。そして、もう一つは闘病生活の間にも度々想起されたであろう少年期の懐かしい記憶や体験だ。又吉栄喜はそれを「原風景」と呼んでいる。原風景に登場する人物や体験を書き残しておきたいという衝動だ。

当初は日記やエッセイで書き残されるが、やがてはフィクションの衣装をまとい、デフォルメされた登場人物たちが小説の中で躍動する。

例えば病者としての体験が人間の生死を考え、作品として形作られる経緯は次のように語られる。(3)

患者が亡くなります。たいていお年寄りでしたが、私たちのように若い軽度の患者は心配なかったようですが、重度のお年寄りで体力の落ちている人は、亡くなりました。亡くなった気配、それがひしひしと寝ているベッドの中まで押し寄せてきました。すると、どうしても哲学とか、小説とかに目がいって、今までの世の中を良くする社会科学の本とは疎遠になりました。そういう中から、日記というか、一日の観察を書き始めました。退屈で毎日同じような気がしてメリハリがないので、今日観察したことを書きしるし、前の日に観察したことと比べて、日々の違いを確かめました。そのような癖がついて、しだいに観察の視野が広がり、観察以外の、自分の思考、同室の患者、看護婦、医者の行状を書くようになりました。近くの浜から舟を出す漁師のことを書いたり、海で泳いでいる若いカップルのことを書いたり、それがどんどん広がって、そのうち、架空のこと、空想など……(中略)

フィクションを入れるようになったんです。在ることというのは大体限られていましたから、ちょっと、おもしろおかしくフィクションを加えてみようと思って、これがだんだんこう、フィクションの楽しみを覚えて、いつしか小説みたいなものを書いていたんですね。

ちょうど結核療養所から退院した頃に「新沖縄文学賞第一回募集要項」が目に留まりまして、何か意気込んでいたようですが、小説作法も知らないので、何がなにやら分からないままに書いたのですがこのようにして書いたにしては一三〇枚になりました。(39頁―40頁)

さらに懐かしい少年期の体験を「原風景」と呼び次のように語られる。(4)

聖なるグスクの丘に終戦後、米軍が無数のテント幕舎を造り、各地に避難していた村人を収容しました。ちなみに私の生誕地はこのテント集落です。

小さな空間にこんなにも様々なものが詰まっている……。時々、私は他人事のように驚愕します。何かにつけ私の想像を飛翔させます。

小中学生の頃、この不思議な活力に満ちた、不条理な世界の中を遊び回りました。ところが、社会人二年目に不健全な日常にまみれたのか、肺結核を発症し、安静を余儀なくされてしまいました。

ベッドに横たわり、哲学や社会変革の理論書を読んだのですが、ページを伏せると難解な思索を押し退けるように、少年の頃の自由奔放な自分が風景と一緒に立ち現れました。目の前が明るくなり、病気が急速に遠退くような不思議な感覚を覚えました。

私には、何物にも代えがたい貴重な風景でしたが、退院した頃にはすでに消えかかっていました。

家の近くの闘牛場や防空壕さえどこにあったのか、わからなくなっていました。至る所に生い茂っていたギンネム林は無くなり、珊瑚礁も埋め立てが進んでいました。

遊び回った時に感じた驚異、興奮、崇高さが私の中から消えてしまうという無念な思いに苛まれました。

なつかしい夢の中のような原風景を形にして、残したいと強く思うようになり、エッセイを書き始めました。（中略）少年時代、一心不乱に遊んだ「原風景」が現在にも通じる普遍性を帯びている、人間の問題にも通底すると考えるようになり、エッセイを基に小説を書き始めました。（3—5頁）

この二つの述懐には、又吉栄喜を表現者へ駆り立てたものが明確に述べられている。病後のモラトリアム状態からの脱出は、表現者へ出発する決意と重なっていたのだ。

又吉栄喜自らが「海は蒼く」へ言及した次のような言葉もある。(5)

少年の頃の私は「海は蒼く」に出てきます。今の港川ですね。港川にあるカーミジという亀の形をした岩の周辺は珊瑚礁が広がっている所で、子ども心に神秘的な感じがしました。珊瑚礁というのはご存じのとおりとても美しいし、熱帯魚や変わった生物がいて、宇宙をのぞきこんでいるような気がしました。お年寄りは海の彼方から幸せとか富が押し寄せてくると信じて、海に向かって手を合わせますね。珊瑚礁の海は神話にもなり、沖縄の伝統的な祈りの場にもなりますね。それから潮が引いたときにはタコとか貝とかウニとか海藻とか何でも採れますよね。生活の場でもあるし、食を豊かにして命をつなぐ場でもあるんですね。海というのは本当に無限の価値があると思います。

そこが無残にも埋め立てられるという、なんといいますか、時代の流れが出現したんですね。このような自然と人工の、あるいは時代と時代の衝突を念頭において「海は蒼く」を書いたんです。「海は蒼く」の中には具体的に埋め立てとか、そういうのは出てきませんが、海の力によって……数十年前の処女作なので、内容も忘れかけていますが、人生に失望した女子大生が、海の生命力を体現しているような漁師のサバニに一緒に乗って、海に出ていく、ただそれだけのことなんですが、女子大生は何らかの認識を得て、サバニがカーミジー港川のカーミジを想定しましたが――に戻ってくる頃には、一筋の灯りが女子大生の前にもともるという、そういう物語です。（34頁）

4

このように見てくると、又吉栄喜の処女作「海は蒼く」は、モラトリアムを体現する少女の姿に作家として船出することを決意する又吉栄喜の姿をますます重ね見ることができるような気がするのだ。その決意は少女にだけでなく、老人の言葉や、老人の海を前にした感慨にも投影されている。もちろん、このような読みは、作品の持つ読みの多様性を奪おうと意図するものではない。むしろ広げようとする思いに依拠している。

優れた作品とは多様な読みを可能にし、読者の想像力を喚起するものであろう。読者の数だけの読みが成立するはずだ。私の読みもその一つであり、読書の醍醐味の一つでもある。

ところで、「海は蒼く」の魅力は幾つも見いだすことができる。一つは少女と老人の造型であり、二つは老人と少女の会話である。そして三つ目は海の描写の豊かさであり、四つ目は老人の言葉遣いだ。

一つ目の少女と老人の造型の魅力は、二人とも作家又吉栄喜の分身としての役割を担っていることに起因する。一人の人物が、投影された作家という二人目の人物をも背負うがゆえに、少女の問いはより深い場所からの問いになり、老人の答えは老人を飛び越えて普遍的な世界へとつながる答えになるのだ。もちろん、その問いと答えは、少女を生きるのみでなく、老人を生きるのみでもない。作家を生きる決意を手に入れようとする又吉栄喜自身から発せられた問いでもあり、普遍のフィルターを通して得られた答えでもあるはずだ。

二つ目の老人と少女の会話は、二人とも複数の人物を背負う重層構造を持っていると考えれば、より面白く、より興味深い会話になる。

例えばその幾つかは次のとおりである。(6)

「おじいちゃん、毎日、飽きないの？」

内心とはうらはらに、言葉に幾分棘を含ます癖を少女自身嫌だった。

「……飽きる？」

「そうよ、だって、海は単純なんでしょ」

「単純？」

「毎日、単純じゃ飽きるでしょ」

「なあに、おもしろいことも多いろ」

「おもしろいことって？」

「……毎日、変わるんろ」

「海の色が変わるの？」

「色ん変わるし、魚んや……、第一、どんな魚が、くらいつくか楽しみろ」（51―52頁）

※

「おじいちゃんは海にむいていたのね」

「……そんなんじゃないろ。わしゃ、ぶきっちょでな、一人前になるには長くかかったんろ。

若い頃や、今のようなディーゼルんなかったしよ。手漕ぎでや。仲間が風向きを計り、波間を巧みに沖に走らすのを横目に、いたずらに風に流されていったことんあんろ。二、三日漂流してな、すんでのところで命を落としかけたことあんろ」

（中略）

「不器用なら、どうして別の仕事をしなかったの？」

平然を装った。

「もう忘れたさあ。昔でな。だが、なんとしても海に出たい。まあ、意気地みたいなもんがあったようやさ。それにゃ……二、三日ん海から離れると、もう淋しいような、ものたりないような、じっとしておれらんさ」

私は、この十九年間、何を生きてきたのでしょう。ここ二、三か月の、考えるのもおっくうな、どうにでもなれという気持ちは払拭された。何にも愛情を感じず、自然の秘密のおもしろさに気づかなかった私。少女は、切れ切れに自分自身を見つめた。ふいに叫びのような早口がほとばしった。

「私には、もう先が見えてるの！　やる前から、その結果が手に取るようにわかるのよ！　だから、ばからしくなるのよ！」

老人はおちついていた。

「……お前さんや自分を過信しておるろ。人がやることって、そりゃしれてる。……だが、やらなくていいということはないろ……魚らも今の今を懸命に生きているが。あの小さい体でや。

みんな懸命ろ。……お前さんも自分でやれることを懸命にやればそれでいいが」

「それがばからしいというのよ！」

「お前さんやほんとに何かやったことがあるんかい。一から自分だけの力でやったことがあるんかい……ないだろや。何もやったことがないくせして、できないできない言えるすじゃない」

老人の語尾が幾分強くなった。少女は気がおちつきだした。大学に入学したのは私だけの力ではなかったのかしら。違う。やはり。では何が？　一生を通しての完成が、いや未完成だわ。例えば老人。老人は未完成だという気がした。

「おじいちゃんは、一生懸命なのね」

老人はしばらく少女を見つめた。

「一生懸命ろ……わしらやもしつくりだすもんがなけりゃ子孫に残すだけでもすべきろ。傷つけないように……これまでなげやりなってはならんろ」

老人が何を残すのか、よくはわからない。でも、海を持ち堪えているのはこの老人たちなのだわ。私達が教室で細かい海洋理論を翻弄している間にも、切れ間なく、これらの老漁師達が海を持ち堪えているのだわ。(54—56頁)

※

「……私ね、おじいちゃん」

少女は気力が萎えるのを恐れて、老人を向かず、海を遠くみつめた。

「私、なんにも役に立たない自分がとても小さく、くだらないものに思えるの。こんな人間で爆弾でこっぱみじんにしたい思いがするのよ」

一見、木訥なこの老人は決して無知ではない。老人の中を真っすぐな固い棒が貫いている。少女は畏敬の念を感じたりする。

「……なにができる、大きいと考えるのが間違いやさ。海を見てごらんな。何の不足があるというか。わしらが、きつい、つらいたって、海がな、魚をつくるのに、比べれば、微々たるもんろ。おまえさんやよくわからんだろうが」

言葉の綾はずれたが、少女はうなずいた。安心した。舟がゆりかごのようにゆれ、瞬時、ゆめごこちになった。(65頁)

なんともはや、魅力的な会話だ。これらの会話が全編を貫くのである。この会話の背後に又吉栄喜の作家としての決意を重ねることは、読みとしてはあるいは邪道かもしれないが、ますます興味深い会話になる。

三つ目の魅力は海の描写だ。随所に見られる描写だが、これらの表現にも、作者の又吉栄喜が漕ぎ出そうとする文学の世界と重ね読むと、一段と興味深い。またこのことが許されるのも小説のもつ特質であろう。

海はどこまでも拡がっていた。何の障害もなかった。そして静寂だった。動きも音も変化もない。単調な平面。〈過密〉や〈雑踏〉が全くない。水の色は深い青だった。少女は凝視する。黒くなったり、濃緑になったりする。この広大な世界に魚だけが住んでいるとは思えない。何かいるはずだ。少女は考えた。頭が妙にさえた。この単調さの中には微妙な、そして、偉大な調和がある。少女は蒼い海面に白い巨大な禿頭の怪物が現れる予感がした。深い溜息をついた。この調和をばらばらにするものに制裁を加える守護神は必ず、この海の中にいるはずだ。きわめて大きな守護神。入道雲よりも巨大な守護神。次第に少女は、人間の差なんてあるといえるものじゃない。能力も姿も同じようなものだとひらきなおり、勇気が出た。人間と仲よくなれる気がした。（38―39頁）

この海の描写は抽象的であり、観念的でもあるが、同時に具体的でもあり、示唆的でもある。一人少女のみの言葉でなく、沈黙を経た言葉、思索を経た寓喩的な言葉であるようにも思われるのだ。四つ目は、老人の言葉遣いへの魅力だ。たぶん使用されている老人の言葉は作者の造語だろう。どの地域のシマクトゥバ（ウチナーグチ）でもないように思う。語尾を「多いろ」や「ならんろ」として「ろ」で終わるシマクトゥバには馴染みがない。老漁夫の設定と、寒村の地の漁村という雰囲気を出したいと工夫したのではないか。

しかし、又吉栄喜はこの作品以降、「シマクトゥバ」を使うことには慎重になっている。むしろ、シマクトゥバを使うことは頑なに禁じているようにも思われる。老人やウチナーンチュらしさを表現するのに安易にシマクトゥバに凭れることなく、行間や登場人物の行動でウチナーンチュらしさを表現する困難な営為に取り組んでいるように思われる。今日では、このことが又吉栄喜文学の特質の一つにもなっている。

もちろん、私には、老漁夫の使うたどたどしい言葉は、十分に効果を上げているように思われるし、老漁夫の葛藤し沈思する内部世界を示しているようにも思われる。しかし、作者は魅力とは捉えなかったのだろう。又吉栄喜が老漁夫の使う実験的な言語を磨いていけば、さらにもう一つの又吉ワールドが出現したようにも思う。このことの良し悪しはともかく、この芽を処女作で摘み取ったことには、残念な思いもする。

5

又吉栄喜は、処女作「海は蒼く」において、比喩や象徴的技法を援用しながら、登場人物や外界の描写に二重の意味を担わせ、重層的構造を有する作品世界を創出するのに成功したように思う。この手法によって作品世界は深さと広がりをもった多面的な世界を獲得したのである。

この手法は、続いて発表された「カーニバル闘牛大会」にも援用されている。初期のこの二作品における方法意識は共通していたように思われる。それだけではない。この手法は作家又吉栄喜の大きな武器の一つとして使用されていくのだ。

「カーニバル闘牛大会」は、基地内で開催された闘牛大会を舞台にした短編小説である。ウチナーンチュの所有する闘牛がアメリカ人の所有する自動車を傷つけてしまったことで自動車の持ち主の「チビ外人」は激怒し、闘牛の持ち主を罵倒する。それを大勢の群衆が取り囲んでいるが、ただ見ているだけでだれもウチナーンチュを助けようとはしない。チビ外人へ批難の声が上がるが長続きはしない。やがて大男のマンスフィールドが出てきて、非はチビ外人の側にあることを諭すと、チビ外人は車もろとも去って行くという物語だ。原稿用紙四十枚ほどの作品だが、この事件の顛末を少年の視点から語っているところにユニークさの一つはある。そしてこの物語に込められた多層的な寓喩がこの作品の魅力でもある。

沖縄の戦後文学を専門分野として研究し続けていた岡本恵徳（琉球大学教授）は本作品について、「米人の新たな描き方の出現」だと評して次のように述べている。[7]

ここでは、同じ外人でありながら「チビ外人」と「マンスフィールド」とは対比的な存在とされていて、外人が外人として画一的に捉えられていないのだ。従来の作品が、米兵と沖縄人の対立する状況を描くとき、視点が沖縄人の側に置かれるために結果として米兵の描き方が画一的になることが多かったのに対して、この作品はその弊を免れているといえるだろう。（151頁）

岡本恵徳はさらにこの作品を「米軍統治下の沖縄の状況の暗喩」としても読めるとして次のように述べた。[8]

たった一人の「チビ外人」に対して、相手の非をただすのでもなく、ただ耐えている沖縄の青年、そのトラブルを傍観するだけの大人たちの「劣等で非力」な姿を、少年の視点で描いているのだが、その外人に対して、ただ外人というだけでもって何も出来ない沖縄人の姿の向こうに、米軍統治下の沖縄人の姿を連想するのは深読みだとは言えないように思う。（中略）「自分が耐えればうまくおさまる。手綱もちも耐える。周囲の人々も耐える。何も苦痛ではない」という内面の描き方は、事件の大きさや性格からすれば大仰な説明である。しかし、これが米軍統治下の沖縄の状況の暗喩だとすれば十分に納得がいくのである。（150頁）

岡本恵徳のこの指摘に私も同意する。作者又吉栄喜は、米軍統治下の沖縄の状況を巧みな比喩や象徴的な技法を駆使して表出したのがこの作品であるように思うのだ。「沖縄問題も完全に人物化する」[9]と述べる又吉栄喜の文学への挑戦の具体的な一例でもあるように思われるのだ。

もちろん、沖縄の状況は、チビ外人の高圧的な姿勢にただ耐える大人の姿だけに象徴されているのではない。大人たちを眺め、傍観している少年の姿にも沖縄の現状が象徴されているように思う。

少年は大人たちの行動の解説者の側に立ち、地団駄踏んでも言葉を発せず行動も起こさない。抑圧されている大人を体現した少年像であると言っても過言ではないだろう。

また、岡本恵徳が指摘するように、外人の描き方は「チビ外人」と「マンスフィールド」を対比的に描いただけでは留まらない。それぞれの内部にも状況によって顔を変えるチビ外人やマンスフィールドがいるのだ。そうであればこそ、執拗に抗議するチビ外人の高圧的な姿と、すたこらと逃げるチビ外人の両方の姿を提示したのであり、マンスフィールドの怒りの形相とユーモラスな笑顔を作って少年たちに向きあう二面性を示したのである。

少年はマンスフィールドについて次のように言う。「別人のようだ」「同一人物とはどうしても思えない」「愛用のビロウ葉製の傘の妙な不似合いさが気になった」「沖縄産の感じを急になくした」と。

二人のアメリカ人の持つ二面性こそが、沖縄を抑圧するアメリカ統治の二面性をも示唆しているのだ。この重層的構造の表現の巧妙さを一つの武器として、又吉栄喜は「海は蒼く」を書き、新人作家として華々しくデビューしていくのである。

【注記】

注1　パンフレット『又吉栄喜文庫開設記念トークショー　すべては浦添から始まった』2頁、2018年

9月30日、浦添市立図書館。
注2　『うらそえ文藝』第22号、2017年10月31日、浦添市文化協会。
注3　注2に同じ、
注4　エッセイ集『時空超えた沖縄』又吉栄喜、2015年2月20日、燦葉出版社。
注5　注3に同じ。
注6　傑作短編小説集『ジョージが射殺した猪』又吉栄喜、2019年6月23日、燦葉出版社。
注7　『現代文学に見る沖縄の自画像』岡本恵徳、1996年6月23日、高文研。
注8　注7に同じ。
注9　パンフレット『又吉栄喜文庫開設記念トークショー　すべては浦添から始まった』（10～12頁）
2018年9月30日、浦添市立図書館。

第2章　原風景からの飛翔、あるいは悲劇の行方

――「ジョージが射殺した猪」一九七八年（第8回「九州芸術祭文学賞」）

1

又吉栄喜は、小説を書くことについて、『うらそえ文藝』第22号（二〇一七年）で、次のように述べている。

「自分の体験と言いますか、子どものころ感じたもの、見たもの、要するに五感に入り込んだものを基にして小説を書いていています」と。(1)

また、唯一のエッセイ集『時空超えた沖縄』（二〇一五年）の「まえがき」では、小説を書くことを、少年期に体験した「原風景」と関連させて次のように詳細に述べている。(2)

少年の頃、家の半径二キロ内に琉球王国発祥のグスク（城）、戦時中の防空壕、沖縄有数の闘牛場、広大な珊瑚礁の海、東洋一の米軍補給基地、Aサイン（米軍営業許可）バー街、戦争の痕跡をカムフラージュするために米軍機が種をまいた（という）ギンネムの林などがあり、私の原風景を形成しました。

聖なるグスクの丘に終戦後、米軍が無数のテント幕舎を造り、各地に避難していた村人を収容しました。ちなみに私の生誕地はこのテント集落です。

小さな空間にこんなにも様々なものが詰まっている……。時々、私は他人事のように驚愕します。何かにつけ私の想像を飛翔させます。

小中学生の頃、この不思議な活力に満ちた、不条理な世界の中を遊び回りました。ところが、社会人二年目に不健全な日常にまみれたのか、肺結核を発症し、安静を余儀なくされました。

ベッドに横たわり、哲学や社会変革の理論書を読んだのですが、ページを伏せると難解な思索を押し退けるように、少年の頃の自由奔放な自分が風景と一緒に立ち現れました。（中略）なつかしい夢の中のような原風景を形にし、残したいと強く思うようになり、エッセイを書き始めました。

本土復帰前後の当時の社会は混迷をきわめ、「状況」に正面から向き合わざるをえませんでした。

また、桃源郷のような原風景の背後にも苛酷な、悲惨な状況がひそんでいました。（中略）昭和五十年頃、少年時代、一心不乱に遊んだ「原風景」が現在にも通じる普遍性を帯びている、人間の問題にも通底すると考えるようになり、エッセイを基に、小説を書き始めました。

（中略）

「迷ったときは原点にかえれ」という言葉がありますが、私は不条理な現実を切り開く小説を書くとき、必ず原風景を引っ張り出します。（3―6頁）

このように、又吉栄喜は、作品と原風景との関係を、惜しげもなく読者へ明らかにしている。多くのエッセイやインタビューでも、同じような趣旨の発言を繰り返している。それゆえに偽りのない又吉栄喜の創作に向かう基本的な姿勢であろう。

そうであるがゆえに、又吉栄喜の作品を理解する手掛かりの一つとして、体験した原風景がどのようなものであったのかを考えるのは至極当然のことだろう。

ここでは一九七八年「第8回九州芸術祭文学賞」を受賞し、高い評価を受けた「ジョージが射殺した猪」について、又吉栄喜が体験した原風景を手掛かりにして作品世界を考えてみたい。またそのような読みが可能な作品のようにも思われるのだ。

2

「ジョージが射殺した猪」についても、又吉栄喜は多くの書物の中で、「原風景」との関係について明快に述べている。ここではエッセイ集『時空超えた沖縄』(2015年)と、『傑作短編小説集ジョージが射殺した猪』(2019年)の「あとがき」、そして『うらそえ文藝』第22号「特集芥川賞作家又吉栄喜の原風景」(2017年)の中から、該当する箇所を幾つかピックアップしてみたい。すると次のような示唆に富む記述がすぐに抜き出せる。

私の原風景の人物は、アメリカ人が占有している。米軍は私たちの学校に体育用具、楽器などを寄贈し、運動場の整地作業などをした。崖の上のハウスに住んでいたアメリカ少年たちと私たちはよく一緒に泳ぎ回った。水着姿のまぶしいアメリカ人の若い女性が、釣りをしている私たちの傍にニコニコしながら立っていた。

言葉も通じず、風貌もどこかマネキンに似ていたからか、私たちに劣等意識はなかった。むしろ、しょっちゅう先生に叱られている、落ち着きのない同級生たちがアメリカ人をコケにし、「自分の名前も書けないポンカスー米兵もいる」などとまことしやかに話題にした。中学一年生の、琉米親善スポーツ大会の時、アメリカ代表の一八〇センチはゆうに超す白人少年と私は走り高跳びを競い、勝った。この日以来、私もアメリカ人がいったん怒ったら何をしでかすかわからないという恐怖を感じながらも、一段と胸を張った。
アメリカ人体験は少年のころは「感覚的」だったが、大学生の時には「認識的」になった。この二つの相克、裂け目の中から私の米兵をモチーフにした「ジョージが射殺した猪」などいくつかの小説が生まれた。認識はテーマをはっきりさせたが、しかし、小説の屋台骨は少年のころの感覚から膨らんだ想像だと思われる。(3)

家の近くのキャンプ・キンザーは東洋一の米軍補給基地でした。少年のころ、小はボールペン、大はミサイルなど、何でもあるという噂が広まっていました。午後四時ごろゲートが開き、米兵や軍雇用員が大挙集落に流れてきました。あのころの集落はアメリカという世界の最先端の世界でした。同時に貧しい農村でもありました。超近代と前近代がごっちゃになっていました。(中略)

ベトナム戦争の狂気が沖縄の米軍基地の兵士を襲いました。わけの分からない不条理な、凶悪な事件が頻発しました。電柱にしがみつき、ベースに帰りたくないと泣き叫ぶ米兵がいました。道に寝ている酔いつぶれた米兵を真夏の日が直射しました。民家の豚小屋の柵を壊し、糞まみれになりながら豚を逃がし、「フリー、フリー」と叫びながら拳を突き上げる米兵もいました。なぜ突然怒り出すのか、急に泣き叫ぶのか、わかりませんでした。風船が今にも破裂するような状況下、一九五〇年代、沖縄本島中部か、北部か、よく覚えていませんが、ある事件が起きました。米兵が農婦を射殺したのです。猪と間違えたというのです。[4]

ジョージにはモデルがいます。子どものころ見た若い米兵なんです。とてもシカボーで、何か私たちを見てもおどおどするような感じでした。近所の青年たちから暴言をあびせられるというか、何か少しいがみあってもすぐ目をそらすような、そういうアメリカの青年兵士でした。もちろん、凶暴な米兵もたくさんいました。いろいろな米兵像というのが、子どものころ頭に染みこみました。狂暴な米兵が近づいてくると逃げましたが、「ジョージ」のような弱い米兵も存在したもんですから、子どものころ米軍に対しては被害者意識はあまりなかったようです。（中略）そのようなこともあって、米兵というのは鬼だとか、悪魔だとか、そういう一面的な見方はしないような、ある種の原風景ができたようです。だから「ジョージが射殺した猪」の米兵の中にも善とか悪とか、強さとか弱さとか、条理とか不条理とか、凶暴さとか優しさとか、そういうのが含まれているというような認識ができるようになったんじゃないかというふうにも思っていますけどね。原風景の何と言いましょうか、要素というのは、ただあった風景だけじゃあなくて、その醸し出すものも原風景になったと、いうことでしょうね。[5]

主人公ジョージは気の弱いアメリカ人、新兵ですから、仲間の米兵からも、いつも虐められているし、気分をはらそうと、Ａサインバーに入っても、沖縄人のホステスたちからお金を使わないケチな兵士ということで、馬鹿にされてしまうし、黒人からもひどい目にあうんですね。

そういうことで急激に狂気に陥ってしまうんですね。狂気に陥るんだけど、自分自身の狂気を克服しようともがきます。ある日、スクラップ拾いの、戦争被災者の孤独な沖縄の老人にジョージはにらみつけられる。ジョージの狂気は頂点に達し、「これは人間じゃない、猪だ」と内心叫んで射殺する。それによって自分の救いというかカタルシスを得る。（中略）そういう浄化を得るわけですね。このおじいさんは沖縄の人なんですけど、戦争ですべての家族を失っているんですね。高齢で体も弱くて、アメリカ兵を憎んではいるけど、アメリカ兵が出す演習の砲弾ですか、薬莢ですか、それをなんとかかき集めて、これによって命を繋いでいるんです。要するにアメリカ軍の恩恵を得ているんだけれども、アメリカ軍に対しては憎悪がメラメラと燃え上がっている。そういう存在ですから、ジョージと顔を合わせたときには、ジョージをすごく憎むような目で見るわけですね。そうなるとジョージも、自分より弱い、歳もとっている、しかもスクラップを拾うような経済的にもどん底の人、――支配下の沖縄の人間のくせにとジョージは思ったかまでは作者も知りませんが――にそういう全くどん底の弱者からも、何ともいえない目でみられている。もうどこにも逃げ場がないわけですね。米軍の上官や仲間にも虐められ、自分よりも下だと思っていた沖縄の老人からも、ある意味では加害の目で刺すような目で見られて、これでジョージは完全に正気を失って、老人を射殺してしまう。つまり二重構造、三重構造の作品になっているんですね。四十年前の作品ですが、読む人にとっては、現在のいろんな側面を読んでいるらしくて、わりと学者の方からも高い評価を得ているようです。[6]

3

さて、これまで見てきたような原風景から造型されたジョージはどのような物語を作っていくのだろうか。そして、作られた物語はどのようなテーマを孕んでいるのだろうか。興味は次々と沸いてくる。

作品は沖縄に駐留する米軍基地の兵士ジョージが友人のジョン、ワイルド、ワシントンと一緒にAサインバーでホステスを陵辱する場面から始まる。兵士たちはアメリカからやって来た新兵だが、ベトナムにいつ派遣されるか分からない。死の不安に苛まれる日々の中で、既に精神は病んでいる。兵士たちはホステスの股間を開き陰毛をライターで焼くなど暴虐の限りを尽くす。

ところが、ジョージはその仲間に入れない。仲間に入れないことによって、臆病者、弱虫と仲間からだけでなくホステスたちからも馬鹿にされている。馬鹿にされているが、仲間外れにはされたくない。それゆえ彼らの言うがままに小遣い銭をせびられることもある。

ある日、ジョージは酔ったままで黒人街に迷い込む。店に引きずり込まれズボンを下げられ、小便をかけられるなど陵辱される。ジョージには本国に恋人エミリーがいる。ジョージは弱虫でないことを証明するために、基地のフェンス沿いで薬莢拾いをしている沖縄の老人を射殺する。ここに至るジョージの心の葛藤と軌跡を描いたのが本作品だ。

この作品について、又吉栄喜は次のような興味深い発言をしている。(7)

私たちは沖縄の人間ですので、別にアメリカ人を書く必要はないのですが、ただアメリカ人が沖縄の人に与えている強いものを、そういうものを書くためにはどうしてもアメリカ人をも書かないといけないんですね。「ジョージが射殺した猪」を書きましたが、これはアメリカ人にある意味では沖縄の人も包含させたというか、合体させたというか、つまり主人公はアメリカ人だが実は沖縄人を書いたんですね。

又吉栄喜はやはり一筋縄ではいかない。私たちは本作品で、ややもすると兵士としてのジョージの苦悩や葛藤にのみ目を奪われがちだが、ここには沖縄人の姿を投影したジョージがいたのだ。処女作「海は蒼く」で女子学生や老人に、作者又吉栄喜の姿を投影していたと断じた私の推察は、あながち的外れではないかもしれない。比喩や寓喩は又吉栄喜の得意とする小説の手法である。虐げられたジョージの苦悩は、私たち沖縄人の苦悩でもあったのだ。

ところで、作品のテーマについても又吉栄喜は興味深い発言をしている。もちろん作品は作者の手を離れると読者の自由な読みが許されてもいい。多様な読みは読書の醍醐味でもある。ここでも又吉栄喜は、登場人物のジョージと老人の二人に注意を喚起してテーマを示唆している。(8)

心身が傷ついた戦争被害者の沖縄の老人（主人公）が米軍を恨みながら米軍演習地の砲弾の破片を収集し、日々を生き延びていたが、さらに致命的な被害を受ける……。この「被害の重層性」をテーマに設定した。

「被害」の本質とは何か？　と考えていたら、ふと一人の米兵が思い浮かんだ。

この、小柄な、目がオドオドし、泣きそうな顔をした米兵も、多くの狂暴な米兵、酒乱の米兵、無気味な米兵から被害を受けているのではないだろうかと考えた。事実、ある夕方、この米兵は私の近所の青年たちが「ファイト、ファイト、カモン、カモン」とボクサーのようにこぶしを突き出すと、背中を向け、夕焼けの風景の中に消えた。とうてい戦場に行ける男ではなかった。いつしか、このような若者を苛酷な戦場に送り出す国家、政治機構、法の恐怖が頭を占めた。人間的な民主主義が（個々人が自主的かつ平和的な選挙を通し）非人間的な権力（者）を作り出す。自分たちが作り出した権力（者）にいつしかがんじがらめにされ、戦場に送り出される……

この不可解な現象は人間の業《ごう》なのだろうか。

業なら「悪」に「良心」を浸透させ、読者に救いを与えなければならないのではないだろうか。

私はテーマを一八〇度ひっくり返し、射殺される沖縄人ではなく射殺する米兵のドラマにした。（34―35頁）

ここには主人公が「沖縄の老人」であることを示し、同時に「射殺する米兵」であることをも示している。思いもかけないアンビバレンツな世界を背負った二人の人物の悲劇の行方を描いた作品であったのだ。そしてさらに重要なことは、読者の私たちに、あるいは二人の登場人物に、どのような救いが与えられるのだろうかということだ。

4

それにしても「ジョージが射殺した猪」はとても魅力的な作品だ。作品の有する新鮮な視点やユニークさに瞠目させられる。作品に込められたメッセージ、あるいは作品の発見と言い換えてもいい。あるいは人間の発見と喩えてもいいだろう。自由な読みが許される読者の特権を利用して浮かび上がってくるテーマやいくつかの感慨を箇条書きにすると次のようなことが上げられる。

一つ目はジョージの造型の魅力だ。二つ目は人間を破壊する軍隊のシステムのおぞましさ。三つ目は陵辱される沖縄の発見。四つ目は躍動的な文体の面白さ。そして五つ目は絶望の中でも常に希望の隘路が示される又吉文学への共感とでも言えようか。

一つ目のジョージの造型は、基地の中の米軍の兵士を強者としてステレオタイプに描くのではなく、自明として疑わなかったその常識を反転させて描いたところにある。この着想は、又吉栄喜が体験した「原風景」の米兵たちの「弱い」姿を含む一箇の人間としての姿であろう。それゆえにジョージはウチナーンチュにもなるのだ。作者が語るように「これはアメリカ人にある意味では沖縄の人も包含させたというか、合体させたというか、つまり主人公はアメリカ人だが実は沖縄人を書いたんですね」となるのだろう。苛められ仲間はずれにされ、自立したいともがくウチナーンチュ（沖縄人）の姿であり、沖縄の姿でもあったのだ。私たちにとって衝撃的な兵士像は、又吉栄喜にとっては馴染みのある日常の風景だったのかもしれない。

二つ目は、心優しいジョージが、老人を射殺するほどに変えられていく軍隊のシステムの闇と狂気を明らかにしたところにある。ジョージはアメリカ本国に恋人エミリーがいる。エミリーのことを思い、ジョンやワイルドたちとは、女性と接する際にも一線を画していた。ところがこの行為が、弱虫とされ、仲間はずれにされかねない。戦場では仲間はずれにされたら生きていけない。女たちを軽蔑し、自らを憎悪し煩悶しながらもジョージはジョンたちの仲間から離れることができないのだ。

ジョージを悩ますのは、ジョンやワイルドやワシントンらの行為だけではない。基地の中の絶え間なく続くジェット戦闘機の調整音にもジョージは耐えられないのだ(9)。

耳を裂き破り、耳の底からわいてくるあの無数のジェット戦闘機のエンジン調整音は、一晩中、毎晩限りなく続く。宿舎は強力な防音装置をほどこしているがジョージは耳鳴りのような音をたえまなく感じ、ねむれない。その金属音は同じ調子で、低くも高くもならず、波もなく、キーンとまるで永遠に続くように果てしないのだ。睡眠薬の量は日増しに増える。不眠は苦しかった。二、三カ月前まではエミリーの楽しい思い出に浸り、長い夜も苦にならなかったのに、宿舎を一歩出たら、その音はどこまでもジョージについてまわる。(157—158頁)

そして三つ目めの衝撃は、その軍隊が駐留する沖縄の悲惨さをAサインバーで働くホステスたちと、薬莢拾いの老人の姿に投影させたことにある。生きるためには統治者の暴力にもへつらい、耐え、忍んでいく彼女らの姿は痛々しい。彼女らに逃げ道はあるのか。そして、沖縄戦の体験者であると思われる薬莢拾いの老人は、米国や米国人を憎んでいても、金網の近くに落ちている薬莢を拾うことでしか生活を成りたたせることができないのだ。彼女等や老人が背負った悲劇はどこへ行くのか。この沖縄社会の貧しく矛盾に満ちた状況も充分に強く提示されている。

冒頭の部分で彼女たちが陵辱される場面は凄惨で痛々しい。次のように描かれる。(10)

ジョンが毛深い太い手でがっしりと女の腕を握って、わめいた。俺たちをおいていくのか！俺たちの相手は誰がするんだ。劣等民族のくせにばかにする気か！　右手でジョンの頭を押したり、腕をふりはらおうとする女をジョンは強引に引っ張り、ひざの上に倒した。両側からワイルドとワシントンが女の手、足を押さえた。ワイルドがヒステリックに叫び、足をけりあげている女の薄い黒い下着をおろし、高笑いしながらジョージの顔に投げた。ワイルドは足を女の股にこじいれ、巧みに女の足をひろげ、マッチをつけ、女の両足のつけ根を照らし、大笑いする。ジョンもワシントンも首を曲げ、体をよじり、必死にのぞきこみながら笑う。ジョージは顔をこわばらせたまま、みつめる。ジョンがハンカチで女の口をふさいだ。女は全身をばたばたさせ、わけのわからぬ言葉でわめく。ワイルドは女のヘアを焼く。ヘアはジジとちぢれ、ちじみ、すぐ火は消える（126―127頁）

兵士たちの圧倒的な暴力が女たちを陵辱していく。続いて次のようにも描かれる。

ころんだまま女はフロアを四つんばいになって逃げた。ワシントンが女に馬乗りになり、何か叫びながら背中や尻の服地を切り裂いた。また、白地に血がにじみでた。女は口をふさがれているハンカチをはずせなかった。女が泣き叫んでいるのはわかる。つけまつげが歪み、醜い女だとジョージは思った。女はようやくワシントンを振りはらい、トイレをあけ、中に入った。ワシントンはジャックナイフの柄をドアに挟み、ドアがしまり鍵がかかるのを防ぎ、両手でドアのノブを引っ張った。（中略）ドアをたたく音、悲鳴。ののしっているらしい声、うめき声、けたたましい笑い声、怒鳴り声、それらがごちゃに交じり響く。（129頁）。

そして女は、トイレの中で強姦される。それでも女たちは貧しさから抜け出すために、翌日には兵士たちに媚びを売る。この女たちの姿に沖縄の陵辱される姿を重ね見るのは余りにも悲しい。軍事基地化される沖縄の貧しさや不条理は、女たちの行為に象徴され、老人のジョージを見据える目に投影される。仲間たちの行為を黙って見ているジョージと同じように、私たちもまた一人のジョージに過ぎないのだ。

弱者と強者の構図は、基地外でも白人兵と黒人兵という差別の構図に変貌していく。酩酊したジョージが黒人街に迷い込む。沖縄人に対して加害者であるジョージたち白人兵は、黒人街に迷い込むと一瞬にして袋だたきに遭う被害者に反転するのだ。

本作は基地の米兵を描いただけでなく、基地の街に陵辱され基地の街に依存する沖縄の惨状をも描いた。同時に人間をも変える暴力のシステムを隠れ持つ軍隊の本質をも描いたのだ。二重にも三重にも悲劇が重ねられた作品であると言えるだろう。

作品の四つ目の魅力は、短文を連ねて全編を貫く躍動的な文体だ。登場人物の言動が読者の目前を濁流のように流れ威嚇するかのような文体だ。読者は立ち止まることを許されず、一気に下流まで運ばれる。特に後半部は「俺」と述べるジョージの心情と、「ジョージは」と述べる作者の目が重なり連続的に繰り返される特異な文体を創造し緊張感をも生み出している。例えば次のようにだ。

俺は猪をみたことがある。まちがいない。体長一・五メートル内外の、鼻で土をほって食物をあさる夜行性の獣だ。猪はギャーギャー騒ぎ、必死に俺に抵抗するか、目にもとまらぬ早足で逃げちまうだろう。俺はしとめる自信はない。俺の射撃の腕前ではむつかしい。だが、俺はベストを尽くす。あたりがずいぶん薄暗くなっているようにジョージは感じる。ふとジョージは思う。俺は抵抗も逃避もしないおいぼれじいさんしか殺せないのか。ベトナムとは違う。いや、あれは猪だ。

地表近くには闇が沈んでいる。草むらにうずくまっている黒い固まりは不明だ。ジョージは立ち止まり、意識して仁王立ちになり、気を鎮めた。動かず、ジョージの小さい動きもみのがすまいと注意深く目をこらしているらしい黒い固まりと八、九メートルのへだたりがある。にらみ負けてはならない。ジョージは目をこらした。顔がこわばった。よそものめというあの目。俺は知っている。そんな目でみるな。あんたたちがそんな目でみないでも俺はこんな所にいたくないんだ、しかたなくいるんだよ、どうしようもないんだよ。ジョージはわめきちらしたい衝動をおさえた。（163―164頁）

なお、作家の有する文体について、南米ペルー生まれのノーベル文学賞作家、マリオ・バルガス・リョサは次のような示唆的な言葉を述べている。(11)

文体というのは小説形式の唯一とは言えないまでも、本質的な要素です。小説は言葉で書かれていますから、小説家が言葉をどのように選択し、どう組み立てるかによって物語が説得力をもつかどうか決まってきます。小説の言語は作品の語る内容、言葉を通して具体化されて行くテーマから遊離することはありません。というのも、小説家が物語を書いて成功するかどうかは、書かれたものを通してフィクションが生命を得、創造者（作家）と真の現実から解放されて、一個の独立した現実として立ち現れてくるかどうかに関わっているからです。

書かれたものが効果的であるかないか、創造的なものか生命のないものかどうかは、語られている内容にかかっています。文体の特徴に迫って行くためにはまず正確さという観念を排除することからはじめなければならないでしょう。ある文体が正確であるかどうかというのは実のところどうでもいいことなのです。大切なことは文体がその任務にふさわしい機能を果たしているかどうかということです。そして、その機能とは語られている物語に人生の──真実の──息吹を吹き込むことなのです。（38頁）

さて、ジョージに救いはあるのか。作品のもつ五つ目の魅力だが、又吉栄喜の文学は絶望的な人間の苦悩を描きながらも、その救いや光明を見いだすところに特質の一つはある。ジョージについて言えば、やはり二つの示唆があるように思う。本文に次のような記述がある。

許さんぞ。俺を無能扱いする誰も。俺は他者の生死を左右する力がある。俺のこの指に他者と他者を取り巻く数多くの他者の命運が委ねられている。まちがいないんだ。創造主がつくった人間が、俺の何気ない意志決定で、あっという間に永遠の宇宙にふっとぶ、すてきなことじゃ

ないか、ええ、ジョージ。（38頁）

ジョージは、この認識を予め手に入れ強く自覚しておれば、仲間にもホステスにも蔑まれることなく兵士としての日々を過ごすことができたように思われる。作者の示すジョージの解放の手引きになったはずだ。ところが、ジョージは混乱したままでこの認識を手に入れることができなかった。手に入れるのが遅かったのである。

それでもなお、一歩を踏み出したジョージに作者は次の言葉を与える。

あれは人間じゃない。ジョージは自分に言い聞かせた。獲物だ。餌を探しにきた猪、粗い毛が全身にはえ、鋭い牙を持つ獣、ぶたに似た獣に違いない。俺は猪を見たことがある。間違いない。（163頁）

ジョージが射殺したのは人間ではない。「猪」なのだ。他の場所では「黒い固まり」とも書かれる物体なのだ。作者は、ここに、ジョージに対して救いの手を伸べているように思われる。「ジョージが射殺した老人」ではない。あくまで「猪」なのだ。

だが、悲劇は「ジョージが射殺した猪」であるがゆえに増幅する。人間を猪と喩えさせ、黒い固まりと喩えさせ、人間の精神を破壊する軍隊のシステム。ここには米兵も日本人もない。弱い人間がいるだけだ。この狂気のシステムに取り込まれた米国の一兵士ジョージの物語が本作品である。

5

ところで、現代沖縄文学研究の第一人者である新城郁夫（琉球大学教授）は、「ジョージが射殺した猪」について、極めて興味深い見解を示している。奇抜で斬新な発想とアプローチは、読書の奥深さと楽しさをさえ示唆してくれる。

新城郁夫は「日本語を裏切る――又吉栄喜の小説における『日本語』の倒壊」と題して「ジョージが射殺した猪」を例にあげ、「ジョージも老人も、また登場するウチナーンチュにとっても、日本語は他者の言語で十分に理解し話せる言語ではなかった。ジョージとの間に横たわる日本語はディスコミュニケーション言語であり、それゆえに悲劇を生起させる原因にもなった。この位相は日本という国家の位相をも想起させる」、というのだ。誤解を怖れるがゆえにできるだけ彼の言葉で彼の見解を紹介したい。論稿は「沖縄で日本語の小説を書くこと」の意味を問いかけることから始まり次のように展開される。[12]

小説「ジョージが射殺した猪」において、下級米兵である主人公「ジョージ」は、迫り来る戦死への恐怖の中、「沖縄人」女性へのレイプの強迫と米兵仲間たちから暴行をうける日々の混乱した意識を内的独白という形式において語っていく。しかし、そこで「ジョージ」の内的独白はその全てが「日本語」によって翻訳されている。より正確に言うならば、翻訳という指標や徴もないままに、ただ日本語によってジョージという一人の米兵の〈内面〉が覆われ、そしてテクスト全体が日本語によって表出されていくのである。暴力的なまでに単一言語主義的に、日本語による支配がテクストを覆っていくのが、この小説の特徴であると言えるだろう。しかし、その一方において、この小説においては、彼を囲い込んでいく「沖縄人」たちの語る「日本語」および「沖縄語」は、「ジョージ」には決して聞き取ることのできない不気味な騒音（ノイズ）としか感知されず、小説の中で「翻訳」されることはない。ただ空白となって投げ出されている。つまり、この小説においては、「日本語」は、徹底して「他者の言語」としてのみ提示され、そして決して埋められることの無い空白となってテクストの表層に滞留するばかりなのである。（101―102頁）

こうした言語的葛藤を考えていく時、この小説が極めて、奇妙なディスコミュニケーションによってなりたっていることが理解されてくる。つまり、互いが互いを理解し合えるという前提が、この小説では失われているのである。相手が語っている言葉を理解することができず、また、自分が語る言葉が相手に理解されることもないという共約不可能な場に投げ込まれているのが、この小説の全ての登場人物たちであり、その点で言えば、彼らは言葉の戦争とも言う

べき闘争関係のなかで、敵か味方か分からない「他者」の不可知性に晒されていると言うべきである。(107―108頁)

ジョージは、「猪」になぞらえた「沖縄人の老人」と内なる語りかけを試みようとし、そしてその「猪」を射殺するに至る自らの狂気との内的対話を激しく模索している。しかし、ジョージの言葉は決して発話されることはなく、この小説においては「日本語」に覆われていく。だが、重要なことは、テクストを覆うこの「日本語」自体の絶対的非共有性によってこそ、「ジョージ」と「猿のような顔」をした沖縄の「老人」は、完全に隔てられ、そして同時に敵対的な関係のなかで対峙させせられていることである。(109頁)

ジョージにとっても、そして沖縄の老人にとっても、「日本語」はそれぞれの「母語」でもなければ「国語」でもない。「ジョージ」にとってそれは得体の知れない騒音のような言語であり、そして沖縄の老人にとって日本語は植民地主義の歴史において教育された宗主国の言語である。彼らにとって、「日本語」は「他者の言語」である。しかし、この小説においては、ベトナム戦争という東アジア全体を巻き込んでいく戦争を背景としながら、二人は、この「他者の言語」において繋ぎ止められ、「沖縄」というベトナムの前戦地において出会わねばならない状況に追い込まれているのである。かれらは、まさに彼らを表象=代理する「日本語」によって暴力

的に対峙させられ、そして殺害事件の当事者たらしめられていると言えるのである。(111頁)

このとき看過してはならないのは、ベトナム戦争下における日本という国家の位置と、この「ジョージが射殺した猪」という小説における「日本語」という位相とが、明らかにアナロジカルな相関をもっているということである。つまり、戦争の当事者間にあって政治的中立の立場にあるかのような透明性を保ちそのことで軍事的紛争から身を引いているようにカモフラージュしながら、その実、沖縄という内なる外部を保持することによって、ベトナム戦争そのものに深く関与しそこから軍事的かつ経済的利益を得ていく日本という国家の政治性をこそ、この小説のなかの「日本語」は忠実に反映しているのである。自らの姿を消去しつつ、媒体としての中立性を偽装しつつ、東アジア全体の戦時体制化に深く関与していく日本という国家の在りようと、この小説における日本語の位相は、不可分の関係にある。(112頁)

新城郁夫の言説は、やや飛躍観を否めないが、このように極めて興味深い。作者である又吉栄喜の意図を外れているのではないかと思われるのだが、小説を読むことの楽しみを改めて教えてくれる論稿である。

その他、五人ほどの論稿も確認しておきたい。まず一九五六年米国生まれで、「特に日本・沖縄の戦後文学を中心に幅広い視野と精緻な分析力で研究」を続けているとされるマイク・モラスキーの評を見ておきたい。又吉栄喜ら戦後世代の登場と作品の特徴を「ジョージが射殺した猪」に関連させて次のように述べている。[13]

又吉栄喜（一九四七―）や上原昇（一九五九―）は沖縄戦も収容所も経験していない新世代の作家である。彼らは少年期をまるごとアメリカ占領下で過ごした。浦添やコザの米軍居住区近くで育った彼らは米兵やその家族との日常的接触の中で、占領者に対する独特の気安さを身につけた。（中略）この「占領世代」の文学は、沖縄戦以前の状況を直接体験した東峰夫のような旧世代とはひと味違う。東の作品に登場する米兵は、アメリカと男性性とを漠然と象徴する、といった程度に留まっていたが、又吉栄喜の作品では、女性も含むアメリカ人の内心が、沖縄の人物のそれと同様によく語られているし、また上原の作品では、語り手が占領者と全く対等なのだという認識を強く持っていることには驚かされる。（335頁）

（「ジョージが射殺した猪」）は、当時の沖縄の読者にとって、米兵が沖縄の農民を誤って射殺した一九六〇年一二月の出来事をまざまざと思い起こさせるものであった。農民を猪と取り違えたという主張を、米軍当局が額面通りに受け取ったことで、沖縄の大衆は大いに憤激した。「ジョージが射殺した猪」は、この事件を無力な妄想癖の兵士の視点から大胆に書き換えているが、それにもかかわらず、この作品はこの出来事をめぐる地域的《ローカル》な記憶をかきたてたのである。当時の多くの読者は、アメリカ人を無力で同情の余地のある存在とみなすような視点など持ち合わせていなかったであろうから、この又吉栄喜の試みは大胆で野心的なものだった。「ジョージが射殺した猪」は、手の届かない無敵の占領者、というステロタイプなイメージを瓦解させ、米国に対する新たな自信ある態度――それはベトナムからのアメリカの屈辱的撤退ののちに初めて可能になったのであるが――を確立したのである。（336頁）

柳井貴士（愛知淑徳大学）は、沖縄の近現代文学研究者の一人だが、「ジョージが射殺した猪」について、次のように述べている。[14]

又吉は、沖縄の現実の側面を描くために、米兵の視点を用いている。作品の中心人物は若い米兵ジョージである。沖縄の基地の街を舞台に、〈ペイ・デー〉の直前、金銭的に困窮する米兵の集団に、ジョージはいた。彼は仲間との間に差異の感覚を抱きながら、またその小集団における自己の立ち位置を模索しながら、いわば差異と同一性の確保に揺らいだ存在として描かれる。（53頁）

本作のタイトルが〈猪を射殺した〉〈ジョージ〉ではなく「〈ジョージが射殺した〉〈猪〉」である以上、猪が形容されていることは明らかである。米兵の心理描写を試みることで、相対的な猪＝沖縄ネイティヴの位相が示されるのだが、それは一元的で、ステレオタイプ的な米兵観からの脱却を促しながら、暴力に帰結される〈沖縄〉の現状を繰り返しあぶり出しているといえるだろう。(74頁)

栗山雄祐（立命館大学）は、「眼前のフェンスを〈攪乱〉するために――又吉栄喜『ジョージが射殺した猪』論」の中で次のように述べている。[15]

作品は〈規範〉に身を沿わせようと足掻くジョージのアイデンティティが曖昧に置かれることによって、他者からの人格措定という「不法侵入行為」を招く主体としてのジョージを設定する。（中略）ジョージは沖縄の民衆の憎悪、ジェンダー役割の転換という「不法侵入行為」を行使される主体として作品に登場している。それによって、彼は〈規範〉から溺れ落ちていく者たちが抱く〈痛み〉を理解するための回路をつなぐ可能性を会得しようとしていたのだ。事実、ジョージの目の前に現れた者は、彼の〈規範〉をさらに強化するような排斥を見せつつも、それは彼が持つ〈規範〉を揺さぶり攪乱させるものであった。(92―93頁)

また、落合貞夫（日本大学大学院博士課程卒）は、作品の文体にも言及しながら次のように述べている。[16]

（本作品は）ベトナム戦争へ送られる前の若い兵士の内面を描いた作品である。（中略）自分の無能さに苛まれ、不眠症となった若い兵士が、自己を回復するために、銃で老人を射殺するという物語である。（中略）

この作品では、一人称と三人称が併用されている。「ジョージは」という三人称で状況描写がなされ、主人公が内面の心理を語るときは「俺」という一人称が使われている。この一人称によって、気の弱い性格の、それゆえにどうしようもない衝動にかられていく青年の心の動きがリアリティをもって描かれている。（125―126頁）

さらに、戦後、沖縄現代文学研究を牽引していった今は亡き岡本恵徳（琉球大学教授）は自著『現代文学にみる沖縄の自画像』（1996年）で次のように評している。[17]

「ジョージが射殺した猪」は沖縄に駐留するアメリカ下級兵士の鬱屈した心情と、その自己回復のための殺人を描いた作品である。こういう沖縄の側から米兵の内面に迫ろうとする作品はそれまでの沖縄の文学にはなく、その意味でも画期的であった。

が、しかし、この作品がより注目されるのは、アメリカの下級兵士の目を借りて、沖縄の人間と状況を鮮やかに切り取ったことにあろう。ジョージの内面の描写が危うく類型に傾くとこ

ろを、それによって巧みに切り抜けることに成功したのである。（176頁）

また、同書で岡本恵徳はさらに次のようにも述べている。

その成功の主要な理由は、主人公の内面を描くために用いた文体と、作者の沖縄の人間を見る醒めた視線にあった。短いセンテンスでたたきこむように重ねる文体は、主人公ジョージの切迫した心情を表すのにふさわしかったし、ホステスをはじめ、スクラップ拾いの老人など沖縄の人間の描写は、鬱屈した主人公ジョージならば、おそらくそのように視るであろうと読む者を納得させるだけの力を持っていた。（178頁）

私は、岡本恵徳のいずれの評にも共感する。

ところで、沖縄の表現者たちの共通の課題として、土地に刻まれた沖縄戦の記憶や、終戦直後から今なお続く基地被害を作品へ昇華し、記憶を継承していくことがあげられる。

又吉栄喜の場合は、それを「原風景」と呼んで個的な体験として感受し、普遍的な体験として昇華し作品化している。沖縄を愛し、弱い人間を慈しむように描いている。本稿で論じた「ジョージが射殺した猪」も、概観したとおり土地に刻まれた「原風景」を拠点にして生まれた作品だ。

記憶と私たちとの関係について、ユダヤ人の両親の元にポーランドで生まれ、ホロコーストを、どう理解し、どう伝えていけばいいか、について真摯な研究を続けているエヴァ・ホフマンの著書に次のような言葉がある。(18)

「記憶」は人間の能力の中でももっとも曖昧で潜在力をもつ機能だ。苦しい体験を通り越した生存者たちにとってさえ、記憶に至る過程は固定的なものであるよりもむしろ流動的なものだ。正確な記憶は時間と共に引きさがり、その代わりに巧妙に痛みから自己を守り、カモフラージュする力が働いて別の形になったものが表面に現れてくる。それでも、個人的な経験が内的な働きや過去を再認識する力によって変化していったとしても、生存者たちの中に強く存在する記憶は拭い去られるものではない。記憶の中身は心から切り離されたり大きく変えられることはない。(175頁)

また、「過去は死なない」として、メディア、記憶、歴史について鋭い発言を行っている一九五一年イギリス生まれのテッサ・モーリス・スズキは、わたしたちと過去との関係について次のように述べている。(19)

わたしたちと過去との関係は、原因や結果についての事実の知識や知的理解だけではなく、想像力や共感によってもかたちづくられる。展示資料館、記念館、史跡などは(文字史料と同じく)

過去に生きた人々との共感的関係に導いてくれる。過去の人々の経験や感情を想像し、彼らの苦しみを偲び死を悼み、彼らの勝利を祝う。過去に生きた他者とのこうした一体化は、しばしば、現在におけるわたしたちのアイデンティティの再考あるいは再確認の基盤になる。過去にあったなにかを想起することで、そしてそれを自分のこととみなすことで、わたしたちはある特定の集団——国家かもしれないし、地域社会、少数民族、宗教団体かもしれない——に帰属している感覚を覚える。それによって、さらに、複雑で絶えず変わっている世界における自分の位置を規定する。(28頁)

なお、フランスの作家ロジェ・カイヨワは、文学者の社会的責任について論及し、次のように述べる。(20)

作家は言葉を使用し、言葉は意味を持ち、意味は人間の行為に影響を与えずにはいない。このことから、倫理と文学の間に関係が存在することは避けられない。同様に、文学と社会の間にも、関係がないということはあり得ない。それどころか、人は多くの関係を確認しており、芸術家がどんなにやっきになって否認しようとも、それらを十分に考慮に入れなくてはならない。彼は倫理は邪魔だとか、自分は共同社会と何の関係も持ちたくないのだとか叫んでいる。しかし、彼はその市民なのである。それに、彼がどこかの無人境にひきこもっているとしても、何らかの方法で行動しなくてはならない義務は、依然として残されているであろう。これを認めるのに、ほかの人はもちろん、彼自身もまた躊躇《ちゅうちょ》しないであろう。倫理は彼にとっては宿命なのである。(76頁)

又吉栄喜は、もちろん過去の人ではないが、「原風景」としての過去を慈しみ、鋭い視線を注ぎながら小説という形式で、私たちを鼓舞し問いかける。人として、よりよく生きるための一つの試行を提示してくれている。又吉栄喜は、文学は「ある種の救い」だと述べ、「最終的には人間を救うのが小説の力」だと述べている。(21)

又吉栄喜が原風景から飛翔させた想像力で作り上げた作品世界は、時として絶望的な衣装をまとっているが、同時に悲劇の行方を拡散する。それは救いへ至る一つの方法でもあり、可能性をも示唆している。又吉栄喜の作品は多様な読みを成立させ、私たちにとって「希望の文学」にもなり得る隘路を示してくれているようにも思われるのだ。

【注記】

注1 『うらそえ文藝』第22号。特集芥川賞作家又吉栄喜の原風景 2017年、浦添文化協会文芸部会、33頁。

注2 『エッセイ集　時空超えた沖縄』２０１５年、燦葉出版、３頁。
注3 注2に同じ。70―71頁。
注4 『傑作短編小説集　ジョージが射殺した猪』２０１９年、燦葉出版、300―301頁、
注5 注1に同じ。37―38頁
注6 注1に同じ。36頁。
注7 注1に同じ。35―36頁。
注8 注2に同じ。34頁。
注9 注4に同じ。157―158頁
注10 注4に同じ。126―127頁
注11 『若い小説家に宛てた手紙』マリオ・バルガス・リョサ、木村榮一訳、２０００年7月30日、新潮社。
注12 『到来する沖縄――沖縄表象批判論』新城郁夫、２００７年11月15日、インパクト出版会。
注13 『占領の記憶　記憶の占領――戦後沖縄・日本とアメリカ』マイク・モラスキー、鈴木直子訳、２００６年3月20日、青土社。
注14 「又吉栄喜『ジョージが射殺した猪』論：占領時空間の暴力を巡って」柳井貴士、２０１６年3月31日。法政大学沖縄文化研究書出版『沖縄文化研究43巻』に掲載。
注15 『〈怒り〉の文学化――近現代日本文学から〈沖縄〉を考える』栗山雄祐、２０２３年3月25日、春風社。
注16 『現代沖縄文学史』落合貞夫、２０２２年3月3日、ボーダーインク。
注17 『現代文学にみる沖縄の自画像』岡本恵徳、１９９６年6月23日、高文館。
注18 『記憶を和解のために――第二世代に託されたホロコーストの遺産』エヴァ・ホフマン、早川　敦子訳、

注19　２０１１年8月10日、みすず書房。

『過去は死なない――メディア・記憶・歴史』テッサ・モーリス・スズキ著、田代泰子訳、２００４年8月2日、岩波書店。

注20　『文学の思い上がり――その社会的責任』ロジェ・カイヨワ、桑原武夫・塚崎美喜夫訳、１９５９年9月20日、中央公論社。

注21　パンフレット『又吉栄喜文庫開設記念トークショー　すべては浦添から始まった』10頁・19頁、２０１８年9月30日、浦添市立図書館。

第3章　戦後を生きる戦争体験者の苦悶と狂気

――「ギンネム屋敷」一九八〇年（第4回「すばる文学賞」）――

1

又吉栄喜の初期作品に「海は蒼く」「カーニバル闘牛大会」「ジョージが射殺した猪」がある。私はこの三作品を初期三部作と名付けている。三作品は「第一回新沖縄文学賞」佳作（一九七五年）、「第四回琉球新報短編小説賞」受賞作（一九七六年）、「第八回九州芸術祭文学賞」最優秀賞（一九七七年）と三年連続して公募文学賞の最高位を受賞した（第一回新沖縄文学賞は優秀作なし）。三作品はいずれも沖縄を舞台にした作品であるが、題材やテーマを微妙にずらしながら、沖縄が背負っている多様な世界を描いている。このことも特筆に値する。又吉栄喜の作家としてのデビューはこの三作品の連続受賞で華々しいものになり注目を集めたのだ。

さらに三年後の一九八〇年には、「ギンネム屋敷」で「第四回すばる文学賞」を受賞する。この受賞で、又吉栄喜は中央でも注目を集め、作家としての確固たる地位を獲得していく。さらに同作品は、今日にもなお多くの研究者や評論者の論の対象になっている。韓国の沖縄文学研究者をはじめ、多くの研究者に論じ続けられる現代性と普遍性を有しているのだ。

私にとっても、本作品は刺激的で、強い関心を引かれる作品の一つである。又吉栄喜の作品は混沌とした沖縄の状況を舞台にしながらも、希望を模索し、救いへの隘路を示してくれるような作品が多い。しかし、「ギンネム屋敷」は八方塞がりだ。戦争で人格が破壊された人間は、戦後も破壊されたままの人格を生きる以外にないのか。戦後を生きる戦争体験者の苦闘と声なき声の悲哭が庶民の生活の中でリアルに描かれる。希望を語ることが困難な作品なのだ。

作品の発表から既に四十年余が経過したが、私もまた多くの評者の論稿を検証しながら、当時の私自身の読後感をも取り出しながら検証してみたい。作品は時間を越えて私たちを刺激し、今なお、沖縄を考え、人間を考える恰好の作品になっているように思われる。

作品は、「私」(＝宮城富夫)と勇吉と安里のおじいとの三人で、ギンネム屋敷に住む朝鮮人を脅して金を巻き上げに行く場面から始まる。勇吉が言うには、朝鮮人が安里のおじいの孫であるヨシコーを強姦するのを見たというのだ。そこで恐喝して口止め料を請求するという奸計を巡らす。朝鮮人は三人の強引な強請《ゆすり》に応じて金額を支払う約束をするのだが、「私」に改めて一人で来いと誘う。

「私」はそれを受け入れる。「私」と朝鮮人は戦時中に面識があったのだ。「私」は日本兵に殴られている朝鮮人に優しく対応したことがあったのである。朝鮮人は恋人小梨（シャーリー）が慰安婦にされ、日本人隊長の愛人にされているのを見て、戦後も沖縄に残り小梨を探す。やっと探しだした小梨は売春宿にいた。朝鮮人は小梨を身請けするのだが、小梨はすっかり変わってしまって記憶さえ失っている（あるいは小莉でないかもしれない）。逃げ出そうとする小梨を引き留めようとして過って首を絞め殺してしまう。遺体をギンネム屋敷の隅に埋める。朝鮮人は「私」に、このことの顛末を話した後、全財産を「私」に残して自殺する。やがてヨシコーを強姦したのは朝鮮人ではなく勇吉だということが分かる。私もまた戦争中に息子を失い、妻のツルと別居し、戦争の記憶から逃れるために若い愛人の春子と同棲しているのだ……。

2

さて、「ギンネム屋敷」に対する研究者の言説をまず概観してみよう。多くの論稿があるが、ここではその中から発表年の古い順に、岡本恵徳、新城郁夫、村上陽子、尾西康充、栗山雄佑の論稿を読み、その特質を、できるだけ論者の文章でまとめてみたい。

まず、岡本恵徳（琉球大学教授）は『現代文学に見る沖縄の自画像』（一九九六年）で次のように述べている。(1)

この作品は戦後の荒廃がまだ充分に癒えない時代を背景に、戦争で傷つき生きる目的も手段も見失った人たちの生のあがきを描いたものであると言えるだろう。（中略）

安里のおじいは、知恵遅れのヨシコーを抱えて老い先の短い先行きを考えている。自分がいなくなった後、ヨシコーがどう生きていけるのか。勇吉はまともな職につけず、生活を立て直すための資本を必要としている。春子に食べさせてもらっている私は、後ろめたさから、壜拾いの貧しい生活をしている別れた妻ツルに幾らかのまとまった金を与えたいと考える。

その三人が計画をたてたのが、ヨシコーを暴行したという口実で朝鮮人を恐喝して金を取ることであった。彼らの中には戦争中の朝鮮人蔑視の感情が残っていて、それが彼らを行為に駆りたてることになる。作者の言う「歴史の後遺症」である。弱い人間が、さらに弱い人間につけこむ形でしか生きていけない悪性を作者はそこに見ているのだ。それに重ねて朝鮮人の悲劇が語られる。恋人の小莉を捜し求めたあげく、戦後も娼婦として生きてる彼女を殺害してしまう事件である。そこには日本の朝鮮人差別とそれの生み出した悲劇をみることができる。まさに戦争の後遺症である。

この作品では、主人公の私が示したほんのちょっとした行為に報いる形で、朝鮮人は遺産を私に残すことになって、それがある種の救いになるが、しかしこの結末も明るいとは言えない。それは朝鮮人の悲劇が、主人公の私を含めた日本人の朝鮮人差別に起因するものであったし、

私の好意もその場かぎりのものでしかなかったからである。（中略）
作者は朝鮮人に「……あなた方は骨と言えば、沖縄住民のか、米兵のか、日本兵のか、としか考えませんね、じゃ何百何千という朝鮮人は骨まで腐ってしまったのでしょうかね」とさりげなく遠回しに批判させているが、こういう一九九〇年代半ばの現在にまで引きずっている問題の重さが、そこには見据えられているのであった。（73―75頁）

岡本恵徳の言説は、戦後を生きる戦争体験者のウチナーンチュの姿を「生のあがき」と称して描いた作品とする。さらに、ギンネム屋敷に住む朝鮮人の姿を描き、ウチナーンチュの朝鮮人への対応は、「弱い人間が、さらに弱い人間につけこむ」「人間の悪性」として、朝鮮人差別の悲劇を描いた作品であると指摘している。いずれも肯われることである。

新城郁夫（琉球大学教授）は『到来する沖縄――沖縄表象批評論』（二〇〇七年）で、本作について興味深い二つの視点を提供している。一つは小莉をとおして見えてくる「従軍慰安婦」の問題で、「レイプされた女性自身の言葉をテクスト表象から完全に奪い去ってしまうという点において、文学によるレイプという事態を反復的に顕在化してしまっている」と評している。

二つ目は朝鮮人から「私」に渡される遺産贈与の意味についての見解である。このことも刺激的な視点だ。この二つの視点は、次のように述べられる。(2)

この「ギンネム屋敷」という小説は、レイプを描いた小説というだけではないのである。あえて語弊を怖れずに言えば、小説のただなかにおいて、「レイプ」が発動されているのであって、そこでは徹底して、女性たちは「慰安婦」化されている、と言うべきだろう。性奴隷化されているばかりではなく、「小莉」という「朝鮮人慰安婦」は、犯され、殺され、そして自らを語る言葉を「日本兵」によって、「米兵」によって、「沖縄人」によって、そして「朝鮮人」によって、完全に奪われているのだ。その意味で、又吉栄喜「ギンネム屋敷」という小説は、戦中から米軍占領期にかけての沖縄における重層化されたレイプを描いた文学であるというばかりではなく、レイプされた女性自身の言葉をテクスト表象から完全に奪い去ってしまうという点において、文学によるレイプという事象を反復的に顕在化させてしまっているテクストであるとさえ言えるだろう。

だがそのとき重要なのは、まさにその性暴力の過程そのものを露出させることによって、「慰安婦」化された女性たちの奪われた言葉が、読み返されるべき「空白」＝痕跡となって浮上してくるという、この小説の逆説的な可能性である。つまり、表象の不在という混沌にテクストそのものを投企する暴力性において、逆に「従軍慰安婦」の問題を、歴史の空白の中から掴み出そうと試みている小説として、又吉栄喜の「ギンネム屋敷」という小説が読み返されてくるということである。それを読む者に、性暴力の痕跡を生き直させてしまうような転倒を孕む点において、又吉栄喜「ギンネム屋敷」は「従軍慰安婦」問題が今なお継続し、そして性の収奪と蹂躙を、私たちが他者にふるい続けているかもしれぬことを想起させようとしているといえるのではないか。(147―148頁)

この指摘は極めて興味深い着眼点だと思う。なお、二つ目の「遺産贈与」については、次のように指摘する。

ここで、「朝鮮人」から「私」への贈与されようとする遺産をくすね取ろうとする「ナイチャー二世」が、日本とアメリカという二つの国家の政治的アナロジーになっていることは見易い。朝鮮半島及び沖縄を戦場とすることによって、冷戦後みずからの政治＝経済的基盤を構築した日米軍事同盟が有する極めて暴力的な差配システムの露わなまでの具現化を、この「ナイチャー二世」が担っていることは疑いようがない。(中略)つまりは、沖縄の地で強制労働させられ殺されていった朝鮮人たちに関する忘却が完遂されていこうとする、日米安保条約下の沖縄の歴史的現在のただなかにおいて、強制連行された朝鮮人軍夫そして「朝鮮人慰安婦」の生きられた時間の贈与をこそ刻印するのが、この「朝鮮人」から「私」への財産贈与に他ならないということである。果たして忘却は可能だろうか、と、この贈与は「私」において「私」を問わしめるだろう。(中略)

この贈与は、東アジアにおける戦争の継承とその継続下における不可視化された「朝鮮人」

の無数の死者、そして生存者たち、そしてさらにそうした歴史から抹消されようとする「朝鮮人慰安婦」の死者、そして生存者たちの歴史なき歴史そのものの贈与でもある。この小説は、自殺した「朝鮮人」から沖縄人の「私」へ遺産が贈与されるという極めてアイロニカルな設定において、朝鮮人によって生きられた沖縄戦を、発見されるべき痕跡として、今なお私たちに送り届けようとしているのである。(175—176頁)

村上陽子(沖縄国際大学教授)は、「民族」や「性暴力」、そして「ジェンダー」「記憶」「亡霊」、などをキーワードにしながら、「ギンネム屋敷」を読み解いている。『出来事の残響——原爆文学と沖縄文学』(二〇一五年)において、「ギンネム屋敷」が提出した課題を次のように述べている。[3]

又吉の中央文壇へのデビューを飾った「ギンネム屋敷」(一九八〇年)は、沖縄の戦後において忘却されてきた「朝鮮人」という存在に着目し、戦争や占領、そしてそれに伴う性暴力の問題を扱った作品である。(中略)

沖縄の女性に対するレイプの疑惑と慰謝料の請求にはじまったこの物語は、やがて沖縄戦、民族差別、性暴力、歴史の間に沈む声なき死者たちの問題を引きずり出す展開を見せる。「ギンネム屋敷」をめぐる批評や研究が男性たちの関係に焦点化していく時、作品に書き込まれていた女性たちの言葉や身振りは十分に読み取られることのないままに据え置かれ、彼女たちは言葉を奪われ続ける無力な存在として閑却されてしまったのではないだろうか。(中略)言葉を奪われ、空所化された存在は、恣意的な意味に回収することができない亡霊となって物語を構築する主体に取り憑き、物語空間を跋扈しているように思われる。亡霊たちの失われた声や叫びは物語を語る主体の内に鳴り響き、「ギンネム屋敷」の通奏低音として機能しているのである。(206―210頁)

それでは、村上によって、「言葉を奪われ、空所化された存在」として位置づけられた女性たちと、「朝鮮人」やその遺産についてはどのような分析がなされるのか。繰り返し述べられる興味深い指摘は、例えば次のような箇所から読み取ることができる。

言葉を持たない存在として扱われ、身振りや心情を常に男性たちによって解釈され、意味づけられていくことで、〈小莉〉やヨシコーは空所化されるが、その空所にはすぐさま男性たちの言葉と欲望が充填される。「ギンネム屋敷」の冒頭では、ヨシコーが「朝鮮人」にレイプされるのを目撃したという勇吉の証言が提示される。勇吉の証言は疑わしいものとされながらも、結末で勇吉本人によって否定されるまで「朝鮮人」から金をしぼり取る根拠として物語を駆動する力を発揮してしまう。ヨシコーが自らの体験を語る言葉を持たない「知恵遅れ」の女性として表象されることが、勇吉の証言にそのような力を与えていることは疑いようがない。(中略)

では〈小莉〉の場合はどうだろうか。すでに述べたように、いま一人の言葉を奪われた存在である〈小莉〉は、そもそも「朝鮮人」が追憶する〈小莉〉であるのかどうかも定かではない。「朝鮮人」は「売春宿」で〈小莉〉と同じしぐさをする女性をみつけ、〈小莉〉だと思いこんで身請けをする。しかし、「たどたどしい沖縄方言」を話す彼女は「朝鮮人」を覚えている様子もない。重要なのは、彼女を〈小莉〉だと同定できるか否かではない。むしろここで〈小莉〉と名指される存在が、意味づけることの不可能な存在であることを胸に留めておきたい。本名も国籍も明らかではない彼女は、「たどたどしい沖縄方言」を用いながら、悲惨で虐げられた状況を生きている。そのような存在が〈小莉〉と名指されるとき、〈小莉〉とは傷つけられ、犯され、殺されていった数多の「慰安婦」を、あるいは「慰安婦」的な生を生きざるを得なかった複数の存在を示す名となるのである。（210―212頁）

戦争を経て、「変わらない」ことこそが異常であると語る「朝鮮人」は、自分の記憶の中に生き続ける〈小莉〉を「変わらない」姿のままで取り戻すことを夢想して戦争を生き延びるが、その期待が裏切られたとき、〈小莉〉に対して暴力を行使してしまう。（中略）

戦争を境に「変わってしまった」ツルを受け入れられずに離れていった「私」もまた、「朝鮮人」と同じ「変わらない」という異常さを抱えていると言える。そのような「私」を全面的に受け入れる春子という存在は、「朝鮮人」が求めた以前と「変わらない」〈小莉〉の役割、あるいは戦争前の無口なツルが果たしていた役割を担わされている。すでに喪われた〈小莉〉を求め続ける「朝鮮人」は「変わらない」自分と「変わってしまった」〈小莉〉とのずれに苦しんで狂気を帯びていくのだが、「私」はツルの代替して春子を獲得し、「変わらない」ままの自分を保ち続けることが可能となった。（219—220頁）

土を掘り返さずに屋敷を売りに出すことは、亡霊にまつわる記憶の隠蔽にほかならない。そして、「朝鮮人」の遺産を用いて「私」が着手しようとする仕事は、持続する植民地主義体制の中で繰り返されるレイプの構造の一部を担ってしまう。遺産は女性たちの手に入ることはないままに分配され、消費され、流通していく。この遺産は、またしても女性たちの身体を商品とし、激戦地へ赴くことを余儀なくされている米兵に差し出すために用いられようとしている。そのような痛みを生む経済の構造を再生産させるものこそ、米軍という軍事組織である。「ギンネム屋敷」において「朝鮮人」の遺産は、沖縄に生きる人々に対する米軍のプレゼンスを顕在化させる機能をはたしていると言えるだろう。（中略）

「朝鮮人」の遺産が使い果たされていく過程において、その遺産に刻印されていた「朝鮮人」や〈小莉〉たちの「生きられた記憶」もまた、断片化され、消費されていくことになるのかもしれない。しかしおそらく、贈与の理由の不可解さは、「私」に取り憑きつづけるだろう。そして、資本として流通する屋敷が、思いもかけない形でまた別の亡霊を呼び覚ます場となる可能性も失われてはいない。恒常的な戦争／占領／植民地状態において、言葉を奪われて忘却の淵に沈められた亡霊は地中深くに潜勢している。生き残り、忘れたい記憶と折り合いをつけるために言葉を駆使する者たちは、記憶や言葉、金を回路とする亡霊に脅え、亡霊に取り憑かれて生きていく。語られる言葉の中に見え隠れする亡霊の面影を探っていくことは、言葉を奪われた者たちの痛みをつなぎとめ、新たな回路に開いていく試みに他ならない。

本章で試みてきたのは、民族やジェンダーによって被害者／加害者どちらか一方の側に振り分けられ、たたりによって復讐を遂げようとする存在として位置づけられるのとは異なる亡霊の姿をつかみ取ることであった。亡霊として到来する彼女／彼らは、常にすでに、語る主体に取り憑いており、痛みの記憶を生き直すことを要請しつづけている。

亡霊を語り―聞く回路は、常に開かれているわけではない。亡霊に取り憑かれた語る主体にとって、亡霊について語ることは自らの加害者性や罪の意識に関わるものである。そのため、亡霊の存在は深く秘匿され、分かち合われることなく閉じていく。しかし、それでもなお、亡霊の回路が開かれる瞬間に向けて、「ギンネム屋敷」の亡霊たちは跳梁しているのである。（224―226頁）

村上陽子の言説は刺激的で長い時間と広い空間の射程を持つ。作品に登場する女性たちを「言葉を持たない存在」として分析したが、新城郁夫も女性たちは「声を奪われている」と断じた。同じような見解を作品の特徴として述べているが、着地はだいぶ違う。新城は既述したように、「レイプされた女性自身の言葉をテクスト表象から完全に奪い去ってしまうという点において、文学によるレイプ」とした。村上は「言葉を駆使する者たちは、記憶や言葉、金を回路とする亡霊に脅え、亡霊に取り憑かれて生きていく。語られる言葉の中に見え隠れする亡霊の面影を探っていくことは、言葉を奪われた者たちの痛みをつなぎとめ、新たな回路に開いていく試みに他ならない」としている。言うまでもないが、村上陽子の論ずる「亡霊」をこそ、私たちが留意すべき真実を語る非在の存在であろう。

なお、言葉を奪われた女たちの、言葉にできない悲しみを想像するためにも、芥川賞作家である小川洋子の次のような指摘にも留意しておきたい(4)。

言葉にできないものを書いているのが小説ではないかと思うのです。一行で表現できないからこそ、人は百枚も二百枚も書いてしまうんです。
ほんとうに悲しいときは、言葉にできないぐらい悲しいと言います。ですから小説の中で「悲しい」と書いてしまうと、ほんとうの悲しみは描ききれない。言葉が壁になって、その先に心をはばたかせることができなくなるのです。それはほんとうに悲しくないことです。人間が悲しいと思ったときに心の中がどうなっているかということは、ほんとうは言葉では表現できないものです。けれどもそれを物語という器を使って言葉で表現しようと挑戦し続けているのが小説なのです。(65頁)

なお、文芸評論家の川村湊も、自著『戦後文学を問う──その体験と理念──』（一九九五年）の中で、「亡霊」をキーワードに日本の戦後文学について次のように論じている。[5]

「戦後文学」が終わったと、晴れ晴れと宣言するには、私たちの文学はまだ「戦後」の影に蔽われすぎているような気がする。それを戦後の「亡霊（ゴースト）」と呼んでもいい。私たちは日本や海外の山や谷や川や海や森や町で死んだ人たちをきちんと葬り、弔ってきただろうか。日本人だけでなく、その敵だった人々、味方だった人々、敵でも味方でもなかった人々。これらの死者たちは「戦後文学」に「亡霊」としてつきまとっているのではないか。死者だけでなく、傷病者たち、踏み躙《にじ》られ、苦しめられ、蔑まれ、嫌われてきた人々の怨恨と苦痛の声は、五十年たってもまだ完全に消えてはいないし、その「亡霊」は消え失せてはいない。（234─235頁）

「戦後文学」のテーマの「亡霊」の甦りが現代の文学に多く見られるということは何を意味しているのか。多くの「戦争は終わった」「戦後文学は終わった」という断言にも関わらず、この国にはまだ「戦後」が終わることを許そうとはしない「亡霊」たちがたくさんいるといわざるをえない。「戦後文学」はそうした「亡霊」たちをきちんと弔ってきただろうか。現代の〝新しい文学〟が「孤立」しているのは、アジアの、あるいは国際社会の現実からの孤立ということであり、それは戦争の「亡霊」を成仏させなかった日本の「戦後」に問題があったのだ。「戦後」が続いている限り、私たちは世界の現実から「孤立」している。私たちはそういう孤立した世界の中で「夢」を見ている孤児なのではないか。私たちは自分のいる場所を仮想現実の世界のように思いたがり、虚構の架空の国の住人のように自分たちを見なしたがっているのではないか。

「亡霊」としての戦後は続いている。（中略）日本人だけでなく、近隣アジアの「亡霊」たちの魂の行方にも私たちが気を使うようになった時、初めて日本は「戦後」を終わらせることができるようになるのであり、「戦後文学」はその終焉を迎え、日本の〝新しい文学〟がスタートすることになるだろう。（236―237頁）

尾西康充（三重大学教授）は、近著『沖縄　記憶と告発の文学――目取真俊の描く支配と暴力』（二〇一九年）の中で、第11章「又吉栄喜『ギンネム屋敷』――沖縄戦をめぐる民族とジェンダー――」を設けて、村上陽子や新城郁夫らの先行する研究者の言説を紹介しながら、「戦争後遺症を抱えた人間の精神の暗闇こそこの小説の主題の一つである」とする。そして「私」と朝鮮人については次のような見解を述べている。(6)

「私」は戦争中に息子を失い、妻のツルを置き去りにした体験から「過度の精神的ストレスから性依存症におちいっている」と。そして朝鮮人には「逆行性健忘症」の症状が見られ、「小莉の記憶は戦争後遺症による幻覚である」とする。さらに作品の後半部で「私に相談に来なさい」と語った「内地人」二世の行為について次のように提言する。「ウチナーンチュの声に共振できる移民二世なのだろうか、もしくは沖縄移民を蔑視した日系人のひとりに数えられるのだろうか――。ジェンダーの抑圧を共通項としながら、民族的属性が恣意的に読み替えられる、差別の不定型な構造が示されている」として論は閉じられるのだ。

なお、朝鮮人の「逆行性健忘症」を指摘する箇所は次のように述べられている。

この小説は、合理的な試行と行動がプロットを構成するのではなく、精神の闇を抱えた人々が幽霊と噂に導かれて踏み込んだ世界を描いている。「朝鮮人」には長期記憶の健忘と、自己の健忘に対して作話で辻褄を合わせようとする症候（逆行性健忘症）がみられる。非暗示性が強く、過去の記憶と妄想の区別がつかなくなっていた「朝鮮人」が語った小莉の記憶は「戦争後遺症」による幻覚であったとも考えられるのである。（280頁）

最後に、今年二〇二三年に出版された栗山雄佑（立命館大学文学研究科初任研究員）の著書『〈怒り〉の文学化――近代日本文学から〈沖縄〉を考える』（二〇二三年）の言説を確認しよう。第一部第一章に「又吉栄喜『ギンネム屋敷』論」が設けられている。

栗山は先行研究者の論を紹介しながら、特に朝鮮人から「私」に贈られる「金銭の譲渡」にスポッ

トを当てて次のように述べる。(7)

「作品を貫く金銭の贈与とは忘却、記憶の贈与だけではない、各人が内包する言語化できない何かを語る手段として、テクストに登場しているのではないだろうか」(40頁)と。さらに「『私』こそが作品にて自らが抱える過去の清算、現在の苦悩をすべて金銭によって解決しようとする人物であるのだ」(51頁)とする。そして「作品においてやり取りされてきた金銭とは、ギンネムのごとく各人が保持する戦時から継続する傷を隠蔽するものであると同時に、その傷の言語化が不可能である故の代替策として機能していたと言えるだろう」(59―60頁)と。これらのことについて、次のように詳細に述べている。

作品には、朝鮮人のエンジニアが「知恵遅れ」の「売春婦」とされるヨシコーをレイプした、目撃談を起点に、性暴力事件に関する「私」(宮城富夫)、勇吉(高嶺勇吉)、ヨシコーのおじい(安里)といった沖縄人、朝鮮人のエンジニア、さらに米軍兵士といった男性が紐帯を結ぶ光景、朝鮮人のエンジニアが「私」に語る江小莉という朝鮮人女性に対する戦時から作品時間まで継続する性暴力、さらには〈米軍〉基地に所属する〈朝鮮人〉のエンジニアの男性の存在から浮上する植民地主義的暴力の存在が、登場人物による証言のみならず、彼らがやり取りする金銭によって上書きが謀られていく過程が描かれる。この概要を見る限り、ここには女性への性暴力に内包された欲望の存在、もしくは戦時記憶の忘却を、賠償金や遺産といった金銭の譲渡にて成し遂げようとする者の姿が浮上するだろう。しかし、その隠蔽行為は、作品のタイトルとして登場した、戦後米軍が「破壊のあとをカムフラージュするため」に撒いたギンネムの性質と重ね合わされるかのように、幾多の問題を解決するために登場した金銭によって最終的には破綻していく。(34―35頁)

「私」にとって朝鮮人のエンジニアやツルは、忘却しようとしている沖縄戦で負った傷跡を抉る存在であろうし、エンジニアにとって沖縄とは自己を苛む空間でしかない。この暴力批判の矛先の不定に晒されるとき、読者もまた作品が提示する「わけのわからん」ことへの参入を促される。そのとき、作品を〈戦時性暴力〉、〈ポストコロニアル〉、〈沖縄文学〉といった、一定のカテゴリーに幽閉することは、作中の人物が行使した金銭による清算と同様の暴力を行使することになるのだ。

この状況の中で、作品はさまざまな措定を拒みつつ、「わけのわからん」存在であり続けようとする。先行論者も、「民族やジェンダーによって被害者/加害者どちらか一方の側に振り分けられ」ない存在であり、「痛みの記憶を生き直すことを要請」する存在としての「亡霊」、「『慰安婦』とされた人々の閉ざされていった声をいつまでも想起させ、そして『慰安婦』とされた人々の生きられた時間の中に、私たちを拉致していってくれ」る「『幽霊』という記憶の器」に記憶の伝播の可能性を見いだすと記す。それは「亡霊」「幽霊」といった抽象的な存在でしか伝播しようのない暴力の記憶が存在し、それが金銭や名付けといった解決法で清算されようとしていることを明らかにするのだ。そのとき、作品が「わけのわからん」声によって、事件や記憶の証言をギンネムのように埋め込みながら隠蔽を試みたものとは何か、その描出の方策としていかなるものが措定し得るのか、これらの問いにいかに相対し得るかをテクストは提起しているのだ。（62―63頁）

3

ところで、発表後四十年を経た今日でもなお多くの研究者、評論家の関心を集める「ギンネム屋敷」を、「すばる文学賞」受賞作に選んだ選考委員の評は、どのようなものであったのか。当時の選考委員は、秋山駿、三浦哲郎、田久保英夫、井上光晴、黒井千次と錚々たるメンバーである。選考評を読むと作品にはやや戸惑いがあるようだが、又吉栄喜という作家の登場に大きな期待を寄せていることがすぐに分かる。

秋山駿は「沖縄の人間の歪んだ皺の部分を描いたものだと言っていい。朝鮮人を強請に行くところが面白い」と述べ、田久保英夫は「この作者は不自然さとその解決と、さらに不審な陰影を組み合わせるという巧妙さも持っている。私は沖縄のことはよく知らないが、人物たちに粘りつくような現実味があり、沖縄の戦争の傷痕としてこれを読んだ」と述べる。また黒井千次は「沖縄を舞台に、日本人、朝鮮人、アメリカ人、と幾種もの人々が登場し、そこに戦争の記憶が粘りついている、一種独特の国際感覚に支えられた作品である。説明を排した文章には力がある」と述べている[8]。

当選者の又吉栄喜は受賞の言葉を次のように述べる[9]。

ギンネムは、薪にも、建材にも、家畜の食用にも、防風林にも役立たない植物です。しかし、生命力が強く、どのような荒れ地にも根づきます。終戦直後、米軍は破壊の痕跡をカムフラージュするために沖縄の全土にギンネムの種を撒きましたが、人間性の破壊までカムフラージュできなかったはずです。歴史の後遺症の裂け目から人間の普遍性がどのように出てくるのか、弱い人間たちの悪性、もしくは、人間性の弱さがどのように発展するのか、漠然とながらも考え続けておりました。沖縄には「豊穣な文学原野が横たわっている」と島尾敏雄氏はおっしゃいますが、操作を誤ると、まちがいなく、ナルシズム、センチメンタリズムに堕してしまう罠もあります。この作品も、恐喝、婦女暴行、殺人、売春、自殺など、どの一つをとっても短編では重すぎるテーマがはめ込まれております。にもかかわらず、「小さなおもしろさよりも大きなおもしろさを。単純なおもしろさよりも、より複雑なおもしろさ」（小田切秀雄）を今後も勉強していきたいと思います。危なかしい均衡のまま揺れているこの作品を推してくださった選考委員、編集部の皆様に厚くお礼を申し上げます。（全文）

ここには、常に人間を描くことに留意する又吉文学の特質もが述べられている。「終戦直後、米軍は破壊の痕跡をカムフラージュするために沖縄の全土にギンネムの種を撒きましたが、人間性の破壊までカムフラージュできなかったはずです」という言葉は象徴的だ。

又吉栄喜の作品はほぼ全作が沖縄が舞台である。作者が何度も語っているように出生の地浦添を中心に半径2キロの世界で体験した出来事を豊かな想像力でデフォルメして書いている。受賞の言葉以外にも、「ギンネム屋敷」の誕生について、原風景から浮かび上がってきた作品だとして次のように述べている。(10)

私たち少年は野山を駆け回り、ガマの探検、木の上の秘密基地作り、昆虫捕り、(ソーメン箱の罠をしかけた)マングースー捕りに夢中になった。

存分に遊んだ後、家に帰る道すがら、決まったように中学生から幽霊話を聞かされた。(中略)当時、私たちの集落にはアメリカ人、フィリピン人、台湾人、朝鮮人などいろいろな外国人が住んでいた。彼らの多少風変わりな習慣や風貌が私たちの想像をどこまでも膨らませ、いつの間にか私たちの間では彼らは怪奇的な存在になっていた。(中略)

特に従軍慰安婦だったという噂の朝鮮人に深く関心を抱いた。この女が私にはなぜか、ちょうど野原の丘に屹立した巨大な人形のように思われた。

この女は何かと沖縄の男にからかわれ、苛められていた。

戦災をこうむり、日々をなんとか生き延びている弱い立場の沖縄人が（日本軍が強制的に連れてきたという軍夫、慰安婦等の）朝鮮人を差別し、危害を加え、恐喝し、自殺に追い込んでしまう。いつしか、このような筋が思い浮かんだ。

私たち少年の間には、戦争の痕跡をカムフラージュするために米軍が軍用機から大量のギンネムの種を撒いたという噂が流れていた。ギンネムは（私の中では）しだいに戦争の象徴に変わった。また「自分（沖縄の人）たちは被害者だから少しくらい他人（朝鮮人）を傷つけても問題はない」という心情、論理はつまりは、「自分の悪」を「被害者」という簑がカムフラージュしているのではないか、と自問自答した。

「ジョージが射殺した猪」ではアメリカ人が沖縄の人をどう見ているかを洞察し、表現したが、今度は朝鮮人は沖縄の人をどう見ているのか、熟考した。

試行錯誤した末、「ギンネム屋敷」（一九八〇年）の筋が出来上がった。

沖縄のある村の男たちが「村の娘が朝鮮人に犯された」と騒ぎだし、長老を先頭に脅迫しに行き、賠償金を取ってくる。しだいに「日本軍」「戦争」「強制連行」に運命を狂わされた朝鮮人の男や女の様相、正体が浮かび上がってくる。結局、村の娘が犯されたというのは村人の集団妄想のようなものだったが、生きる意味を失っていた朝鮮人は、何の言葉も発せずに自殺する。

この小説は朝鮮人の内面に筆を割いた。「構成を犠牲にし、迫力を強化している」という批評もあったが、（真の主人公とも言える）朝鮮人の独白が何ページにもまたがり、ギンネムの藪

のように加害と被害が錯綜している。(41—43頁)

また、他の箇所では、「ギンネム屋敷」誕生の契機を次のように述べている。(11)

少年のころよく出会った(言葉は交わさなかったが)いたましい状況の一人の朝鮮人女性に私は手を差し伸べず、励ましの言葉もかけなかった。子供なりに自分の優柔不断に唇をかみしめた。「ギンネム屋敷」(一九八〇年すばる掲載)では、この女性を、主題を顕現するためだったとはいえ、さらに悲惨な目に合わせてしまった。

しかし、何年か前、この小説が韓国語に翻訳されたとき、戦前の私小説のように貧乏も病気も(たぶん失恋も)背負っていた、あの朝鮮人女性をなぜか「慰めた」ような気がし、どこか安堵している。(15頁)

4

沖縄並びに沖縄文学について造詣が深く、極めて建設的な意見を述べ、共感を呼ぶ論者の一人に奥田博子(南山大学外国語学部准教授)がいる。彼女が著した『沖縄の記憶——〈支配〉と〈抵抗〉の歴史』(二〇一二年)には「〈物語〉の力」として、沖縄文学の持つ可能性などについて、「死者」「敗

者」「物語」などをキーワードに次のように述べている。(12)

死者はもう語ることはできない。語ることができないからこそ、その人々の死を国家は回収しようとする。一方で生き遺った人びとは生き延びたことに対する深い悔恨を抱え込むことになる。起きた出来事を反芻するなかで、生き遺った人びとにしか反省や苦悩は残されないのである。そこに、〈死者と生者が共にある時空間〉が立ち現れる可能性がある。

取り返しのつかないものをどう取り戻すのか。物語《フィクション》は、この解のない問いかけに応えて送り届けられる言葉の創作である。人の死は、遺体という物言わぬ証拠を突きつけられることによって、現実味を増す。実際、戦場という現場における大量の死体の処遇は重い課題である。その戦場の体験や記憶は、物語化されることで死者の尊厳、悲しみややりきれなさをあらためて実感させる。(215―216頁)

「敗者」に与《くみ》する物語は、激変してゆく社会にあってその変化を自覚し、喪われてゆこうとしているものを人びとの記憶に遺しておこうとする。日常の些細なものやことがら、会話の流れから想い出を紡ぎ出し、その語りに耳を傾けているあいだだけ、過去の時間と空間のなかにあるかのような感覚を抱かせる。身体性をともなって、喪われる記憶を喚起させるのである。物語は、変貌を遂げてゆく社会のなかで、絶え間なく剥ぎ取られてゆく過去を呼び覚まし、現

在を相対化し、そして現状を糾す「声」である。(216頁)

奥田博子の言説には、表現者を励ます「声」がある。沖縄文学は、まさに死者を疎かにしない。いや、沖縄の人々は死者と共に生きている。このことは沖縄社会に古くから受け継がれてきた伝統とも言うべき文化遺産(精神構造)であろう。祖先を崇拝し、日常生活の中でも死者に祈り死者と語り合う。あの世とこの世をボーダーレスにして死者たちを登場させる。又吉栄喜の作品「松明綱引き」「招魂登山」、そして近作の「夢幻王国」などは顕著な例である。又吉栄喜のみならず、多くの沖縄文学の担い手たちは、沖縄社会が持つこの慣習を文学表現の方法として援用してきたのだ。

芥川賞作家小野正嗣にも、文学の特質として、死者を描くことの意味を問うた次のような言葉がある。[13]

文学とは、死者のために、死者と共に、語ることなのだ。語ることをやめてしまえば、死者は語りの言葉の中に招来されることもかなわず、未来永劫死者のままである。いま生きているわれわれもいずれ死ぬ。したがって死者のために語るということは、生者のために、われわれのためにも語ることになる。そして語ることの終焉、絶対の沈黙は、すべての死者――つまり誰もがいずれ死者になるという意味では、すべての生者を、忘却によって殺すということだ。われわれは生きなければならない。いずれ死者となるわれわれのために誰かが語ってくれるよ

うに、いま、われわれが死者のために語る。(109頁)

さて、「ギンネム屋敷」をどう読むか。やはり、多様な読みが展開される魅力的な作品であることは間違いない。ここまで、研究者、評論家、選考委員、そして又吉栄喜本人の言葉を拾って作品誕生の背景やテーマを想像してきたがますますこの感を強くする。

又吉文学愛好者の私にもいくつかの感慨がある。識者の指摘した感慨と重なるものもあればすれ違うものもある。新しい発見もあれば疑問も浮かび上がってくる。浮かび上がってくるたった一つの疑問は、重要な登場人物である二人の朝鮮人の描き方である。

沖縄戦時における朝鮮人の待遇は、戦時中でも戦後でも余りにも痛々しい。婦女子は慰安婦にされ、男は牛馬のように軍夫としてこき使われる。日本人からもウチナーンチュからも差別や偏見の対象になる。「ギンネム屋敷」でも例に漏れず小莉は慰安婦にされ朝鮮人は軍夫としてこき使われる。そして戦後も朝鮮人の待遇は改善されないのだ。戦後に登場する小莉は売春宿で暮らし、朝鮮人はギンネム屋敷を買い取ってもなお余るほどの大金を手に入れている。ただし小莉は朝鮮人ではないかもしれないという伏線が張られている。朝鮮人は戦後八年間の経過の中で米軍のエンジニアになり大金を手に入れるほどになるが、この経緯については、つまびらかにされていない。この二人の朝鮮人の描き方の格差に、決着の付かない疑問がつきまとうのだ。「小さなおもしろさよりも大きなおもしろさを。単純なおもしろさよりも、より複雑なおもしろさを」とする小説のフィクションとしての技巧に解消していいのだろうかと……。

戦時中や戦後の朝鮮人の沖縄での暮らしについては、呉世宗（琉球大学教授）の丹念な調査による著書『沖縄と朝鮮のはざまで』（二〇一九年）がある。その中で次のような記述がある。[14]

第三二軍の各部隊には「専属の慰安婦」がいた。また沖縄各地に設置された「慰安所」はおよそ一四〇カ所にも達したことから、住民たちの多くが彼女たちを日常的に目撃していた。にもかかわらず日本軍は、情報流出防止等の理由からその存在を秘密とし、そのために彼女たちはいるのにいないこととされたのである。実際朝鮮人「慰安婦」たちの多くは、米軍の狂気に満ちた攻撃のなか日本軍の各部隊に保護されることがないまま、いないものとして身捨てられ、そして歴史の闇に消えていった。（中略）
朝鮮人「軍夫」たちに関して言えば、「慰安婦」と呼ばれた女性よりもはるかに多く朝鮮半島から連行されたため、なかには調査によって奇跡的に名前が明らかになった者もいる。だがその「名前」も、大半は植民地期に強要された日本名であった。そのため現在においても、「名前」は分かったが本名が分からない状況が残り続けている。（12―13頁）

こうした沖縄の朝鮮人を取り巻く状況は、沖縄戦後も形を変えてさらに続く。沖縄戦後も沖縄に留まった朝鮮人は、けっして多くはないもののある程度いたことが分かっているからである。沖縄本島はもちろんのこと、石垣島や宮古島、大東島といった離島に留まった彼／彼女たちの多くは、ときにその出自を明かすことがあったかもしれないが、ほとんど隠れるようにひっそりと生活を送った。そうした彼／彼女らのひそやかな暮らしぶりは、身を明かせば沖縄内の他者として差別を被ることを恐れたせいかもしれなかった。
　しかし、彼／彼女らが「ひっそりと」くらしたのは、そうした理由よりも、なにより彼／彼女らの存在の社会的根拠がそのものが希薄で不安定だからであった。すなわち、彼／彼女らは、米軍の占領統治のもと身分の保障が全く受けられないまま、そのほとんど全てが法的に無国籍者・無戸籍者に転落していったことが大きな原因であった。さらに、仮に無国籍・無戸籍であることを明かせば、そこには処罰が待っていたため、沖縄に留まり暮らした朝鮮人たちは息を潜めるように、ひっそりと生きることを強いられたのである。（中略）
　つまり沖縄戦後においても朝鮮人たちは、自らの意志とは関係なく、そこに存在するにもかかわらず、あたかも不在であるかのように法制度的に扱われるのである。この場合においても、沖縄戦時期の朝鮮人と同様、かすかに可視化されたその姿が現れているわけだが、しかし、沖縄戦後に留まった彼／彼女たちは、沖縄戦後特有の文脈において不可視化された存在であったのである。（14―15頁）

呉世宗のこの言説は、私の抱く疑問を再び喚起する。小莉については、朝鮮人ではないかも知れないという作者の用意周到な設定に解消されるが、「朝鮮人」の戦後の姿は、伏線があるものの、読者を納得させるにはやや弱いように思われる。戦時中は軍夫であった朝鮮人が、戦後の八年間で莫大な富を蓄えた人物として設定され、八年間も小莉を探していたことにやや違和感を覚えるのだ。しかし、小説にとっては瑕疵にもならない疑問かもしれない。

さて、このような疑念をぬぐって、作品への大きな共感を振り返れば、すぐに四つの感慨が思い浮かぶ。一つ目は、人間を描く又吉栄喜文学の魅力に改めて深く共感したことだ。登場人物には朝鮮人も沖縄人も、日本人もアメリカ人もない。人種や国籍を剥ぎ取ったピュアな存在としての一箇の人間があるだけだ。その人間の苦悶と狂気が普遍的な世界を突き破るほどの作品世界を作り上げているのである。

又吉栄喜の作品は、国家や民族、人種をボーダーレスにして描くところに特徴がある。一箇のピュアな人間として存立する基盤をこそ凝視し揺さぶるのだ。私たちの共感もそこにある。例えば「ジョージが射殺した猪」に登場するジョージにさえ、又吉栄喜は「主人公はアメリカ人だが実は沖縄人を書いた」と述べているのである[15]。

又吉栄喜は少年期の体験を「原風景」と称して、創作の糧にしていることを多くの場所で述べている。その体験は、人間をボーダレスにして公平に見る視点を培ったのだろう。それが「ジョージが射殺した猪」のジョージを誕生させたのだ。ギンネム屋敷もまた、国家やジェンダーに収斂できないもっと大きな人間の世界を描いているように思われるのだ。

二つ目は戦争の悲惨さを丹念に執拗に描いていることだ。このことを戦後を生きる人間の姿に託して描いている。この着想にも、新鮮な驚きを覚える、この作品は確かに文学の持つ力を示してくれているように思われる。文学の持つ力とは人間を描く力である。隠蔽された言葉や奪われた声を取り戻す力である。奪われたがゆえに奪う相手を見極める力である。又吉栄喜が作品へ託したテーマは、このことが最も大きいように思われる。

戦争の悲惨さとは、沖縄人が語り得ぬ朝鮮人の悲惨さであり、朝鮮人が語り得ぬ沖縄人の悲惨さである。換言すれば、だれもが語り得ぬ悲惨さであるがゆえに多くの声が想像されるのだ。戦争で壊れた人間は戦争が終わっても容易に修復できない痕跡を背負いながら、戦後も壊れたままに生きることしかできないのだ。戦争によって変えられる人間、戦争によって破壊される人間、弱者が弱者をつくる人間の性《さが》。それは私たちを含め登場人物のすべてが担っている宿痾である。このような人間をつくる戦争の恐ろしさを描いたのだ。

さらに、戦争の悲惨さは特に言葉を奪われた女性たちの悲惨さとして強調される。このことをジェンダーの視点の導入から論じてもいい。しかし、その枷をもボーダーレスにする悲惨さを本作品は有しているように思われる。性を超越し、声を奪われ、声を上げることのできない人間の声なき苦闘と悲哭である。私たちは奪われた声を想像すると同時に、声を奪う者を想像せねばならない。そして声を奪われる現実をこそ可視化せねばならない。ここにこそ、私たちはより多く注目しなければならないのだ。このようにして浮かび上がらせる戦争の残酷さを、私たちは文学の力だと呼んでいいように思うのだ。

　三つ目は、またしても又吉栄喜文学の文体の魅力だ。又吉栄喜は、比喩とユーモア、寓喩と諧謔をも随所に織り交ぜながら作品を展開するところに特徴がある。深刻なテーマを担った作品でも、一文節や一文にさえユーモアが込められていることもある。このことは又吉栄喜の人間の広さと深さに拠るものだろう。単純ではない。複数の意味を担って複輳する文体だ。これは読書の醍醐味でもある。「ジョージが射殺した猪」は短文で躍動的な世界を演出したが、「ギンネム屋敷」は詩的である。選ばれた一語、一文に多様な意味が包含される文体の魅力である。

　四つ目は沖縄を象徴的に描くことの巧みさである。沖縄の描き方は様々にあるのだろうが、又吉栄喜は安易にウチナーグチを使わない。登場人物の言動に沖縄らしさを体現させる。沖縄の混沌とした状況をさらにかき乱すことによって真実を浮かび上がらせる。このことを作家の技法として意図的に行使しているようにさえ思われる。「ギンネム屋敷」でも絶望的な状況をさらに深く沈み込ませ、言葉さえ発することのできない人間の悲劇を描いているが、ギンネムそのものがすでに象徴的であり比喩的であるのだ。

　翻って考えるに、作品を読む際には、どのような読み方も可能であり、また許されるものであろうが、私自身は、作者を置き去りにしては、偏重した読解に陥るかも知れないという危惧をいつも抱いている。作者への敬意や多様な読みを開示する無数の読者がいることを忘れてはいけない。批評家諸兄には、それこそ読者の声を封じたり作者の無言の声を奪ったりしてはいけないだろう。

作品のタイトルになった「ギンネム」については、表紙裏の脚注で次のように記されている。「終戦後、戦争の後をカムフラージュするため、米軍は沖縄全土にこの木の種を撒いた」と。

繰り返しになるが、本作品はこのタイトルにも象徴されるように、戦争の記憶の蘇生と隠蔽を巡る人々の物語である。換言すれば、弱者の側に残る「戦争の記憶を取り戻す力」と、国家や権力の側に属する「戦争を語る言葉を隠蔽する闇の力」の衝突と混沌を描いたのが本作品であると言えよう。

闇とは何か。もちろんここでは米軍の喩えにもなるだろうし国家権力の喩えにもなる。つまり闇とは強者の側の恣意だ。登場人物の中では「私」「勇吉」「安里のおじい」が闇の力に翻弄される被害者の側にある。ところがこの三者は、それぞれが加害者にも反転する。ギンネム屋敷に一人で住む朝鮮人に濡れ衣を着せ恐喝する。ツルを捨て春子と同棲している語り手の「私」、女を陵辱する勇吉や安里のおじいもがその役を担う。三者の存在が象徴しているのは、強い者が弱い者を虐待し、弱い者がさらに弱い者を陵辱する構図である。

又吉栄喜は多くの作品で弱者を描いてきたが、同時に弱者の側にある希望をも示してきた。しかし、本作品では希望の光明を見いだすのは困難だ。他者を差別するこのピラミッド型の構図から抜け出さない限り希望は語れない。つまりは戦時も平時もボーダーレスにして人間の持つ本源的な闇をあぶり出したのが「ギンネム屋敷」だとも言えるのだ。

ところでギンネム屋敷には朝鮮人だけが住んでいるのではない。私たちもまた、真実を隠蔽するギンネム屋敷を持っているのではないか。逆説的に言えば、私たちの心の中にも、播種されたギンネムが生い茂っているのではないか。このことを自戒を込めて鋭く告発した作品だとも言っていいだろう。

終わりに、『戦争記憶論――忘却、変容そして継承』（関沢まゆみ編、二〇一〇年）に収載されたトニー・ウォルター（イギリス・バース大学教授）の「忘却、記憶、そして哀悼の不可能性」の論稿の結びの部分を引用して本稿を閉じたい[16]。

> 私は、死者の記憶は、戦時であれ、平時であれ、生者が語り続けることによって存在し続けると論じてきた。しかし、家族や軍人仲間や政治家たちが他の話やもっと悪い話を語る場合や、死を悼む者たちの話が、語れるようなものでなかったり、不名誉なものであったり、集団と共有されないような場合には、生者が語り続けることは、困難あるいは不可能である。（中略）
>
> 個人は、忘れようとするか、記憶しようとするか、あるいは記憶を共有することができないことを経験するであろう。（中略）個人的戦略と社会的戦略とをいかによりあわせるべきかという問題を予測することは困難であるが、これをよりあわせることによって、過去と向き合ったそれぞれの生を生き、個人的であるとともに共同の歴史の創造があるのである。（36―37頁）

【注記】


注1『現代文学に見る沖縄の自画像』岡本恵徳、1996年6月23日、高文研。

注2『到来する沖縄——沖縄表象批評論』新城郁夫、2007年11月15日、インパクト出版会。

注3『出来事の残響—原爆文学と沖縄文学』村上陽子、2015年7月8日、インパクト出版会。

注4『物語の役割』小川洋子、2007年2月10日、筑摩書房。

注5『戦後文学を問う——その体験と理念』川村湊、1995年1月20日、岩波書店。

注6『沖縄　記憶と告発の文学——目取真俊の描く支配と暴力』尾西康充、2019年11月15日、大月書店。

注7『〈怒り〉の文学化——近代日本文学から〈沖縄〉を考える』栗山雄佑、2023年3月25日　春風社。

注8『すばる』1980年12月号、1980年12月1日、集英社。

注9　注6に同じ
注10『団塊世代からの伝言——平和・愛・生きる原点』又吉栄喜・松井直樹他、2016年10月1日、燦葉出版社。

注11『季刊文科』80号、2020年3月26日、鳥影社。

注12『沖縄の記憶——〈支配〉と〈抵抗〉の歴史』奥田博子、2012年5月31日、慶應義塾大学　出版会。

注13『ヒューマニティーズ文学』小野正嗣、2012年4月26日、岩波書店。

注14『沖縄と朝鮮のはざまで』呉世宗、2019年1月31日、明石書店。

注15『うらそえ文藝』第22号33頁、特集芥川賞作家又吉栄喜の原風景　2017年、浦添文化協　会文芸部会)

注16『戦争記憶論——忘却、変容そして継承』(関沢まゆみ編、2010年7月20日、昭和堂。

第4章　沖縄という土地のもつ再生力

――「豚の報い」一九九六年（第一一四回 芥川賞）

1

又吉栄喜の「豚の報い」は、一九九五年『文學界』11月号に掲載され、一九九五年度下半期の第一一四回芥川賞受賞作となった。受賞の発表は年が明けた一九九六年一月になったが、沖縄では戦後五十年の節目を迎えていた。しかし、戦後の沖縄はいまだ多くの矛盾を抱え、混沌とした状況のただ中にあり、一九九五年から九六年にかけての沖縄はまさに激動の時代の渦中にあった。

一九九五年六月には、二十三万人余の沖縄戦の犠牲者の名前が刻印された「平和の礎」の除幕式が行われた。九月には本島北部で女子小学生が米兵三人に暴行される事件が起きた。太田昌秀知事は「米軍用地未契約地主に対する強制使用手続き代行」拒否を正式に表明、日本政府と裁判で争うことになる。十月には少女暴行事件に抗議する県民大会が開催され、太田知事は少女を守れなかった無念さを述べ、八万人余の県民が参加したと報道された。十一月には第二回世界のウチナーンチュ大会が開催される。そのような中で年が明けた一九九六年一月十一日、又吉栄喜芥川賞受賞の知らせが飛び込んできたのだ。暗い世相に対峙する県民を勇気づけ雀躍させる受賞になった。

東峰夫の「オキナワの少年」以来、二十五年ぶりの受賞であっただけに、県内マスコミも、又吉栄喜の芥川賞受賞をあたかも事件として取り扱うような報道の過熱ぶりであった。もちろん喜ぶべき事件であり、県民は大いに歓迎した。地元二紙は受賞の報道だけでなく、社説で言及し、識者による座談会などを企画し、その意義を強調した。実はこの日、奇しくも橋本龍太郎連立内閣が発足し、橋本新内閣の顔ぶれが決まったが、芥川賞受賞の報道は、地元二紙ともこの報道と併せて第一面を飾った。

沖縄タイムス社は十二日付けの第一面に「芥川賞に又吉栄喜」「沖縄の風土・人間を描く」「受賞作　豚の報い」と見出しを付け、当時の太田昌秀知事のコメントと大城立裕のコメントも掲載した。社会面、文化面でも大きく写真入りで報道され、続いて夕刊でも報道され、翌十三日には社説で快挙を讃えた。

琉球新報社も同じように、十二日付けの第一面で「又吉栄喜氏に芥川賞」「『豚の報い』で県出身者3人目」と見出しを付けて報道した。タイムス社と同じように、社会面、文化面とも写真や記事で埋め尽くされ、同じように十三日の社説で芥川賞受賞の快挙を讃えた。

琉球新報社の十二日付けの第一面では、又吉栄喜の受賞コメントとして次のような記事を掲載した。「ほとんど期待していなかったので冷静でいられた。書き終えた段階では、肩の力が抜け、読みやすい作品になったと思っていた。沖縄の特殊性を脱却し普遍性があり、日本全国の人が読める（作品に仕上がった）と手応えは感じていた。沖縄の人々の何百年にも続く潜在意識を顕在化できたと思う。今後も沖縄の人間の深層に入り込んで、風土とかを念頭に置いて書いていきたい」と報道されている。(1)

また、沖縄タイムス社の十三日付けの社説では、「又吉栄喜さんの芥川賞を祝う」と題して次のように快挙を讃えられた。(2)

新春早々喜ばしいニュースである。又吉栄喜さんの作品「豚の報い」が第百十四回芥川賞に選ばれた。初めて候補に挙がり、最初に射止めた快挙である。

くしくもこの日は、橋本連立内閣が発足し、二十一世紀に向けて国際都市づくりに総力をあげて取り組む沖縄県の施策を左右する安保・沖縄関係閣僚名簿が次々と発表された日で政治一色。その中での嬉しいニュースであった。（中略）

戦後沖縄の文学作品と言えば、テーマが軍事基地や米軍兵士という外圧とかかわったものが多いだけに、今回の又吉さんの「マブイグミ」（霊魂入れ）とか「ワァ」（豚）という極めてウチナー

（沖縄）的な内面、深層をえぐった題材で受賞したのは意義深い。題材がまた一つ増えたと言える。

県内マスコミはこのように受賞を礼賛し、報道の過熱は数日間続いた。識者の座談会なども企画され記事も掲載される。もちろん、県外のマスコミも、久々の沖縄からの芥川賞作家の誕生に深い関心を寄せてくれた。

これらの関心の中で、当初又吉栄喜は、「豚の報い」の受賞に戸惑っているような発言もある。芥川賞受賞コメントでは「豚に落とされた魂を求め、拝所に向かう途中なのに、平気で豚肉を食べて、下痢をして、というふうな話を書いて、芥川賞をいただいたという事実を私はまだ実感していません」と謙虚に語っている(3)。

しかし、又吉栄喜の戸惑いをよそに、ほとんどの選考委員がこの作品を高く評価し推薦している。例えば「沖縄」を舞台にした作品世界に言及した五人の選考委員のコメントは次のとおりである(4)。

宮本輝：「これまで幾つかの文学賞の選考で沖縄を舞台にした作品を何篇か読んできたが、又吉栄喜氏の『豚の報い』は最も優れていると思う」「沖縄という固有の風土で生きる庶民の息づかいや生命力を、ときに繊細に、ときに野太く描きあげた」「読み終えて、私はなぜか一種の希望のようなものを感じた。負のカードばかり押し付けられてきた南の島で、屈しない人間の力が、静かに、遠慮深く、しかし自分らしくのびやかに動きだしたと思えたのである」

河野多恵子：「作者はいっさいの顕示も思惑もなしに沖縄を溌剌と描いている。沖縄の自然と人々の魅力に衝たれて、自然というもの、人間というものを見直したい気持にさせる。作者の生きている感動が伝わってくる。沖縄を描いて沖縄を超えている、この作品を敢えて沖縄文学と呼ぶのは、むしろ非礼かもしれない」

石原慎太郎：「沖縄の政治性を離れ文化としての沖縄の原点を踏まえて、小さくとも確固とした沖縄という一つの宇宙の存在を感じさせる作品である。主題が現代の出来事でありながら時間を逸脱した眩暈のようなものを感じるのは、いわば異質なる本質に触れさせられたからであって、風土の個性を負うた小説の成功の証しといえる」

日野啓三：「作中の女性たちの描き方の陰影ある力強さ、おおらかに自然なユーモア、豚という沖縄では特別重要な動物を軸にした骨太の構成などはもちろんのことだが、私が目を見張ったのは伝統的な祭祀に対する若い男性主人公の態度である」「この作品を書いた作者のモチーフの核は、若い主人公のその反伝統的な精神のドラマだと思う」「新しい沖縄の小説である。単に土着的ではない。自己革新の魂のヴェクトルを秘めた小説である」

池澤夏樹：「又吉栄喜さんの『豚の報い』を推した。これはまずもって力に満ちた作品である。登場人物の一人一人が元気で、会話がはずみ、ストーリーの展開にも勢いがある。ユーモラスである点も大事で、このように哄笑を誘う文学は日本文学には珍しい。それがそのまま沖縄という地の力であり、元気であり、勢いとユーモアなのだろう。又吉さんにはそれを汲み出す優れた釣瓶がある。

当初、県民の多くは、又吉栄喜の芥川賞受賞に拍手を送る一方で、「豚の報い」というユーモラスなタイトルに戸惑った感もあったように思われる。しかし、作品を読むとその懸念も吹っ飛び、沖縄を描いた会心作であることが分かり、再び快哉を叫んだのだ。

2

作品「豚の報い」のあらすじは、およそ次のとおりである。

十九歳の大学生正吉と、彼がいつも利用しているスナック「月の浜」の三人の女たちが、正吉の故郷、真謝島へ向かう船着き場の場面から始まる。実は、数日前、正吉が「月の浜」で泡盛を飲んでいるとき、突然、トラックから逃げ出した豚が店に飛び込んできた。店のママであるミヨと従業員の暢子《ようこ》、和歌子の三人は大騒ぎになる。中でも和歌子は豚に襲われ、マブイ（魂）を落として気を失ってしまう。和歌子はその後も精気を失ったようにぼんやりしている。和歌子の症状は豚がもたらした厄災だとして、四人はその厄災を払い、マブイを込めるために正吉の生まれ故郷である神島・真謝島へ厄払いに出かける。

真謝島へ到着した一行は、正吉の知り合いの民宿に投宿。その夜は、みんなで泡盛を飲みながら身の上話を始め、それぞれが背負った不幸な過去を吐露する。そんな中、民宿のおばさんがベランダから落ちて入院してしまう。翌日、土砂降りの雨に見舞われて厄払いは中止となる。暇を持て余した女たちは、民宿の主人が提供してくれた豚を調理して食べる。ところが、その腸や肝（チム）にあたって寝込んでしまう。またしても豚の厄に見舞われたのだ。お陰で正吉は大忙し。中でも一番症状の重いミヨを背負って診療所へ駆け込んだり彼女の世話をさせられたりと、ひどい目に遭う。

翌日、正吉は女たちを島のウタキ（御嶽）でなく、父を風葬した場所へ案内することを告げる。実は正吉の父は十二年前、海の事故で亡くなっていた。海の事故で亡くなった人間は、島のしきたりで十二年間、親族の墓に埋葬することができない。十二年目の今年、父の遺骨を風葬地から親族の墓に移すためにも島にやって来たのだ。前日にその場所を訪れた正吉は、白骨化した父の遺骨の神々しさに、その場所をウタキにすることを思い立つ。女たちへそこで拝むことを告げると女たちも了承する。正吉は、女たちと一緒に父のウタキへ向かう場面で作品は幕を閉じる。

さて、このような物語をどのように読み解くか。作品に込められた作者のメッセージを考えたり、登場人物に自らを重ねたりしながら読むことは、作品の有する効用の一つであろう。また、新しい発見に感動したり、生きる希望を見いだしたりすることは読書の喜びになる。多様な読みは多様な喜びを誘発する。

岡本恵徳は、本作品を「不幸を背負う女三人の再生物語」として次のように読み解いている。(5)

　この作品は、二つの基本的な物語の軸の組み合わせで構造化されている。
　一つの軸は、不幸な過去と悲しみを引きずり生き難さを強く感じているミヨや暢子、和歌子の三人の女たちの、神の島と呼ばれる真謝島での食中毒をくぐりぬけて再生の道を歩み始めるという、再生の物語の軸であり、もう一つは、風葬されている父の骨の処遇に迷っている正吉が、一生懸命に生きようとする女たちの生き方にふれ、その女たちの汚物の処理をひきうけることで、父との関係を新しく捉え直すという物語の軸である。この二つの物語の軸が豚の闖入事件と豚の内臓による食中毒事件という二つの事件で交錯し、小説世界を構造化することになる。(中略)
　この作品が、ホステスである三人の女性を通して沖縄の人々の意識の基層にあるものを掘り下げたすぐれた作品であることは改めて言うまでもない。とくに興味ぶかいのは三人の女性の、片方で伝承や信仰に拠りながら、他方それに囚われないであっけらかんとした関係を取っている様子が見事に描き出されていることである。そこに、現在の沖縄にみられる基層と日常との

微妙な関係が象徴的に示されているように思われるのである。(298―299頁)

さらに沖縄の近現代文学研究者である柳井貴士(愛知淑徳大学)は、先行研究を紹介しながら、豚を食し、中毒する女たちの姿に着目し、次のようなユニークな考察を提示した。(6)

注目すべきは、「しだいに高く積まれ」る〈豚〉の「骨」である。食され肉がそがれる骨は、風葬場に置かれ白骨化する父と相似形をなす。食することに貪欲な三人は、風葬場で骨をなす自然の、神のメタファーも兼ねる。女性たちの役割は多面的で、悩みを抱え吐露する者でありながら、その悩みを含みこみながらも生きることを〈食することを〉貪欲に肯定できる者でもある。(中略)ここでの食中毒と下痢、脱糞(ミヨ)の経験を通して「浄化」が行われることで、女性たちが清浄化の儀礼を通過し、後に形成される正吉の父の〈御嶽〉を支える神女となる可能性を秘めていくのである。(174頁)

柳井貴士は、さらに正吉が父の骨を見て新しい〈御嶽〉を作る行為について次のように考察する。

父の骨に出会うための「穴の中」は産道の比喩として機能する。産道をくぐることで行われるのは生き直しである。正吉は、〈豚〉を通して吐露された女性たちの生への強さにふれ、また出産のメタファーとしての脱糞の場に直面した。「産む」ものと「産まれる」ものとしての関係がここに見出せ、さらに正吉は「穴の中」をくぐることで生き直しとしての「主体性の回復」へと向かうのである。

そして父に再会するための道行きの際にテクストに何度も刻印されるのが「白い一本道」であった。「正吉は白い一本道の途中から浜におり」、「暗い穴の中に入」り、「しだいに白んできた」先で、「神々しく白」い父の白骨と出会う。（中略）「白い一本道」は島の神的空間を示しており、〈御嶽〉創造を決めた正吉はまさにここを往復するのだ。（176頁）

そして、柳井貴士は次のように自己の論をまとめる。

本論では、反伝統という視点を理解しつつも、正吉の〈御嶽〉創造の場面に、反復運動と自己肯定の思考を読み、変容したものとしての〈御嶽〉だと解釈した。それは「集合表象」として堆積された伝統的〈御嶽〉に対置されるものではない。正吉自身の禊ぎとして反復運動は、父の白骨の神としての位相への接近を促していた。ただし、その〈御嶽〉を支えるのは〈豚〉食による「浄化」を経験した女性たちであり、その「浄化」―― 苦悩とそこからの解釈こそが、「ユタ」的な性格を付与していると考察した。近代化の中で、伝統の正統性をも希薄化する。民宿のおかみは、様々な神を同居させていた。「みんな、ありがたい神様ですよ」（85頁）と片付ける思考には、多様的であり、「混沌」とした神的世界を受容する意思がある。ここでは人間が〈神〉を多種選び取って、意味づけている。「豚の報い」は伝統のバリエーションを付与する可能性を持つ作品なのである。（178頁）

加藤宏（明治学院大学）は「戦後沖縄文学における『伝統のゆらぎ』『近代のゆらぎ』――大城立裕・目取真俊・又吉栄喜の小説から」と題して、次のような見解を述べている。[7]

又吉栄喜は、この作品の中で、説話的な秩序の混乱としての「豚」と同時に民俗的な聖なる媒介としての「豚」を合わせて、ダブルイメージを造形していると考えてよいだろう。豚は秩序を混乱すると同時に聖なるものへと導く媒介項であり、単なる静的なまた歴史的な基層文化ではない。むしろ又吉によって仕掛けられた文化の起爆装置のようなものだ。外部（中国）から伝わり、沖縄の民衆生活へと取り込んだ豚の文化的表象性を、又吉は「隣人」としての親しみある豚とトリックスター的な秩序を混乱させる豚という経験をもとに、アレンジして「豚」を造形し、元からある「沖縄の力」を開放したかったというモチーフを語っている。（107頁）

又吉栄喜の「豚の報い」は文化的沖縄を描きながらも、本質主義的な大城立裕の文化観を逸脱し、「伝統文化」も、雑種的なアレンジの中で混ざり合い生成していく文化的力の中に描かれる。

こうして見ると、沖縄文学において、有力な担い手たちは政治表象、文化表象のレベルで、大城の提示したテーマや課題を反復しながらも、違った文学を試みていると言えるだろう。それは単に大城の文学が古くなり、文学制度のなかで刷新されたということだけでなく、「伝統」や「近代」そのものがゆらいでいることに原因があるのではないだろうか。大城の「沖縄」はあまりも静的になりすぎてしまったと言えるかもしれない。後続の書き手たちはそれゆえにゆさぶりをかけているのである。（108頁）

また、文芸評論家の川村湊（法政大学国際文化学部名誉教授）は正吉の行為にスポットを当てながら次のように語る。(8)

正吉は、自分の死んだ父親の葬いをしようとしている。風葬で骨だけとなった父親をどのようにすれば、葬ったことになるのか。女たちの世話をしたり、豚の「厄」を落とすために故郷の真謝島に御嶽詣りに来た正吉は、父親の遺骨を今までの御嶽ではない、正吉が「造った」新しい御嶽に収めようと決心する。「新しい御嶽を造る」、それは真謝島の、そして沖縄に古くから伝わってきた「御嶽信仰」にとっては、異端的な考え方にほかならない。御嶽は人間が勝ってに「造る」ものではなく、伝統的に、古来、「聖なる場所」として伝承されてきたものだからだ。しかし、正吉は、女たちとのてんやわんやの旅、女たちに頼られ、縋られるような旅において、ようやく自分の死んだ父親を葬る、そのやり方を見出すことができたのである。

救う者と救われる者とは、いつもその立場が固定されているものではない。時には、救われる者の方が、救う者を救っている場合もある。癒やす者と癒やされる者、救済者は被救済者であり、被救済者が救済者になるという、この小説には、そんな沖縄の、たおやかな、豊かな人間同士、男女間のつながりあい、支えあいが描かれているのである。（359—360頁）

さらに、花田俊典（故人・九州大学大学院比較社会文化研究院教授）は、父の骨を「門中墓」（一族の墓）に入れなかった正吉の行為を、文中での正吉の言葉を援用しながら次のように述べている。[9]

伝統を生きる、共同体の歴史の記憶を生きることとは、これを忠実に遵守する形態だけにあるのではない。これを現在に生きる彼の内面が要求するのなら、自在に改変されておかしくない。いや、むしろこれを許さない伝統や歴史は衰微していくしかないだろう。（748頁）

なお、松島浄（明治学院大学名誉教授）は、「又吉栄喜の作品にはスケールの大きな比喩が隠されているような気がしてならない」とし、「目取真俊の『魂込め』のアーマンにアメリカ軍基地が象徴されていたように『豚の報い』の豚にもアメリカ軍とその兵隊とが象徴されていたと思われる」と述べている。[10]

3

さて、私にとって、「豚の報い」はどのような作品であるか。簡潔に述べれば「沖縄という土地の持つ再生力」を感得することができる作品だということだ。もう少し具体的に述べれば、一つ目は女たちの姿を通して沖縄を生きる人々の躍動感に満ちた作品世界を味わうことができたこと、二つ目は正吉の御嶽をつくるという発想と挑戦に新鮮な驚きを覚えたこと、そして三つ目は、沖縄の文化や歴史がもたらすウチナーンチュの知恵に、女たちのみならず、作品そのものの有する自立する沖縄をイメージし、希望を託した作品のように思われたことだ。さらに四つ目は、これらのキーワードを支え、全編を貫いている巧みなユーモアである。ユーモアに秘められた生きることの逞しさと強さにウチナーンチュとして溜飲を下げたのである。

この四つの感慨は、私を鼓舞し勇気づけた。いずれのアプローチにも、私は共感し、まなじりを下げて快哉を叫んだのである。作品のもつ笑いの風に吹かれて登場人物と同じように「豚の報い」を受けて暗い世相を吹き飛ばし、浄化されたのではないかと思われるほどであった。

沖縄は負けない。ウチナーンチュはへこたれない。東アジアへ友好の窓を開く恰好の地理的要件を備えた沖縄は、今、日本国家から東アジアへ対峙する防塞の島としての役割を担わされている。本島のみならず、宮古島、石垣島、与那国島などへの自衛隊基地の建設が、多くの県民の反対を押し切って進められている。琉球王国が解体され、日本国家に統合された一八七九年の琉球処分以降、県民は様々な苦難を体験してきた。沖縄戦では県民の三分の一から四分の一の犠牲者をだした。戦後の二十七年間は日本国から切り離され亡国の民となる。軍事優先政策の米軍統治の圧政に苦しみ、基本的人権の回復と米軍基地の撤去を目指した日本復帰も、多くの県民の願いは叶えられずに基地は存続されたままの復帰になった。そして今なお新基地建設が進められている。戦後七十五年余、基地被害と呼ばれる惨事や負担は途絶えることがない。「沖縄は、闘っている間は負けたことにならないよ」という友人の言葉を思い出す。

そんな状況も相俟って、又吉栄喜の「豚の報い」に登場する女たちの姿に、沖縄という土地で生きる人々の逞しい再生力を重ね見ることは、あながち不当な読みではないだろう、換言すれば、「豚の報い」は県民へ勇気を与え、希望を回復させる作品のようにも思われるのだ。作品が発表された一九九五年は、いたいけな少女が三人の米兵によって暴行され、県民の抗議集会が開催された年なのだ。受賞という事実だけでなく、作品からも県民を鼓舞する息遣いが聞こえるようにも思われる。

又吉栄喜は「豚の報い」の誕生について次のように述べている。(11)

「豚の報い」には個人の葛藤だけではなく、千年来の琉球の祭祀とか信仰心とか神々とか、そういうものがいわば包含されているとも言えます。ですから、ある意味で厚みも出るし、深みも出ます。だから、沖縄の文学というのは、個人のことを書くんだけど、神話とか社会とか

歴史とかと何か結びついているんですね。（18頁）

このようにみると、女たちの個的な体験は、沖縄という島に刻まれた公的な体験として読み替えることもできるように思われる。登場人物三人の女たちの悲劇は、沖縄の悲劇でもある。女たちは時には涙を流しながら次のように語る。(12)

「みんな死んだのよ、母も父も、姉も赤ちゃんも。私一人よ、死んでいないのは」（168頁）

いつの間にか暢子は泣いている。泣きながら話しだした。

「私、うらぎられたのよ、二番目の夫よ。お店から帰ったら、女と寝ていたのよ。私が何度も会社に電話した女よ。女も夫も丸裸でね、せせら笑って、起きようともしないのよ。頭にきて、包丁探したけれど、洗い物のずっと下にあって、皿に邪魔されてとれないもんだから、フライパンで女や夫のおっぱいやら尻やらアレやらおもいきりたたいたよ」（176頁）

「私、夫の子どもを産まなかったためか、結婚したような気がしないのよ、一度も。でも九年も一緒にいたのよ……。夢のような気がする、ほんとに。正吉さんにおぶさったまま死んでしまいたいな」（198頁）

これらの言葉の背後に、沖縄の歴史を想像すると、作品は大きなテーマを持って迫ってくる。加害者はだれなのか。一人の男だけとは限らないのだ。沖縄を蹂躙する国家権力をも容易に想定することができる。そして、このような悲しみを背負いながらも、女たちは過去と向き合い、悲しみを振りはらい、逞しく生きていくのだ。

次も女たちの語る悲しみと決意の言葉だ。

「神様は私たちを試しているのかしらね……、会う資格があるかどうか……、負けちゃいけないのよね」（202頁）

「降参したら負けだよ」（202頁）

「若い女性は人生を楽しむ資格があると思うよ」

「でも楽しんだらいけない人もいるんじゃないかしら」

「なら、抗議したらいいよ」

「神様に？　変わるかしら？」

「変わるよ」

「ほんとう?」

「ほんとうだよ」

「神様はこの島にいるのね」

「ああ」

「早く会いに行きたいな」(210頁)

女たちは、それぞれに悲惨な過去を背負っている。しかし、だれもが生き続けることを選ぶのだ。そのためには大きなエネルギーが必要だろうが怯むことはない。ここでは、そのエネルギーを獲得するために「豚」の力と「御嶽」の力が援用されている。いずれも沖縄の社会に根付いている伝統的な文化の力であり、生活の力である。沖縄で生きるために沖縄を選ぶのだ。

「御嶽」を造る決意は、正吉によって次のように語られる。(13)


骨は神々しく白かった。いうぬいわれぬ光沢を放ち、どこもかもぐっとひきしまり、不純なものは微塵もなかった。正吉は横に座った。だが、正吉の父の顔はそっぽを向いている。正吉は向こう側に回った。正吉と目が合った正吉の父は笑いかけた。正吉も笑った。骨を拾い、門中墓に納めるという正吉の決心は崩れた。(219頁)

骨がこのように綺麗だとは正吉は思いもよらなかった。胸がふるえた。父の骨は風雨に晒されてきた。苦しんできた、だから、悟った。神に近づいた。十二年の長い年月一心に耐えたら凡人でもきっと神になりうる、と正吉は考えた。真謝島では非業な死を遂げると十二年間風葬にされるが、逆にこのような仕打ちをうけたために、父は美しく、たくましく変わり、神になった。このままここに祀ろうと正吉は独り言を言った。父が待っているのは神じゃない。父が神になったのだ。拝みに来る人間たちを待っているんだ。どのような死に方をしようと、十二年も海を見ていたら、神になるんだ。

死んだ先祖は神になり、生きている子孫の願い事を聞き入れるという沖縄の各地に普遍している思想が、正吉の頭の中ではひとりよがりの大真面目な観念に変わっている。（219―220頁）

女たちや俺に拝まれると父も正真正銘の神になる、成仏する。ここを御嶽の形にしよう。正吉には真謝島の東や南に昔からある御嶽がよそよそしく、力がないように思えた。わざわざ知らない御嶽に女たちを連れていくよりは、自分の神のいる、この御嶽に連れてこよう、と正吉は決心した。（220頁）

正吉の決心は、ひとりよがりの考えであるそしりを免れないだろう。しかし、女たちは同意する。女たちは御嶽に行く前に、既に自らの力で自らの神を見出し、回復しているようにも思われる。女たちには、傷ついた心身を治癒する再生力がある。宿屋のおかみさんも、「みんなありがたい神様ですよ」「うちはどの神様も信じていますよ」と語っている。[14]

ここには古代や近代に現れた神を相対化する視点よりも、神と共に生きる生活者の言葉の力を信じる視点がある。おそらく作者にも、観念的な議論ではなく、土地の力や生活者の言葉を注目するベクトルが働いているのだろう。神に救われる以前に、沖縄という土地の力、人間の力に救われるのだ。自らの中にこそ、自らを救い再生する力も宿っているのである。それを発見する物語が「豚の報い」だろう。

もう言わずもがなのことであるが、これらのことを、作者は論理的に展開するのではなく、女たちのユーモラスな言葉やしぐさに託しているのだ。ユーモラスな言葉やしぐさに秘めた生きることの逞しさである。ここに本作品の魅力の一つは確かにあるのだ。

「この豚、男かね、女かね」

「どっちがいいの？　暢子姉さんは」

暢子が言った。

「もちろん、男のほうが食べがいがあるよ」

「女だったら共食いね」

和歌子が笑った。

「豚の神様もいるんでしょう」

暢子が正吉に聞いた。

「いますよ」

「私、お腹がふくれているけど、いま、神様が私を妊娠させたのかしらね」

「あなたはいつも食べすぎよ」

ミヨが言った。

「でも、こんなに簡単に妊娠できるって幸せと思わない？　ママ」（191頁）

「人をだましたら、神様は願いを聞いてくれないの？　私たちがだますと言ったって、何もひどい目にあわすわけじゃないのよ。ただ、私たちの年を若く言ったり、彼氏はあなただけと言ったりするだけよ。禿げには禿げと言わないし、でぶにはでぶと言わないし、平には平と言わないだけよ。ね、悪くないでしょう？　お酒を飲ませたり、またお店に来てもらったりするためには仕方がないのよ。何でも正直に言ったら、どうなるの？　生きるためよ。神様もわかってくれるでしょう？」（224頁）

「試練がないと、悟りにはいたらないのよね、ね、正吉さん」

和歌子が言う。

「何だね？　むつかしいけど」

おかみが聞く。

「おなかをこわしたから、みんな救われるという意味よ、おばさん」

「何か変だね」

「もとはと言えば、おばさんのおかげよ」

「うちの？」

「そう、おばさんが窓から落ちて、怪我したから、おじさんはお礼に私たちに豚肉を届けたんでしょう？」

「そうかね？　そういうもんかね？　でもさ、そういうんなら、うちに酒を飲ませた、あんたたちのおかげだよ」

「そうね、私たちが飲ませたのよね。でも一番の功労者は正吉さんよ、正吉さんがこの民宿に泊まったんだから、ね、正吉さん」

「それをいうなら、店にはいりこんできた豚だよ」

「ほんと、よかったね、お店の前に、豚がおっこちてきて」

「私がドアを開けっ放しにしておいたからよ」

暢子が言った。

「じゃあ、一番の手柄は暢子姉さんね」（227―228頁）

かくも軽快な会話で、作品はエンディングに向かうのである。女たちは沖縄だ。女たちは負けない。沖縄は負けないのだ。

4

ところで、又吉栄喜は唯一のエッセイ集『時空超えた沖縄』(2015年)の中で、「豚の報い」の誕生について、次のように述べている。(15)

小説「豚の報い」は「人の主体性のなさ」と「人は生きている間に救われるか」というテーゼを、昔トラックから転がり落ちた豚の命がけの逃走風景にぶつけた。

崖下の海岸に風葬された、主人公の父親の骨のイメージは子どもの頃身近にあった風景から発生した。

小学生の頃、仲間と水に潜り、珊瑚礁の割れ目に食い込んだ頭蓋骨に触るという肝試しをしたが、一人野山にメジロを取りに行った時、突如目の前に現れた頭蓋骨が一段と私の胸を締めつけた。「死んだ場所から絶対動かないぞ」というかのようにじっとし、納骨堂の無数の頭蓋骨より多くを語っているように思えた。

翌日、友人たちに話したが、この体験は今でも自分だけの秘密のように思える。（小説は自分だけが知っている秘密を暴露するというワクワクしたものが作者を突き動かした時にできるものと思われる）（70―71頁）

そして、同書の中で頁を変え、「豚の報い」は主体性回復の物語だとして次のように述べている。

沖縄の人は、海洋民族の血を引き、小さい独立王国だったという気概も潜在的に残り、主体性はもともとあると思われるのだが、長年の苛酷な歴史に押しつぶされ、受け身になっていたのではないだろうか、というのが私のモチーフだった。押しつぶしているものを押しかえすためには主体性が重要ではないだろうかと考え、物語の中核にした。主体性があると自信が湧くし、大局観に立てる。空間的にも時間的にも先が見通せる。沖縄の根源の力が現代に生きる人たちに力を自覚させるというのはあまり複雑なテーマとは言えないかもしれないが、しかし、重要だし、古くはならないような気がする。

主人公の大学生は小島に風葬されている父の骨を拾骨するという、ホステスたちには内緒の目論見があるが、父の骨と対した時、あの世の力を浴び、考えが逆転し、父の骨を神に昇華させようとやっきになる。沖縄ではあの世とこの世は地続きである。聖と俗も同一のものの側面ともいえる。豚もある意味では、あの世とこの世をつなぐ、行き来する、人を案内する重要な

存在だといえる。（186―187頁）

また、「又吉栄喜文庫開設記念トークショー」では、「豚の報い」のテーマや執筆の意図などについて、次のように述べている。(16)

「豚の報い」は、筋としては割と単純なんです。豚によって、マブイを落とした男女が神の島と言われているところにマブイ込めに行くという話なんですけど、その途上で彼らは、自分に目覚める、人間に目覚めるんですね。別に御嶽の神の力を借りなくても再生するという、救われるという、そういう話です。小説は、超自然的なことに救われるというよりは、人間に救われるというように、そういうふうにしたほうが読者も、ああそうか、自分も内面を変革しようとか、そういう気持ちにもなると思うんです。ただ、神に救われるとか、マブイを込めれば救われるとか、そういうことにすると、人間を書いたということにはならないとも言えます。（18頁）

「豚の報い」を理解するには、とても興味深い発言である。

さらに、小説『木登り豚』巻末に収載された当本の発行者山口勲との対談で、同じような趣旨のことを次のようにも述べている。(17)

「豚の報い」も、神に助けてもらうという受動的な姿勢ではなくて、自分自身で回復していくという主体的な世界をねらいました。豚のせいでマブイを落としたホステスが、「真謝島に行かないとたいへんになる」と騒ぐんですが、何日かするともう治っているんです。それでもピクニック気分で島に行く。元気になっているからお互いに本音で告白しあったり、自分で自分を救っているという感じ。神様のいる御嶽に行って救われることや魂が癒やされることは問題外なんですね。これは、神による人間救済の物語ではなくて、人間同士による魂の回復の話なんです。だから結末は御嶽に行く途中で終わります。(160頁)

又吉栄喜は沖縄で生まれ、沖縄で生き、沖縄を書く作家だ。又吉栄喜の書く沖縄は、時として私たちを戸惑わせるが、魅力的な沖縄である。

又吉栄喜は沖縄を愛し、沖縄を生きる人間が愛おしいのだろう。又吉栄喜の描く作品世界は、沖縄の混沌とした状況を描きながらも希望を手放さず、再生する命を愛おしむ。広い心の振幅を持ち、ユーモアを手放さない。登場する人物のユーモアに秘められた力は、途方にくれている私たちを鼓舞してくれる。本作もその一つであることに間違いない。

【注記】

注1 『琉球新報』1969年1月12日朝刊。
注2 『沖縄タイムス』1996年1月13日朝刊。
注3 『芥川賞全集 第十七巻』2002年8月10日、文藝春秋社。
注4 注3に同じ。
注5 『現代文学に見る沖縄の自画像』岡本恵徳、1996年6月23日、高文研。
注6 「又吉栄喜『豚の報い』論──物語起点としての〈豚〉と変容する〈御嶽〉」柳井貴士。『昭 和文学研究』83集(昭和文学会)2021年9月、168―181頁。
注7 「戦後沖縄文学における『伝統のゆらぎ』『近代のゆらぎ』―大城立裕・目取真俊・又吉栄 喜の小説から―」加藤宏、明治学院大学社会学部付属研究所年報38号(2008年3月)。
注8 『沖縄文学選』岡本恵徳・高橋敏夫・本浜秀彦編、2015年1月30日、勉誠出版。
注9 『清新な光景の軌跡──西日本戦後文学史』花田俊典、2002年5月15日、西日本新聞社。
注10 『沖縄の文学を読む──摩文仁朝信・山之口貘そして現在の書き手たち』松島浄、2013年 7月25日、脈発行所。
注11 『すべては浦添から始まった──又吉栄喜文庫解説記念トークショー』2018年9月30日、浦添市立図書館。
注12 『芥川賞全集 第十七巻』2002年8月10日、文藝春秋社。

注13　注12に同じ。
注14　注12に同じ。
注15　エッセイ集『時空超えた沖縄』又吉栄喜、2015年2月20日、燦葉出版。
注16　注11に同じ。
注17　『木登り豚』又吉栄喜、1996年6月25日、カルチュア出版。

第5章　転倒する「風景」

――「ターナーの耳」

1

又吉栄喜の作品には、戦争を題材にした傑作が多い。その中でも特に強いインパクトを有して印象に残る作品には「ジョージが射殺した猪」「ギンネム屋敷」「ターナーの耳」、そして近作の『沖縄戦幻想小説集　夢幻王国』（二〇二三年）に収載された四作品「夢幻王国」「兵の踊り」「全滅の家」「平和バトンリレー」などがあげられる。

さらに興味深いのは、そのいずれの作品もが様々な手法を凝らし、特異な作品世界を有して戦争の悲惨さを浮かび上がらせていることだ。「ジョージが射殺した猪」では、沖縄にやって来た米兵が、基地のフェンス沿いで薬莢を拾っている老人を射殺するに至るまでの精神の葛藤と破壊を描いた。「ギンネム屋敷」では戦後を生きる戦争体験者の荒廃した精神と苦闘を浮き彫りにした。そして「沖縄戦幻想小説集　夢幻王国」に収載された作品は、この世とあの世の境界をボーダーレスにして登場する死者たちの姿を通して、悲しみを増幅する世界を描いている。抑え抑えの怒りが、ユーモアや寓喩等を通して強く印象に残る作品である。

では「ターナーの耳」は、どのような作品であるか。ジョージはベトナムへ派遣される前の新兵だが、ターナーはベトナムからの帰還兵である。二つの作品の主人公は対をなす物語であるかのように対照的である。「ギンネム屋敷」は、慰安婦にされた恋人を探す韓国人の姿を描き、「沖縄戦幻想小説集　夢幻王国」では、幸せな家族が一瞬のうちに破壊されたウチナーンチュの戦争が幽玄の世界で描かれる。

こうしてみると、又吉栄喜の戦争小説の特質も浮かんでくるようだ。一つは、いずれも戦場ではなく、戦場の記憶を引きずり、戦争の悲劇に怯え、日常の世界に基盤を置いて描いていることが上げられる。そして、二つ目は、戦争に翻弄される国籍を越えた人間の姿だ。日々の生活が破壊され、戦争に苛まれる人間の姿が、振幅の広い射程を有して悲喜交々に描かれるのである。

ここでは「ターナーの耳」を、又吉栄喜の戦争小説を具体的に検証する作品として取り上げてみたい。

2

「ターナーの耳」と「ジョージが射殺した猪」は、沖縄を舞台にして、戦争から帰還した将校と、戦争に駆り出される直前の兵士の姿を描いている。このような米兵の姿を描くことができるのは、米軍基地を有する土地に生きる作家の特権であろう。また僥倖であるようにも思われる。それゆえに作品は貴重であり、特異な土地の歴史を浮き彫りにした作品として高く評価される。

「ターナーの耳」は、沖縄の少年とベトナム帰還兵との交流を描いた作品だが、次のように展開する。(1)

夏休みになったばかりの昼下がり、中学三年生の浩志は、米人ハウスの塵捨て場で古びた自転車を見つける。修理をして試運転に出かけた浩志は、坂道でベトナム帰還兵ターナーの運転する大型外車と接触して転倒してしまう。ターナーは慌てて浩志に駆け寄り助け起こして謝る。浩志はどこにも傷を負っていなかったが、この場面を金網沿いを歩いていた満太郎（二十歳）に目撃される。満太郎は、浩志に「ボーッとしていろ、俺がやりとりする」と言われ、横たわったままでいる。満太郎は修理代として十ドルをターナーから出させて、半額を浩志に渡す。さらにハウスボーイとして浩志を雇うことをターナーに約束させる。

基地外の家に一人で住んでいるターナーのハウスボーイとなった浩志は、週2回、ターナーの家に出かけるが、ターナーからアメリカひまわりの栽培を依頼される。ターナーはいつも煙草(ヤク？)

を吸いぼんやりとした煙の中でうつろな状態で居るが、満太郎の情報などから、ターナーは精神を病んでいて、病院に通院していることが分かる。煙草を吸っていて、アメリカひまわりは、その元になる植物のようだ。

ある日、浩志は、ターナーから壜に入った「耳」を見せられる。ベトナムで殺した敵兵の耳で、ターナーはベトナム兵を殺したことで精神を病み帰還して治療中であった。安定期が訪れたので基地外の家で一人で暮らしながら通院治療をしていたのだが、浩志との接触事故でまた精神が不安定になったようだ。

満太郎は、貧しさゆえに後輩たちに基地から品物を盗みださせて売りさばいて生活していた。浩志も母親と二人暮らしだが、母親は戦争で聴力を失い、戦後結婚した夫をも亡くしていた。母親は米軍兵士の汚れた服を受け取り洗って暮らしを立てている。

浩志は満太郎から、ターナーの家にあるものを盗み出せと言われていたが、ある日、ターナーが大切にしていた耳を盗み出す。それに気づいたターナーはナイフを振りかざして浩志と満太郎を追いかける。二人は必死に走りゲートに逃げ込む。米兵のガードは空に向け威嚇射撃をしたのち、興奮してナイフを振り回すターナーに向けピストルの引き金を引く。腹を押さえてターナーがうずくまる。救急車がやって来て、ターナーは基地内の病院へ搬送される。

浩志はターナーの安否が気になる。ターナーに追われたわけを嘘を並べて沖縄人ガードへ説明する満太郎の言葉を遮って、耳を取り戻せなかったターナーを気の毒に思い、「これをターナーに返して下さい」と追いかけられたわけを正直に話す。ガードは驚き、耳を取り上げポケットに入れて言う。「この耳の件は軍の機密だ。軍に知れたら大変だから、俺が処分する。耳の話は絶対誰にもするな」「もう撃たれた兵隊の話もするな、早く帰れ」と押し戻される。「ターナーに耳を返していたら、ターナーは撃たれなくても済んだのに、と後悔しながら、浩志は金網沿いの白い一本道を歩き続けた」として、作品は閉じられる。

さてこのような展開で書かれる「ターナーの耳」は、私にはとても魅力的な作品に映っている。具体的に浮かび上がってくる根拠の中から三つを述べると、一つ目は「古い自転車」「耳」「アメリカひまわり」の三つの「風景」の持つ重層性である。二つ目は転倒する「風景」で自明な道理を反転させる巧妙な仕掛けである。三つ目は自立する少年の弱さと強さのせめぎ合いを描いた人間の物語であることだ。

又吉栄喜は寓喩や象徴性に長けた作家だ。登場人物のみならず、物語全体としても寓喩性を有していることを読後に強く感じる作品が多い。ユーモアに包まれた物語がとてつもなく大きな悲しみの物語であることもある。それは登場人物や物語がデフォルメされ、同時に重層性を帯びているところに依拠するように思う。又吉栄喜が身につけた小説を書く方法の一つである。

まず一つ目の魅力となる「古い自転車」「耳」「アメリカひまわり」の三つの「風景」の持つ重層性について検証してみよう。いずれもが象徴的であり同時に多層的な意味を有して立ち上がってくるはずだ。

古い自転車は、沖縄の象徴として読める。塵捨て場から拾われた自転車は沖縄の貧しさを示す記号としての役割を担っている。トタン葺きの家に母親と二人だけで住む浩志の家族の貧しさだけではない。中学も卒業できなかった満太郎の家族を含めた沖縄の貧しさだ。浩志の母親は米人ハウスに出かけ、洗濯物を届け、汚れた洗濯物を受け取って生活している。母親は戦争で爆風を受け耳が聞こえなくなっている。浩志は中学を卒業したら、まずハウスボーイをして金を貯め、母親の耳をなんとかしてあげようと思っている。塵捨て場から拾った古い自転車は米軍に依拠して生きざるを得ない沖縄の貧しさを象徴しているように思われるのだ。

ターナーの「耳」は、一人ターナーのものだけではない。ベトナムで戦ったターナーにとって、「耳」は戦場で切り取った敵兵の耳である。残虐な兵士としての行為を甦らせ、戦争の悲惨さを象徴する耳だ。同時に浩志にとっては、戦場で聴力を奪われた母親の耳をも象徴する。ターナーや、母親への愛憎を喚起する具体的な「モノ」になる。

「アメリカひまわり」は夢や希望、さらに癒やしや救いの「風景」につながるものだ。植える、成長する、萎びる、盗まれるなど、作品を展開する狂言回し的な役割をも担わせられている。

この三つの「風景」は、今述べたように多層的な意味を担った記号としても使用されている。それゆえに作品が語る世界は深く広く混沌とした世界である。逆説的に言えば、混沌とした世界を象徴させることによって、作品世界に深さと広がりを醸し出しているのである。

二つ目の魅力となる転倒する「風景」は、逆襲する「風景」と名付けてもいいだろう。重層的な

「風景」に負けないほどに魅力的だ。例えば、米軍基地のある「風景」は浩志や満太郎にとってだけでなく、ウチナーンチュにとっても馴染み深いものだ。豊かな生活を誇るアメリカ人の塵捨て場もまた、同じように馴染み深い「風景」だ。この塵捨て場から拾われた古い自転車が、米兵を強請《ゆす》る凶器に使われるのだ。強者の米兵を強請る反転した「風景」として使用される。作品を揺さぶり固定観念をも転倒させる仕掛けの一つといってもいいだろう。米軍基地や米兵に怯えていた浩志や満太郎は、逆に米兵を脅かす武器を手に入れたのだ。基地や米兵は、浩志や満太郎にとって牙を剥きだして襲いかかってくる次のような存在であった。[2]

　浩志は色鮮やかな皿から飴玉をつまみ、口に入れた。飴玉の香ばしさも煙の匂いにかき消された。ふと麻薬ではないだろうかと思った。米兵に麻薬を吸わされた、隣町の若い女の話が頭を過ぎった。二年前麻薬中毒になった女はガソリンを浴び、マッチをすり、火だるまになった。火をつける直前、体中に蛆虫が這っていると泣き喚いたという。（19頁）

　このような「風景」への逆襲である。陵辱された者が、相手を陵辱するのである。塵捨て場からの拾われた古い自転車であるだけに効果は倍増するのだ。それだけではない。威嚇する場であったはずの基地が、ターナーに追われて逃げ込む救いの場に反転するのである。

　三つ目は自立する少年の成長譚としても読める振幅の広い作品としての魅力だ。もちろん、浩志の姿は自立を模索する沖縄の姿とも重畳する。満太郎に悪への道を手引きされる浩志は自問を繰り返す。自らの貧しさを自覚させられながらも、正義と悪の狭間で揺れ動く。価値観の獲得を既に成し遂げた満太郎との対比は、作品の面白さでもある。

浩志の変容や成長譚としての読解は、満太郎とのやり取りや「ターナーの耳」を見たときの感慨やターナーへ対する思いの変化を見ることで、感得することができる。

例えば、満太郎とのやり取りは、作品の冒頭でターナーの車と浩志の自転車がぶつかったときから始まる。「絶対、動くな」「寝ておけ」「浩志、ボーッとしていろ、俺がやり取りする」（6頁）と満太郎に言われて、その指図のままにする。ところが作品の後半では、耳を盗んだことを「いいか、口が裂けても絶対言うなよ」と口止めされ、嘘を重ねる満太郎の言葉に、「おかしいと浩志はぼんやりと思った」（31頁）。そして満太郎の制止を振り切って「これをターナーに返して下さい」と言うのである。（32頁）

次に「ターナーの耳」を見た時の感慨やターナーに対する心の変化で見てみよう。最初に耳を見たとき、浩志は「驚き戸惑い」、ターナーは「相手が憎かった」んだろうと考える。その後にターナーにとっての「供養のための耳」なんだろうと推察する。さらにターナーは「戦争を忘れないために」耳を持っているのだと推察を広げる。ところが、ターナーは浩志の「母親の耳が聞こえないのを笑っているのだと誤解」し、ターナーが大切にしている「耳を盗み出す」。ターナーが血相を変えナイフを振りかざして浩志と満太郎を追いかけてきたが二人はゲートに逃げ込み、ターナーは米軍ガードに拳銃で撃たれ救急車で運ばれる。

浩志はこの経緯の中で、ターナーへの「同情心」が芽生え、「ターナーの耳」に対する「理解が深まり」、「耳を返す」行為につながっていく。作品の言葉で検証すると次のようになる。

ターナーはソファに座り、テーブルに置いたガラス瓶の蓋を開け、乾燥椎茸のようなものを取り出し、カラフルな皿に載せ、浩志の方に押しやった。

浩志は顔を近づけた。思わず仰け反った。耳だ。生きた人の側頭部にくっついている耳より少し小さいが、形ははっきりしている。(26頁/傍線筆者)

↓

ターナーを耳切り魔にしてしまった相手はどんな人間だろうか。たぶんターナーはよくよく耳の主が憎かったんだ。浩志は自分の耳の付け根がモゾモゾしてきた。ドアに刺さった鋭く大きいあのナイフにかかったら僕の耳なんか、あっという間に側頭部から切り離されてしまう。

浩志は顔を上げ、じっと耳を見つめているターナーに微笑んだ。なぜ笑ったのか、自分でも分からなかった。(27頁)

↓

なぜ殺した男の耳を保管しているのか、分からなかった。ターナーはおとなしそうな性格だから供養しているのだろうか。

浩志の手は何かに導かれるように乾燥した耳を摘んだ。厚紙のように軽く、変に手応えがなかった。嗅いだ。防腐剤のような匂いがしたが、部屋に立ちこめた煙草の臭いがすぐに打ち消した。

ターナーは耳をガラス瓶に納め、妙に恭しく持ち、寝室に入った。（28―29頁）

←

ターナー、耳を処分したら？　僕が手伝うよ。弔ったら耳の主を早く忘れられるよと浩志は呟いた。

浩志の声が聞こえたはずはないのだが、ターナーは、絶対忘れてはいけないと言った。

殺した人を忘れないために耳を保管しているのだろうかと浩志は思った。考えられなかった。

（中略）

ターナー、恐ろしい過去は忘れるべきだよ。浩志はまた呟いた。耳を丁寧に埋めたら悪い夢も見なくなるのではないだろうか。野原に小さい墓を作ってあげようと思った。

浩志は壙の中の耳に土をかける真似をし、手を合わせた。

「耳が消えたら夢なのか現実なのか、自分が生きているのか、死んでいるのか、分からなくなる」

浩志はターナーの英語をなんとか日本語に訳したが、ターナーは何を言いたいのか、分からなかった。（32―33頁）

←

（浩志は）煙を吸いすぎたのか、聴力が落ち、急に不安に襲われた。ベッドの脇のサイドテーブルに置かれたガラス瓶が目に飛び込んできた。一瞬ターナーが大事にしている赤黒い耳が、耳の聞こえない母親を嘲笑っているように錯覚した。母親を弄んでいると思った。

浩志は荒々しくサイドテーブルに近寄り、ガラス瓶の蓋を回し、中の耳をポケットに突っ込んだ。（47頁）

↓

満太郎が、何やら話しあっている米人ガードとパトカーの兵士に目をやりながら浩志に言った。

「耳を盗んだと言わなければ、すぐ帰される。いいか、口が裂けても絶対言うなよ」

「耳は？」

「耳なんかどうでもいいが、盗んだとは絶対言うな」

「ターナーは僕を恨んでいるかな」

（中略）

「ターナー大丈夫かな」

（中略）

浩志は耳を取り返せなかったターナーを気の毒に思った。

（中略）

浩志の足はゲートボックスの方へ向かっていた。満太郎が「どこに行く？　おい」と叱るように言いながらついてきた。

（中略）

浩志はポケットから耳を取り出し、「これをターナーに返してください」と言った。「なんだ、これは」と小太りのガードは素っ頓狂な声を出した。

ターナーのハウスボーイをしているが、思わずテーブルの上にある耳をポケットに入れてしまった。気づいたターナーが追いかけてきた、と正直に話した。（51―52頁）

ここまでが、浩志が耳を見せられ、耳を盗み、耳を返すまでの経緯である。耳を返すことは、浩志にとってターナーの真意を理解し、同時に母親の耳を取り返す行為でもあったように思われる。浩志の成長を物語る行為でもあったのだ。

ところが、もう一つ注目すべき顚末がある。浩志の行為は、沖縄人ガードによって隠蔽されるのだ。この終末に秘められた余韻のある展開も、作者の提示した課題の一つのように思われる。小太りの沖縄人ガードは（小太りであることによって意味を付加されるが）、浩志から耳を受け取った後、次のような行動をするのだ。

浩志の手から耳をつまみ、素早く上着のポケットに入れた小太りのガードは「この耳の件は軍の機密だ。軍に知れたら大変だから、俺が処分する。耳の話は絶対誰にもするな」

「ターナーは死ぬんですか」

浩志は聞いた。

小太りのガードは浩志と満太郎の顔を交互に見た。

「もうあの撃たれた兵隊の話もするな。早く帰れ」

浩志と満太郎は歩き出した。

「俺たちは呼び出されないよ、浩志。ターナーはまともな話はできないし、もしかしたら死ぬかもしれないからな……。かわいそうだな」

ゲートに近づく前にターナーに耳を返していたら、ターナーは撃たれなくても済んだのに、と後悔しながら、浩志は金網沿いの白い一本道を歩き続けた。(52―53頁)

ここで作品は閉じられる。ここにはいまだ自己確立が曖昧なままの浩志の姿も見られるが、それ以上に沖縄人ガードの行為が注意を引く。ガードの行為は、一見浩志を助けるための行為のようにも思われるが、ここにも転倒する「風景」が想定される。ガードの行為は、無作為の作為と喩えてもいい。ガードの浩志を助ける行為は真実を隠蔽する行為に転倒するのだ。ガードは優しさを装っているが、浩志の思いに無頓着である。情況にへつらい、一番に保身を考える。このような大人たちの姿に、いつまでも改変できない沖縄の病理があることをも言及した作品のようにも思われるのだ。作品は幾つもの多重性を孕みながら、幾つもの転倒する「風景」を提出しているように思われるのだ。

ところで、これらの三つの特質の他に、さらに作品の有する魅力をもう一つ挙げれば、生と死を対比させる作者の視線の気配りだ。耳を切る、麻薬を吸う、など、暗澹とした情況や死の誘惑に駆られる作品世界にバランスを取るように、小動物や植物の息吹き、昆虫たちの羽音を聞いて命の振動を対峙させる描写の妙だ。

翌日の昼食後、浩志はヘチマの花に飛び交う数匹のてんとう虫を見ながら縁側に寝そべっていた。

一頭の蝶が飛び去った。浩志は顔を上げ、視線を蝶に向けた。畑道に満太郎が立っている。(32―33頁)

二人は人参畑の脇に生えている、いつものソウシジュの木陰に座り込んだ。堅い幹から数匹のクマゼミが羽音を発し、飛び立った。(39頁)

これらの描写には、ターナーに宿る死の予兆とバランスを取るように、生の幽かな息吹が感じられるのだ。又吉栄喜が好んで援用する対立の構図である。

3

現代沖縄文学の可能性について、奥田博子（南山大学准教授）は次のような興味深い提言を行っている。[3]

> 沖縄には、いまだ「戦後」は到来していない。沖縄の文化的風土のなかには、そのため、日本（本土）と沖縄に関わる歴史、文化、思想《イデオロギー》、民族意識、そして戦争や戦場の体験を第三者的な視線《まなざし》で捉えかえす試みを見出すことができる。「戦争の世紀」とも言われる二〇世紀が終わった現在、沖縄を植民地問題という一つの流れの中で検証する機運も高まっている。たとえば、いわゆる「沖縄人」のアイデンティティ問題を象徴する言葉として「在日沖縄人」という表現がある。この根底には、「沖縄《ウチナー》vs日本《ヤマト》」、「沖縄人《ウチナーンチュ》vs日本人《ヤマトンチュ》」という二項対立の構図のなかで、「沖縄人」か「日本人」かというアイデンティティの〈ゆらぎ〉を問いかける文化装置《メカニズム》がある。現代沖縄文学には、このような二項対立自体の〈ゆらぎ〉を日本語を異化してその表現の可能性を拡げることで考えさせようとする試みが見られる。（237頁）

多様な視点から沖縄近現代文学を読んでゆくと、何を回避すべきか、どこへ向かってはいけないかといった消極的かつ否定的な目的《テロス》に関する展望が描かれていて、示唆的でさえある。沖縄戦が終結した日とされている一九四五年六月二三日だけでなく、沖縄の苦難と屈辱を象徴する対日講和条約が発効された五二年の四月二八日、米国から日本に沖縄の施政権が返還された七二年の五月一五日といった〈日本《ヤマト》〉にはない、封印された日付けを一つひとつ開いて書き記してゆくことが求められる。書くことを介して、屈辱や復帰の体験を「日本人」に訴えようと努めているのである。何を記憶にとどめてゆくのか、そして何を歴史として共有してゆくのかは、そこから始めなければ先へ進むことはできないであろう。（238頁）

ここには、沖縄文学の現状と同時に可能性にも言及されていて示唆的である。

ところで、戦争を描いた文学作品には、記憶に残る作品も数多い。外国作品に目を転じると、すぐに浮かんでくるのは、ベトナムの作家パオ・ニンの「戦争の悲しみ」、中国のノーベル文学賞受賞作家莫言の「赤い高粱《こうりやん》」、ハンガリー生まれでスイスに暮らし、フランス語で多くの作品を発表したアゴタ・クリストフの『悪童日記』、そしてノーベル文学賞受賞作家フランスのパトリック・モディアノの『1941年、パリの尋ね人』、さらに同じくノーベル文学賞受賞作家ベラルーシのスヴェトラーナ・アレクシエーヴィチの『戦争は女の顔をしていない』などが思い浮かぶ。

パオ・ニンの「戦争の悲しみ」は、ベトナム戦争で引き裂かれた若い恋人を描き、戦場の様子と戦争が終わっても元には戻れない恋人同士の悲しみが描かれていて胸に迫った。莫言の「赤い高《こう》粱《りやん》」は、日本軍に侵略された中国の架空の村でのパルチザンの抵抗を描いた作品だが、両軍の残酷な殺戮《さつりく》シーンは悲惨で読むことを躊躇させるほどであった。アゴタ・クリストフの『悪童日記』は、戦争で人間を殺害する大人たちの行為を見て人格を形成していく二人の少年の行く末を追った作品だが、悪を正当化する少年の行く末は身につまされた。

また、パトリック・モディアノの『1941年、パリの尋ね人』はユダヤ人である作者が、新聞に掲載された尋ね人覧の少女の消息を訪ねる作品だが、その途次で発見したナチスの残虐な行為や、加担したフランス国家の闇の部分を照らした作品であった。そしてスヴェトラーナ・アレクシェーヴィチの『戦争は女の顔をしていない』は、女の視点から戦争の悲劇を描いた作品で、従軍した女たちへの聞き取りをまとめて、戦争の残酷さを浮き彫りにしたものだった。

翻って、私たち沖縄の作家は戦争をどのように描いたのか。日本で唯一地上戦が行われ、多くの犠牲者を出した沖縄では、やはり悲惨な沖縄戦を、どのように継承していくか。戦争体験者の作家にとっても、また戦後生まれの作家にとっても共通した課題であるようだ。

沖縄文学（小説）の出発は、太田良博の「黒ダイヤ」ではないかと言われている。初出は『月刊タイムス』第一巻第二号（一九四九年）で、インドネシアが舞台の短編作品だ。軍隊に所属していた主人公が黒ダイヤのような瞳を持った少年との出会いと別れを描いている。銃を持ってインドネシア独立運動に参加する少年の姿を描いて作品は閉じられるが、沖縄の今日の情況を鑑みると、象徴的な作品のようにも思われる。

戦争体験者の作品は、その後も次々と登場する。その主な作品は船越義彰の「狂った季節―戦場彷徨」「戦争・辻・若者たち」、嘉陽安男の『捕虜たちの島ー戦争三部作』などがある。さらに長堂英吉の「海鳴り」があり、芥川賞作家大城立裕の沖縄を舞台にした「戦争と文化三部作」と自らが名付けた作品「日の果てから」「かがやける荒野」「恋を売る家」がある。

戦後生まれの作家では、又吉栄喜の他に、崎山麻夫、目取真俊、崎山多美らがいる。(ただし崎山麻夫は一九四四年生まれ)。戦争を描いた彼らの代表作には、崎山麻夫に「ダバオ巡礼」、目取真俊に芥川賞受賞作となった「水滴」、崎山多美には前衛的な言語実験を繰り返している作品「うんじゅが、ナサキ」などがある。

また米軍基地がある沖縄の特殊な状況が生み出した作品には吉田スエ子の「嘉間良《かまら》心中」、長堂英吉の「エンパイア・ステートビルの紙ヒコーキ」などがある。「嘉間良心中」は老いた沖縄の娼婦と若い米軍兵士との心中を描いたが、心中を選ぶ娼婦の悲しみが切々と伝わってくる。「エンパイア・ステートビルの紙ヒコーキ」は同棲していた米軍兵士をニューヨークまで探しに行く女性の姿を描いた。兵士は女性の元を去って戦場へ行き、精神を患ってニューヨークで物乞いをしているというのだ。女性は兵士と同棲していた日々の幸せを思い描き、エンパイア・ステートビルから紙ヒコーキを飛ばしたいというかつての二人の夢を一人で行うのだ。

戦争の描き方は様々である。又吉栄喜は、これまで見てきたように、戦場での戦闘シーンを描くのではなく、戦争で傷ついた人々の戦後を描く。あるいはベトナム帰還兵のターナーと対をなすジョージのように、戦地へ征く前に荒廃した人々の姿を描く。そして、その描き方はひとりとおりではない。本稿で見たターナーのような人物もおれば、ギンネム屋敷に登場する韓国人やウチナーンチュの病んだ姿もある。また「兵の踊り」のように、戦死者たちがこの世とあの世の境界を飛び越えて、エイサーを踊っているのではないかと思わせるような作品もある。

しかし、又吉栄喜の作品は、いずれも人間を描く普遍の世界へ着地しているように思われる。題材としての戦争は、命を描き、人間を描く普遍的なテーマを宿しているからなのだろう。沖縄の特殊を描き、世界の普遍に至る。ユニークな方法で作り上げる又吉栄喜の作品は、文学の力をも示し、言葉の力をも示唆する世界を有しているようにも思われるのだ。

【注記】

注1　ここでは「ターナーの耳」のテキストを『又吉栄喜小説コレクション2　ターナーの耳』２０２２年５月３０日、コールサック社、とした。

注2　『又吉栄喜小説コレクション2　ターナーの耳』２０２２年5月30日、コールサック社。

注3　『沖縄の記憶――〈支配〉と〈抵抗〉の歴史』奥田博子、２０１２年5月31日、慶応義塾大学　出版会。

第6章　風土が生み出したエンターテインメント小説

――「呼び寄せる島」

1

リゾートホテルのすぐ裏に祈りの場所がひっそりとある。手を合わせる人がいる。城址の中に王族の墓がある。沖縄戦の犠牲者を祀る慰霊碑がある。上空をオスプレイが飛び交う。現在と過去が融合する沖縄。未来が混沌として揺れる沖縄。又吉栄喜は一九四七年浦添城址の近くで生まれた。又吉栄喜には出生の地浦添を機縁にした作品が数多くある。又吉栄喜は浦添を次のように語る。(1)

僕の言う半径2キロの風景には沖縄のいろんなものが含まれている。凝縮されている。歴史も、人々の営みも、祭祀も。特に戦後は、荒廃して、何もなくなってしまって、そういう何もないところに、人々は精神のよりどころというか、あるいは先祖を敬う気持ちが出て、慰霊塔を作ったり、納骨堂を作ったりした。だから何もないけれど精神の世界というものはあるというようなことなんですよね。（7頁）

また、幼いころから目の当たりにしていた屋富祖大通りについては、次のように語る[2]。

この大通りですが、年中米兵や米軍関係の人だけがにぎわっているのではなく、季節が来ると勇ましくどこかでせつないエイサー隊が練り歩いたり、シーミーの雰囲気が漂ったりしました。要するに千年続いている沖縄の伝統やエネルギーが顔を出すんです。前近代と近代がごっちゃになってなにか不思議な世界をかたどっていました。

そういう中で育ったからか、歴史というか、時代というか、そういうものが実に深いと感じたり、人間というのは、いろんなものを背負っているんだなという感慨を子ども心に抱きました。（33頁）

又吉栄喜が述べるように、浦添にはいろんなものがつまっている。子どものころ、傍らにあったのが米軍基地、戦時中の避難壕、浦添グスク、サンゴ礁の海等々。自分の中に数百年の歴史があるように感じたのであろう。

又吉栄喜は一九九六年に「豚の報い」で芥川賞を受賞した。どの作品にも少年時代の「原風景」が溶け込んでいる。「私は自分の体験と言いますか、子どものころ感じたもの、見たもの、要するに五感に入り込んだものを基にして小説を書いています」と述べている。(3)

又吉栄喜にとって、身近な体験が小説のタネとなり、浦添から生まれたそのタネは芽を出し、葉を茂らせ、浦添だけでなく、沖縄や、日本や、世界や、境界を越えた人間を対象とし、鋭い告発と同時に神秘性を帯びた不思議な物語を創り、提示してくれるのだ。

又吉栄喜には芥川賞受賞作「豚の報い」のみならず短編小説に鋭い現状認識や、人間の絶望や希望を織り交ぜた衝撃的で刺激的な作品が多い。「ジョージが射殺した猪」や「ギンネム屋敷」などがその例である。

ところが短編小説だけでなく、長編小説にも、確かに又吉栄喜ワールドが展開される魅力的な作品が数多くあるのだ。「ジョージが射殺した猪」や「ギンネム屋敷」とは明らかに違うベクトルを有した作品世界であるように思われるのだが、ここにも浦添に生を受け、沖縄を生きる又吉栄喜のもう一つの世界がある。

例えば「日も暮れよ鐘も鳴れ」(一九八四年)、「呼び寄せる島」(二〇〇八年)、「仏陀の小石」(二〇一九年)などがその例である。いずれの作品も純文学的作品の趣と並行しながら、読書の楽しみを満喫させるようなエンターテインメント的な作品だ。

「日も暮れよ鐘も鳴れ」は、地元琉球新報社での連載小説として一九八四年から一九八五年に渡って掲載された作品である。二〇二二年には「又吉栄喜小説コレクション1日も暮れよ鐘も鳴れ」としてコールサック社から出版された。又吉栄喜作品には珍しい外国（フランス）が舞台の作品だ。本作の執筆には、又吉栄喜がフランスを旅した体験が豊富に作品に取り入れられているのだろうが、同時に世界各国の作家や、豊富な知識が縦横に駆使されて展開される。また作品に描かれるセーヌ川近辺の場所は、とても具体的である。作者としての豊かな力量を改めて感じさせる作品となっている。

作品は、沖縄からフランスに留学した若い女性仲田朋子を軸に展開される。朋子がフランスで寄宿することになる兄夫婦仲田勝久・早知子と小学校1年生の娘はるみ、そして遅れてやってきた母親の志津、さらに母親や兄妹の暮らしぶりを訪ねてやって来る姉夫婦の佑子と仲松潔、それに朋子に思いを寄せる岡山県出身者の伊藤、さらにフランス人の恋人パスカレットの元に居候している小暮などが登場する。

作品は一種の恋愛小説と読むことが可能であろう。それぞれの登場人物の夫婦関係、友人関係、恋愛感情が、フランスのミラボー橋周辺の描写と相俟って詳細に描かれる。兄嫁の早知子が、兄との結婚を解消し、娘のはるみを兄の元へ置き去りにして小暮との生活を選ぶいきさつや、母がパリで命を終える顚末が描かれる。それぞれの生き方や葛藤が、パリと沖縄を往還する人々の日々の暮らしの中で展開されるのだ。

作品のタイトルとなった「日も暮れよ鐘も鳴れ」は、フランスの詩人アポリネールの「ミラボー橋」から借りたものだという。作品は、ミラボー橋の詩編が、はるみに唱和される場面で閉じられる。

手と手をつなぎ／顔と顔を向け合う
こうしていると／われらの腕の橋の下を
無窮のまなざしの／疲れた時が流れる
日も暮れよ　鐘も鳴れ／月日は流れ　私は残る

流れるように／恋も死んでいく
いのちばかりが長く／希望ばかりが大きい
日も暮れよ　鐘も鳴れ／月日は流れ　私は残る

朋子の伊藤との恋愛も成就せず、勝久と早知子の結婚生活も破綻する。母も死に早知子と小暮との恋の逃避行とも思われる行方も定かでない。人々の思いや、様々な人生模様を編みながらも、月日は流れ、ミラボー橋は存在し、橋下の川は流れていく……という悠久な自然と、短く儚い人生。その人生の覚悟を、フランスで生きるという朋子の決意に込めた作品だと思われる。

「仏陀の小石」も、二〇一八年から一年余に渡って地元琉球新報社に連載された作品で、二〇一九年にコールサック社から単行本化され出版された。作品の帯には次のように記されている。「子を亡くした作家夫婦はインドの地で果たして魂の救済を得られるか?」と。そして作品の書き出しは次のようになる。「二〇一〇年七月二十九日、インドの地方都市パトナに着いた。薄暗い空港ロビーの四角い大時計の針が午前十時四十分をさしている。安岡義治は腕時計を現地時間に合わせた……」と。

主人公の安岡義治は若いころから小説を書きたいという夢を持っている。実際、一作品が地元の文学賞を受賞した。次作がなかなか書けずに悩んでいる。生活には困らない米軍基地への借地料が入る地主だ。若いころ結核を患い金武の療養所で療養生活を送ったことがある。その時に老作家と知り合う。二人は快癒してインドへ一緒に旅行することになるが、頻繁に文学論や小説作法を話題にする。二人とも作家又吉栄喜の分身とも思われる。二人の展開する作品へ向かう姿勢と文学への思いは読者にとって大いに示唆的である。作品の新しさの一つは、自らの分身を作って文学について語る構成や展開の仕方にある。そして二人の話題に「ジョージが射殺した猪」や「海は蒼く」など、又吉作品の解釈が縦横になされる。又吉ファンならずとも興味深い作品世界である。

又吉栄喜本人もインドへの旅は数回行ったというが、作品ではわが子を失った安岡と妻を含め七名の少人数での旅で、インド人で沖縄在のバクシの案内でなされる。老作家を含めてそれぞれの登場人物は個性が際立っている。ガンジス川を含めてインド各地の町の人々や史跡に対する記述は詳細で、又吉栄喜本人の旅の体験と、膨大な知識によるものだろう。この方法と作品舞台をインドに設定した二つの新しさによって作品は展開する。

長編の作品だが、魅力は右に記した以外にも数多くある。まずユーモラスな会話やとぼけた表現が随所に現れる。また文学談義だけでなく、人生訓とも思われるフレーズが散在していて刺激的である。さらに繰り広げられる作品世界は、聖と俗、この世とあの世、男と女、生と死など、いくつもの対立する思索が取り込まれ横断的に論議される。さらにツアーに参加した人々のみならず、彼らの関係した人物の物語が、様々な陰影を持って挿入される。長編であっても次の頁を早くめくりたくなる衝動は、これらのユニークな目配りから来るものだろう。

「呼び寄せる島」は沖縄らしい豊かな自然の残る離島が舞台だ。作品は「脚本家の民宿」と題して、琉球新報社の夕刊小説として二〇〇五年四月から一年余に渡って掲載されたものである。二〇〇八年、光文社から単行本として出版する際に改題されたようだ。

主人公諒太郎を中心とするドタバタ騒ぎであるが、なんともはや味わい深い。諒太郎は、脚本家志望の青年で那覇に住んでいる。故郷湧田島で民宿を買い取って、そこを訪れる人間を観察し脚本のモデルにしようと目論んで島へ渡る。その諒太郎に力を貸そうと集まってくる幼馴染みの修徳、秀敏、猛雄、安七らと島の長老たち。あるいは島にやって来る若い女性たち。これらの人々が織りなす半年余の顛末記がこの作品だ。

作品に登場してくる人物は、だれもが皆、夢を持って一所懸命に生きている。しかし、その一所懸命さが何とも滑稽で危うい脆さの上に成り立っている。このことが明らかになっていく構成だけでも、シニカルな寓喩性を感じる。しかし、それ以上に登場人物の言動には人間が生きていく日常の悲喜劇がある。それを作者特有の風刺の効いたユーモアと、風土の生み出した温かい素朴な視点で描き、優れたエンターテインメント小説となっているのである。

沖縄文学の持つエンターテインメント性について、奥田博子は、その誕生する背景や必然性について次のように述べている。(4)

2

沖縄の語りには、日常性と非日常性を分断せずに物語る流れがある。一つのサイクルで反復される行為と捉えることもできる。また、個人の力を超えた神秘的な存在を媒介に、見えないものを見えるように形象《かたど》る姿勢を指摘できる。さらに、語りの独特のリズムは自我意識から抜け出して遠い共同体の記憶や神話的な時空間へ参入する回路へと誘《いざな》う。民族の受難の歴史を受け容れることを通して、他の人びとの自由を尊重し、授け合い、そして共感する人間力が養われることにもなる。地域社会や共同体の癒やしの回路が公共性を創出し、祖先や死者の眼で現在を見つめなおす有機的な連関となって、魂の平安を祈ることになる。それはまた、現実の生活に、〝気づき〟をもたらすことで地域社会や共同体が癒える契機をもたらすのである。

このように、沖縄では、世代を超えて受け継いできた伝統と文化のなかで、自らの存在を主張し、それを現在に活かしてゆくために、他者の視線《まなざし》とともに他者と一体となって楽しむエンターテインメント性、アイデンティティを自覚する場が、〈いまここ〉に立ち現れる。伝統とは、歴史的な生活や信仰に密着したものというだけでなく、〈いまここ〉に生きている〈われわれ〉によって選び取られ、生成・変化しながら創られてゆくものであることを実感させられる。（230―231頁）

さて、又吉栄喜の作者としてのスタンスは、人間を公平に描くところに特徴の一つがある。それは、人種や国籍を越え、性差や思想を越えて、絶望も希望も、滑稽さも真面目さも、人間の有する常態として捉える視点である。既述した長編三作品にも又吉栄喜のこの視点は援用されている。三作品とも新聞小説であるがゆえに読者を引きつける仕掛けもあるはずだ。これらを今一度検証するのも又吉文学を理解する一助となるだろう。「ジョージが射殺した猪」や「ギンネム屋敷」の世界とは違うエンターテインメント的な作品世界にも、確かに又吉栄喜の文学世界と名付けることが可能なもう一つの作品世界があるように思われるのだ。

ここでは三作品の中から「呼び寄せる島」の特質や、作品に込められた意図を推察してみたい。

作品の主人公は二十六歳の脚本家志望の青年諒太郎である。諒太郎は生まれ故郷の湧田島に戻り民宿を始めたいと思っている。持ち主が病のために閉鎖された古い民宿を買い取り、宿泊客から奇人を探して脚本のモデルにしようと企《たくら》んでいる。湧田島は亡くなった父の故郷で、諒太郎もこの地で成長したが、本島の北部ヤンバルに住んでいた祖父である母親の父が亡くなり莫大な遺産が一人娘の母親に相続される。母親と諒太郎は本島に渡り、諒太郎は琉球大学を卒業し定職には就かず、脚本家として自立する日々を夢見て努力を続けている。母親は那覇にマンションを建築して最上階に諒太郎と暮らし、お茶や旅行など、優雅な日々を楽しんでいる。

涌田島には幼馴染みの友人たちがいる。役場に勤める修徳、猛雄、秀敏、徹の他に漁師の安七もが諒太郎の来島を歓迎し、民宿開店に協力するとして頻繁に訪ねてくる。特に小説家志望の修徳は諒太郎と文学談義に興じ、いつの日にか秀作を書き上げスポットを浴びる日を夢見ている。ところが、修徳にはいまだ完成した一つの作品もない。諒太郎も書いた作品を文学賞に何度か応募しているのだが一度の入選に続く作品がない。修徳は志は高く意欲はあるものの、作品は完成せず、本島からやって来た派遣会社の社員である人妻周子にうつつを抜かしている。諒太郎の民宿経営は、書くための夢を叶えるためのものなのだ。

そんな中、島では島起こしの起爆剤として役場が主導した芝居を上演することが決定される。芝居の脚本執筆者には役場職員の修徳が指名される。修徳は島にやって来た諒太郎と共同執筆で脚本を執筆することを目論む。諒太郎も了解するのだが、脚本は一向に仕上がらない。

二人はアイデアを練るためにと称して島に住む変人・奇人を訪ねたり、島にやって来る変人・奇人との交流を重ねるものの、アイディアだけが膨らんで具体的な作品として定着しない。島に住む変人・奇人とは、魚の眼だけを食べるキジムナー（木の精霊）男とか、万病を治す秘薬を作るおばあとか、鶏の真似をして羽をばたつかせながら神のお告げを述べるナベおばあとか、さらに刺身をぺろっと平らげる村の長老とかがいて取材をする。それだけではない。村には様々な人々が縁故を頼って呼び寄せられる。島のあちらこちらに穴を掘る自然保護運動家や、テレビのCM作成のプロデューサーなどもやって来る。さらに周子の娘のクミが民宿を手伝うとして島にやって来るが、やがて民宿は、クミや周子らによってスナックに変えられそうになる。島の男たちは、クミや周子や役場職員の千穂子らを巡って愛憎入り交じった恋愛騒動を展開する。古くから伝わる夜這いの慣習などを盛り込みながら大小の激流やさざ波を立てながら歳月が重ねられていく。

やがて提出期限が迫っても脚本が完成しない二人に、業を煮やした役場当局は二人への委嘱を解約し、役場に勤める文学少女と呼ばれる千穂子と新たな契約を結ぶ。プライドを傷つけられた修徳は激怒する。しかし、千穂子も悪戦苦闘をしながらも作品はなかなか完成できない。やがて、島にやって来た変人・奇人の助けを借りながら作品は完成に向かい、だれもがハッピーな気分になる終末を迎えるのである。

さて作品は一年余に渡る新聞の連載小説で、単行本にしても六〇〇頁余の長編小説だが、次々と現れる登場人物や、その人物に想像力を飛翔させ物語を紡ぎ出す諒太郎の空想癖とショートストーリー、そして小説家志望の修徳の矜恃と恋愛騒動など、展開には飽きることがない。涌田島という小さな器に、様々な人間の大きな夢や赤裸々な愛憎を盛り込んだ作品だと言えよう。

作品に現れた最も特徴的なことは、土着と結びついたユーモアの世界、風土を取り込んだシニカルな風刺、寓喩とも呼ぶべきデフォルメされた人間の作り出す喜怒哀楽にあるだろう。総括的に言えば風土が生み出したエンターテインメント小説だと喩えられよう。

例えばその一つにキジムナー男が登場する。キジムナーは沖縄県民には馴染み深い樹の精だ。髪はボサボサ、ガジュマルの樹に棲みつき、魚を捕るのが上手で、特に目玉が好物だという。女房にキジムナー男にされた人物を、諒太郎は脚本のキャラクターにすることができないかと考え、友人の安七を伴って訪ねる場面は次のようにユーモラスに描かれる(5)。

キジムナー男は枝にかけてあるズボンに足を通し、三線を残したまま、枝にぶら下がり、素早く着地した。

キジムナー男は逆三角形の顔をし、口が突き出ている。針のような前髪が目をおおっている。魚の目玉とは対照的な切れ長の目をしている。キジムナーというより、かっぱのようだと諒太郎は思った。

木陰に座ったキジムナー男に安七は「これ、目玉だ、おじさん」とガラス壜を差し出した。キジムナー男は無言のまま受け取った。(中略)

二人もキジムナー男をはさみ、座った。ゴワゴワしているガジュマルの幹の周りを涼しい風が回った。

「単刀直入に聞きますが、おじさんはなぜキジムナーなんですか」

諒太郎は聞いた。驚いた安七が、諒太郎とキジムナー男の顔を交互に見た。

「キジムナー？　女房が思っているだけだ」

「だったら、なぜ魚の目玉を食べるんですかね」

「好きなものを食って、悪いか」

「美味しそうでもないし、あまりにも食べ過ぎじゃないですか」

「漁師が毎晩、泡盛を飲むようなものだ」

「目玉は丸呑みするんですか」

「よく噛んで食べるよ。丸呑みしたら、ヌーディー（喉）チーチー（つまる）する」

キジムナー男はガラス壜を開け、目玉を一個つまみ、口に入れ、力強く咀嚼した。糸切り歯は尖っている。

「……美味しいですか」

「目玉は心の窓だ。食べると魂が光る」

「魂を光らせて、これからどうするんだ？　おじさん、もう歳なのに」

安七が言った。

「光らせておいたら、あの世に行っても、すぐ生まれ変わる」

「生まれ変わるのにも早い、遅いがあるんですかね」

諒太郎は聞いた。

「ある、わしは早く生まれ変わりたいんだ」

「明日のこともわからんのに、死んだ後のことなんか、とうていわからんよ、おじさん」

安七が言った。

「お前は心が汚れているから、生まれ変わるのに何億年もかかる」（152―154頁）

なんだか禅問答のようだが、思わず笑みがこぼれる。土地の慣習や伝承を取り込んだ愉快な会話は本書の多くの頁に散在している。

また、諒太郎が小説家志望の友人修徳と共に、刺身をぺろりと食べる陰の権力者であり島の政治を操る長老を訪ねる場面も面白い。「小説家として大成したい」と意気込む修徳と長老とのやりとりは、ユーモアのみならず、シニカルな風刺としても機能している。

「長老、ぼくは小説家になりたいんだ」

「小説家はイナグワラビ（女・子ども）がなるもんだ。軟弱だ。男の一生の仕事じゃない。立身出世しろ」

「政治は文学の敵だ。政治は人を殺し、文学は魂を救う」

修徳が急に激高した。

「何を言うか。人間を救うのは政治だ。文学なんか行動も起こさないで人を迷わすばかりだ。文学がなくても人は生きられるが政治がないと殺し合いになる。人間の性《さが》を抑えているのは政治だ」（391頁）

他にもユーモアを伴ったシニカルな風刺と思わせる場面は幾つもある。頁をめくる度に、一度はクスっと笑みがこぼれるほどだ。そのような場面をもう少し無作為に抜き出すと次のような箇所が目につく。

修徳はビールをあおり、口をぬぐった。

「小説に役場の鬱屈をぶつけたいと常に思っていたが、いつのまにか人妻に解消された」

鬱屈は創作のエネルギーに変わる。人妻に解消なんかされたらもったいないじゃないか。諒太郎は思ったが、「しかし、別れられてよかったよ」と言った。（32頁）

「キザ？　どのように」

「そうですね、……夢、旅路、これほど僕に似合う言葉はないとか」

「修徳はしらふで言ったのか？　たわけたことを……」

「私の目を見つめて、あなたには、思い通りにならない男と女の業《ごう》は微塵もくっついていない、とか」

「何？　それ」

「私もよく意味がわからないんですけど」

「他にも何か？」

「そうですね。僕は女性がはいている靴と足を見て、その女性の全てがわかる、とか」

しかし、千穂子もこのような不可解な言葉をよく覚えているなと諒太郎は思った。

「修徳は魅力的な人に対してだけキザなことを言うんだろう」

たぶん人妻にもささやいたんだろうと思いながら、千穂子がどう返答するのか知りたく、諒太郎は言った。

「修徳さんは自分のことを、山椒は小粒でもピリと効く、なりが大きいトウガンより味が深いと私によく言います」（82―83頁）

「わしはもう、あの世に教員の名刺を持っていくしかないんだ。何事も繰り返せるのに、人生だけは繰り返せないんだ」
この人を芝居のモデルに使えないかと一瞬諒太郎は思った。すると何の符号か、喜久男は芝居の話を口にした。
「君たち青年は芝居を作るそうだが、人生を考えさせるものはよせ。この歳になって人生を考えたら恐ろしくなる。人生をわかってももう遅い」（136頁）
「この子はあと七十年も寿命があるから羨ましいよ。オバー、うちがもし、あと七十年も生き

るんだったら、十年おきに夫を替えるよ」（178頁）

「あんたも歳に抗ったらならんよ。歳を取ったら歳と仲良くしなければね。病気になったら病気と仲良くなさいよ。そうしたら仲良くなりたくないと言って、歳も病気も離れていくからね」（181頁）

「父より私のほうが多くの病気を持っているよ」

「治さないんですか」

「機械的に病院には通っている。だが、完全に治る頃にはたぶん百歳になっている。せっかく治したのに天寿を全うしてあの世行きだ。健康になるために人は生きるんじゃない」

息切れをしているのに、よくしゃべるなと諒太郎は思った。

「死ぬまでに臓器は使い切ってやろうと思っている。健康な臓器を残して死ぬのはもったいないからな。どうせ生まれ変わる時はすべて新しい臓器になっているんだ」（223頁）

神を崇める、ハブを嫌う、女を好きになる。これは人類共通の無意識の世界だ。（465頁）

まだまだ、いくらでも抜き出すことができる。一頁に一箇の笑いがある。土地の暮らしと結びついたユーモアの世界、風土を取り込んだシニカルな風刺、何よりも土地に生きる人々の言葉が弾んでいる。人間を描く、人間の悲喜劇を描く又吉栄喜の面目が躍動している。それは人間への愛おしさ、命への愛情が基盤となっているものだ。

「呼び寄せる島」に呼び寄せられる人々、「呼び寄せる島」に生きている人々の姿には、だれもが皆、自らが信ずるものを探し、あるいは手に入れて、精いっぱい生きている。私たちの身近なだれかを思い出させる。これだけでも一つの寓話の世界を生み出している。

3

又吉栄喜は、沖縄で生まれ、沖縄を生き、沖縄を語る作家だ。多くの作品が沖縄を舞台にしている。沖縄という土地に生きる人々の喜怒哀楽や、刻まれる不条理の歴史を凝視し、多様な方法で作品化する。その手法も多くは沖縄という土地の持つ特性や人々の生き方にヒントを得たものが多い。

沖縄という土地の力を考えるとき、私の脳裏に浮かび上がってくる一冊の本がある。それは『場所を生きるーゲーリー・スナイダーの世界』と題したアメリカ文学研究者山里勝己（琉球大学教授）の著書である。ゲーリー・スナイダーは、一九三〇年カリフォルニア州サンフランシスコ生まれのアメリカ合衆国の詩人だ。日本にも滞在歴があり自然保護活動家でもある。芭蕉などの俳句にも造詣が深いが、山里勝己との対談で、土地の力、場所の役割について、次のような興味深い発言をしている。(6)

ある作品について、私たちは「この作品には場所の感覚がある」というようなことを言ったりします。もし、ある作品が、自然の光景や自然環境の独特な雰囲気、音、においなどを豊かに喚起することができるのであれば、そこには場所の感覚があると言えます。もちろん、場所を描く際の、正確さや深みについては、書き手によって差異は出てきます。

場所の感覚を獲得するにはいろいろな方法があるでしょう。たとえば作家がよくやるように、ある場所に出かけていってちょっとしたその地方のディティールを使う手もある。それから、ある場所に長い間住み続けていて、その場所を熟知し、特別に意識することもなく、あたりまえのように場所について語ることができる人もいる。三番目の例は、これが私たちにとっては興味のあることですが、意識的に自分の中で場所の感覚を深化する例ですね。そのためには、すべての細部を明晰に理解する必要がある。

これはそんなに難しいことではない。どういうことを理解する必要があるかと言うと、ひとつは季候パターンで、年間雨量や最高気温、最低気温を知っておく必要があります。これが植物の限界を定め、農業の限界を教えるのです。二番目は、地形をよく知ることです。つまり、川がどこへ流れ、どのように繋がり合うかということなどに注意を払っているかどうか、別の言葉で言えば、地域の自然を優しく注意深く見ているかということ。三番目は、土地に生えている植物を知ること、そしてそれがどのように分布し、その分布の意味することを理解すること。それは同時にその分布の生態学的な意味を理解し、さらにはその歴史的な意味を理解することを含みます。植物の分布は、じつは歴史的にも大きな意味を示唆しているのです。

　このような情報をもとにその場所の歴史を理解する必要があります。その場所における生態学的な歴史と人間の歴史です。ここの先住民は誰であったか、そしてその人たちはどのような生活をしていたのか。これはたいへんな情報を包含する領域です。ひとつの場所で、先住民の文化がどのように存在していたかがわかれば、その場所のことがほとんどすべてわかるようになります。（73—74頁）

長い引用になったが、引用文は「呼び寄せる島」だけでなく、沖縄の作家たちの、沖縄を舞台にした作品を読むときにも参考になる。「場所の感覚」に留意することは書き手だけでなく、読み手にも充分に示唆的である。

また作品と場所の関係について、ノーベル文学賞受賞作家大江健三郎も「小説は人間を描く。しかしその人物と作者の根ざしている土地・場所をいかに反映させるかで、リアリティーの質がきまってくる」と述べている(7)。

ところで、戦後の沖縄文学は倫理的であることが特徴の一つにあげられる。このことも場所の歴史が生み出した必然的な結果の一つかも知れない。沖縄は戦後、すぐに日本国から切り離されて無国籍の民となる。米軍政府統治下で土地が強奪され、軍事基地が建設され拡張される。戦後二十七年間の軍事優先政策が貫かれた米国民政府統治下の時代も、日本復帰後の現代も基地被害と称される多くの事故や、米国軍人や軍属による婦女子への暴行事件は絶えることがない。さらに県民の三人から四人に一人の犠牲者が出た沖縄戦の体験から、県民の平和を希求する思いは強い。しかし、その思いを無視するかのように、日本政府は沖縄本島を含めた南西諸島へ自衛隊の配備を強化し、中国や北朝鮮の侵略を防御するとして防塞の島と化す計画が押し進められている。沖縄の表現者たちは、戦後七十年余もの間、このような状況へ対峙し、真摯に声をあげてきたのだ。

特に詩歌の作品には、このような状況に対峙し、不安や危機感を募らせ、蹂躙される沖縄の地で、いかに生きるかを真摯に問い、表現の言語として紡いできた。このことが沖縄文学の主流として引き継がれてきたはずだ。

ところが沖縄文学全体を眺望すると一条の光のように、様々な方法や言葉での挑戦があることが容易に分かる。例えば、その一つに状況に対峙する方法として、延々と引き継がれてきた沖縄の伝統的な文化の力を掘り当てて政治の言葉と対峙する方法がある。二つには、沖縄の歴史から培った県民の持つアイデンティティや、武器としての笑いやユーモアを、差別や偏見に対峙させ新しい倫理観を構築する。倫理的な姿勢を堅持しながらも、土地の言葉を援用しながら、多様な言葉で闘う表現者たちの挑戦や模索が見えるのだ。

笑いの力で、沖縄の歴史や人間への差別を鋭く告発した作品には、知念正真の戯曲「人類館」(一九七六年)がすぐに思い浮かぶ。また土地の言葉や文化の力で、困難な状況へ立ち向かう先見的な作品には大城立裕の「亀甲墓」（一九六六年）がある。

「人類館」は一九〇三年、大阪で開催された万国博覧会の会場で実際に起こった「人類館事件」をモチーフにしている。沖縄から連れてこられた「琉球人」が展示された事件だ。沖縄の演劇集団「創造」のメンバーであった知念正真は、この事件に沖縄人への差別や偏見、皇民化教育や共通語の励行、沖縄戦における日本軍の住民虐殺などの要素を取り込みながら沖縄近現代史に隠蔽された矛盾や不条理を明らかにする。舞台は「陳列された男」「陳列された女」「調教師ふうの男」の三人が登場するだけだが描かれる世界は広い。何よりも大きな衝撃は、この三人のやり取りを、笑いや風刺を織り交ぜながら悲喜劇に作り上げ、差別を反転させて痛烈に批判した方法である。一九七八年に第22回岸田國士戯曲賞を受賞するが、笑いの力が差別や偏見を反転させる力になることを示した作品であった。

「亀甲墓」は沖縄初の芥川賞作家大城立裕の作品である。大城立裕は、沖縄固有の文化を背景に沖縄戦と米軍統治の矛盾を凝視し、沖縄の自立と自らの自立を文学の場で模索した作家である。「亀甲墓」は沖縄戦の際に、亀甲墓に逃げ込んだ民衆の姿を描いている。

沖縄では、終戦後、間もないころまで、死者は白骨化するまで洞窟の風葬場や墓内に置き、その後、洗骨して甕の中に入れ亀甲墓に埋葬する習慣があった。亀甲墓は、亀の甲羅を象《かたど》っているが、同時に女性の子宮をも象ったもので、死者が母体に帰ることをも意味していると言われている。

小説「亀甲墓」は「言語実験をもつある風土記」とサブタイトルが付され、次のように始まる。(8)

なにしろ、ウシにとっても善徳にとっても、百坪のなかの十五坪の萱葺きのなかのことしか、考えない日常だったのだ。沖縄県とか大日本帝国とかアメリカとかいうものは、出兵兵士を見送ったり、遺骨を出迎えたりする日に考えるだけだったから、あの音がそれらと関係があるなどとは、さらに気がつくはずがなかった。

まず、ドロロンと空気をぶちこわすような音がして、家がゆれた。(17頁)

沖縄戦は、民衆にとって、日常が非日常に化する日々だった。日夜の絶え間ない「ドロロン」の音は民衆を恐怖に陥れ苛むものだった。そしていつの間にか非日常が日常に化する。それゆえに、先祖の力をも借りねばならない未曾有の体験だったのだ。

きょう、アメリカがイクサおしよせまして、カンポーも撃ちあばれていますから、どうかしてお元祖さまのお助けで、たくさんの孫たちの体になんのさわりもありませぬよう……。(55頁)

ぎこちない土地の言葉であるが、大城立裕のこのような言語実験と土地の精霊をも射程に入れた作品世界は、沖縄の表現者たちをも大いに刺激したものと思われる。

翻って考えるに、又吉栄喜の「呼び寄せる島」は、知念正真や大城立裕と同じように、土地の力を援用し、作品世界を豊かに広げゆくものであるが、作られた世界はこれまで概観してきたように、二作品とは違う新たな趣きを有した作品である。差別を鋭く告発したのでもなく、言葉の実験を試行したものでもない。むしろ、ゆったりと流れる土地の時間に包まれて、自らの希望をかざして一所懸命に生きて行く人々の姿を描いたものだ。この一所懸命さが、時にはユーモラスな姿にもなるのだ。島の歴史をまとい、島の文化を継承している人間の姿を、脚本家や小説家を目指す人物の姿を通して描いていく。描かれる者も描く者も寛容な心で温かく見守るもう一つのメタフィクションとしての作家の視線がある。ここに「呼び寄せる島」の特徴がある。破天荒な冒険を描いた青春小説のようでもあるが、通奏低音として流れる「オールド・ブラックジョー」の歌のように、死を避けることのできない人間の弱さと命への愛おしさがある。

ここには、「ジョージが射殺した猪」や「ギンネム屋敷」とは違う又吉栄喜のもう一つの作品世界が確かにあるように思われるのだ。

4

土地の力と併せ持つユーモアや物語のもつ寓喩性もまた「呼び寄せる島」の特質の一つであろう。ここには豊かな風刺もが笑いと共に巧みに取り込まれている。私は東洋版の「ドン・キホーテ」と名付けて楽しく読んでいる。

また文中には、登場人物の諒太郎が「ドン・キホーテ」について評する次のような言葉がある。

諒太郎は「ドン・キホーテ」の残酷な笑いや味のある主人公に傾倒している。「人はそれぞれに何かを信じている」というテーマも不滅だと思っている。

「君は間違っている」といくら忠告してもまったく信念を変えようとしない人間。忠告した人も何かを頑なに信じ、他の人に耳を貸さない。「自分だけは絶対正しい」と信じるのは非常に危険だが、人間は誰一人この性を脱却できないのだ。（38頁）

『ドン・キホーテ』は、スペインの作家ミゲル・デ・セルバンテスの小説で、主人公アロンソ・キハーノが、騎士道物語の読み過ぎで現実と物語の区別がつかなくなり、自らを遍歴の騎士と称し、冒険の旅に出かける物語である。一六〇五年に出版された前編と一六一五年に出版された後編があるという(9)。

主人公は、自らを「ラ・マンチャの男、ドン・キホーテ」と名乗り、ロバのロシナンテにまたがって世の中の不正を正す旅に出る。自分をとりまく全てを騎士道物語的な設定に置き換えて次々とトラブルを巻き起こすが、ドン・キホーテにはサンチョ・パンサと呼ばれる従者がいる。ドン・キホーテの近所に住む農夫だが、彼の旅に同行する。奇行を繰り返すドン・キホーテに何度も現実的な忠告をするが、大抵は聞き入れられず、主人とともにひどい災難に見舞われる。この二人の旅が、時代錯誤的な認識と相俟って笑いを生み出す。

『ドン・キホーテ』は、出版以来、様々な読みや様々な評価がなされてきたようだ。十八世紀になると、セルバンテスの伝記研究と共に実証的な作品研究が始まり、『ドン・キホーテ』は笑いを取るだけでなく、騎士道に代表される古き悪習を諷刺し、やがて打倒につながったという道徳観や、作品に込められた批判精神を読み取っていく。さらに十九世紀になると、これとも全く異なる読み方が登場する。十九世紀の解釈はロマン主義によるもので、ドストエフスキーの解釈が典型的であるという。彼は『作家の日記』の中で『ドン・キホーテ』を「人間の魂の最も深い、最も不思議な一面が、人の心の洞察者である偉大な詩人によって、ここに見事にえぐり出されている」、「人類の天才によって作られたあらゆる書物の中で、最も偉大で最ももの悲しいこの書物」と評されたという。[10]

また二十世紀の文芸評論家ミハイル・バフチンは、ドン・キホーテをカーニバル文学の大傑作であると評価しているという。さらに二〇〇二年五月八日にノーベル研究所と愛書家団体が発表した、世界54か国の著名な文学者百人の投票による「史上最高の文学百選」で第一位を獲得したとされている。[11]

ところで、『ドン・キホーテ』と又吉栄喜の「呼び寄せる島」を重ねて読むことは無謀だろうか。私には極めて面白い試みだと自負している。騎士道の虜になったドン・キホーテとサンチョ・パンサは、文学の虜になってドタバタ騒ぎを演ずる諒太郎と修徳に重なる。ドン・キホーテが作り上げた空想上の貴婦人ドゥルシネーアに、周子やクミや千穂子を重ねる。猛夫や秀敏、安七や徹は、ドン・キホーテの村に住む村人たちだ。このキャラクターで物語は動き出す。ここに奇怪な行動をする秘薬作りのおばあや、キジムナー男、鳥の真似をしてあの世からの言葉を告げるナベおばあらが登場する。ドン・キホーテに登場する風車のように諒太郎と修徳の冒険に彩りを添える。沖縄が生み出した東洋版「ドン・キホーテ」として十分に成り立つようにも思われるのだ。

又吉栄喜は世界文学への造詣も深い。巧みな寓喩、巧みな風刺や笑いを取り込みながら、風土が生み出したエンターテインメント小説を創出することは可能であるようにも思われるのだ。この飛躍する想定も「呼び寄せる島」が生み出した恩恵かも知れない。既述した諒太郎の感慨を具現化した作品のようにも思われるのだ。

最後に、本作品に散りばめられた諒太郎や修徳が語る文学観を幾つか紹介しよう。ユーモアと同時に反転する真理がある。

とにかく、文学は魔術だ、文学者は魔術師だ。人々に魔術をかけ、世界に迷いこませる。目をくらまし、手足を動かし、簡単には見破られない入口にしだいに誘導する。このようなものが文学の本質ではないか。(39頁)

修徳は話題を変えた。

「文学は迷っている人に一筋の光明を与える仕事だが、文学をやっている僕は迷わされてばかりいるよ」

「作者が迷わなければ、人に光明は与えられないよ、修徳」(576頁)

「まあ、しょんぼりするな。僕たちには文学の道以外の道はないんだ。寄り道はできないよ」

君みたいな優柔不断な男はクミには向かないと修徳は言う。クミはまだ俺を好いていると諒太郎は思った。周子は以前、「諒太郎さんだけはクミに手を出していい」と言ったが、女にのめり込めない俺は、書く脚本が浅くならないだろうか。いや、違う。文学者は創造の中の森羅万象にのめり込むべきだ、と思った。（603頁）

修徳はピザを平らげ、立ち上がった。

「通い慣れた道のアチコチに落とし穴を掘るのが作家の仕事だと与儀先生は言っているよ、諒太郎」

「……」

「文学というのはハブのいない所に、強力な毒を持つハブを放つようなものだとも言っていた」（604頁）

「呼び寄せる島」は、又吉栄喜文学の作品世界の持つもう一つの峰を確かに作っているように思われる。それだけではない。沖縄文学には数少ない風刺やユーモアや多様な比喩に彩られた山の頂点をも示しているのだ。

作品は諒太郎の次のような述懐で閉じられる。

マンションのベランダに立ち、涌田島の方角を見た。林立するビルが消え、濃密な、夢のような時間の中に島の人たちが彷彿した。

この世を去った前の長老にも会えた。寿命が燃え尽きそうな秘薬老女にも会えた。世の中には、あのような小さな土地にも面白い人物が数え切れないくらい存在する。

安七、クミ、秀敏、徹……、彼らは尋常な人間だが、モデルになる。一人一人が脚本の立派な主人公になりうる。

村芝居のように動物にはせずに俺の脚本に登場させよう。

子供の頃から夢想する癖があったんだ。作家の資質だ。自分を信じ、書き続けよう。

猛雄に散髪台の宅配の手続きしてくれるように頼もう。

諒太郎は受話器を取った。（605頁）

諒太郎は、最後までドン・キホーテの役を手放さない。作者もまた、諒太郎を手放さないのである。

【注記】

注1　『又吉栄喜文庫開設記念トークショー　すべては浦添から始まった』パンフレット、2018年9月30日、浦添市立図書館。
注2　『うらそえ文藝』第22号、特集芥川賞作家又吉栄喜の原風景　2017年、浦添市文化協会文芸部会
注3　注2と同じ。33頁。
注4　『沖縄の記憶ー〈支配〉と〈抵抗〉の歴史』奥田博子、2012年5月31日、慶應義塾大学出版会。
注5　『呼び寄せる島』又吉栄喜、2008年2月25日、光文社。
注6　『場所を生きるー　ゲーリー・スナイダーの世界』山里勝己、2006年3月1日、山と渓谷社。
注7　『小説の経験』大江健三郎、1994年11月1日、朝日新聞社、120頁。
注8　『大城立裕全集9巻　短編Ⅱ』大城立裕、2002年6月30日、勉誠出版。
注9　インターネット検索（出典：フリー百科事典『ウィキペディア（Wikipedia）』）
注10　注9に同じ。
注11　注10に同じ。

第Ⅱ部　作家の肖像——なぜ書くか、何を書くか

第一章　沖縄で生き、沖縄を書く ― 作家・又吉栄喜の覚悟

○はじめに

又吉栄喜が生まれたのは象徴的な土地である。終戦直後、米軍によって浦添城址近くに設置されたテント村である。一九四七（昭和二十二）年のことだ。この運命的な土地で生まれたことを又吉栄喜は、浦添市文化協会文芸部会長の大城宜武《よしたけ》のインタビューに答えて次のように語っている。(1)

―お生まれは一九四七年。

又吉　そうですね。一九四七年です。『人骨展示館』や『テント集落綺譚』の舞台になっている浦添ようどれの近くで生まれました。ようどれの近くに昭和二十二年の終戦間もないころ、テント幕舎というのがありました。（中略）米軍が戦争で避難や疎開していた浦添の人た

ちを収容したテント村ですね。（中略）そこは浦添ようどれという琉球王朝の発祥の地でもありますし、米軍になにもかも焼かれた占領地でもあるわけですね。ですから聖なる地でもあるし、屈辱の地でもある。このような二律背反のなかで生まれました。（中略）

テント集落の周りは聞くところによると、私たちが小学生のころまでは、近くの小中学校で遺骨収集の時間があったそうです。原野に収骨されない戦没者の遺骨がたくさんあったらしくて、それを学校の授業で……、放課後だったというふうにも聞いていますが、児童生徒が先生、あるいは父母、あるいは先輩の後についてカシガー、麻袋ですね、麻袋を持って収骨したそうです。筆舌につくしがたい激戦地だったんですね。（31―32頁）

又吉栄喜は、この出生の土地を「ある意味では、栄光と悲惨というのを少しオーバーですが、生まれながらに背負っていたというような感じですね」と、続いて語っている[2]。さらに「『人骨展示館』や『テント集落綺譚』の舞台になっている」とも語っているように、この土地で得た少年期の体験が多くの作品の題材やテーマを作り出していくのだ。

又吉栄喜は、また次のようにも語る。「私は自分の体験といいますか、子どものころ感じたもの、見たもの、要するに五感に入り込んだものを基にして小説を書いています」と[3]。

それゆえに、生まれた土地、少年期を過ごした土地は、又吉栄喜の文学世界を理解する上で大きな手掛かりになるはずだ。

又吉栄喜自らが、この土地について語っている部分を、もう少し見てみよう。(4)

世の中が少し落ち着き、浦添の各集落に家も建ち始めて、テント幕舎から私も父の出身地である城間の方に戻ったんです。城間の集落は、元々は東シナ海の海辺にあったらしいんですが、終戦の数年後には、キャンプキンザーに接収されて、戦前、野山とか、池とか、畑があった所に、今の城間の集落ができたわけですね。キャンプキンザーは東洋一と言われている米軍基地です。(中略)基地の「軍作業」を求めて、あるいは基地関連の仕事を求めて、本島各地から、また離島や奄美大島などからも人がたくさん集まって、終戦間もないころ、急速に沖縄でも有数の街になったそうです。キャンプキンザーの屋富祖《やふそ》ゲートの前には一直線の大通りがありまして、その大通りには質屋、レストラン、ランドリー、映画館など、米軍関係、あるいは米軍基地で働く人たちのために、諸々のものが、極言すれば一夜にして出現したらしいです。

そこはAサインバーもありまして、私たちが子どものころは、Aサインバー周辺を興味深く散策したものです。

このような大通り沿いのいろんな近代的な商店の背後といいますか、一歩裏に入ると豚小屋があったり、小さな畑があったり、要するに何と言いますか、世界でも最先端のアメリカの文化、文明が投影されたようなものが大通りにはありますが、すぐ裏には琉球の千年の文化、伝統を含んだ、前近代的な風景がありましたね。これも先ほどお話しした王国発祥のようどれと米軍占領のテント幕舎と同じく、一種の二律背反ですね。ですから子ども心に物珍しかったですね。Aサインバーなどでは、本当に最先端のファッションを身にまとったある意味では、最新式の人たちが闊歩しているんですが、一歩、奥に入ると裸足で豚を飼っていたり、野良仕事をしたりする人たちがいました。

この大通りですが、年中米兵や米軍関係の人だけがにぎわっているのではなく、季節がくると勇ましくどこかせつないエイサー隊がねり歩いたり、シーミーの雰囲気が漂ったりしました。要するに千年続いている沖縄の伝統やエネルギーが顔を出すんです。前近代と近代がごっちゃになって何か不思議な世界をかたどっていました。(32―33頁)

又吉栄喜は、少年期にこの土地で見た風景を、内部の風景として温め、増殖し、想像力を駆使しながら作品を練り上げ書き上げてきたのだろう。

本稿ではこの推論を検証するために、主として又吉栄喜自らの言葉を拾い上げながら、なぜ書くか、何を書くか、どのように書くか、の問いを立て、作家像を浮かび上がらせ、又吉文学の世界を理解する一助にしたいと願っている。

1　作品の背景

又吉栄喜の出生の地でもあり少年期を過ごし、現在もなお住み続けている浦添市にある「浦添市立図書館」が「又吉栄喜文庫」を開設したのは二〇一七年だ。又吉栄喜に縁のある品々や著作を展示している常設展示室であるがゆえに、又吉文学のファンには魅力的な場所にもなっている。

この文庫開設にあたっての挨拶で、又吉栄喜は極めて興味深いコメントを残している。作品の背景を示し、作品創造の拠点を、少年期を過ごした浦添の土地にあるとして「原風景」という言葉で次のように語っている。(5)

> 二十代の半ば、（戦前は死の病と恐れられた）肺結核が完治し、カーミジ（今はカーミージーと呼ばれているようですが）に上ったとき、一気に十数年前の少年期の種々の風景や出来事や人物が思い浮かび、同時に激しい創作意欲に駆られました。
>
> 私が四十数年間に書いたほとんどすべての小説、エッセイ、論稿等は浦添の原風景が基になっています。浦添には人間の普遍性が詰まっていると私は推察しています。原風景が私に「君の足下には数百年の歴史（人々）が存在している。今の人や後世の人に届けるように」と言っているような気がします。（2頁）

又吉栄喜には、浦添で体験した幼少期の「原風景」が作品の核になっているようだ。換言すれば原風景を呼び覚まして書くことが又吉栄喜の文学世界を作り上げているということだろう。

そうであれば、又吉栄喜が体験した原風景とはどのようなものであったのか。このことを確認することが又吉文学を理解することにつながるだろう。もちろん、ここでも又吉栄喜自身の言葉を拠り所としたい。

又吉栄喜の唯一のエッセイ集『時空超えた沖縄』（二〇一五年）には、「原風景」という語句を含んだ味わい深い文章が何か所かある。それを列挙してみる。具体的なイメージが喚起され、いずれも作品世界の創造につながっていくように思われる。(6)

少年の頃、家の半径二キロ内に琉球王国発祥のグスク（城）、戦時中の防空壕、沖縄有数の闘牛場、広大な珊瑚礁の海、東洋一の米軍補給基地、Aサイン（米軍営業許可）バー街、戦争の痕跡をカムフラージュするために米軍機が種をまいた（という）ギンネムの林などがあり、私の原風景を形成しました。（3頁）

私たちの集落と隣の集落とは二キロほどしか離れていないが、畑や野山が間に横たわっていた。昆虫を取ったり、花の蜜を吸ったり、木の実をもいだり、小鳥の巣を覗いたり、釣り竿にする竹を切ったり、魚の餌にするヤドカリをポケットにつっこんだり、岩から浸みだす水を飲んだりしながら友人の家に向かった。

各集落には個性があり、足を踏み入れると、どこか変わった風景に取り囲まれた。風の香りも違っていた。

「G集落の人はウーマク（わんぱく）」だとか、「Y集落の人はガージュー（根性がある）」などと、気質も違っていた。

私たちと老人たちは暑さしのぎにしょっちゅう風が吹いている集落の中心にある高台に上がり、海を眺めた。

数十年前の子どもの時分と同じ潮風に包まれながら老人たちは、私たちに「おまえのひいおじいは綱引きの旗持ちの名人だった」「君のおじいは村一番相撲が強かった」とか、「あんたのおばあはとてもチュラカーギー（美人）で、噂は遠くまで響き渡っていた」などと私たちの先祖の話をした。

死んだ人があたかも目の前にいるかのようにしみじみと話す老人たちの顔には、自分が死んだ後も人々に忘れられない、語り継がれるという何とも言えない表情が漂っていた。

私は小説を書くとき、このような原風景を核にしている。

子どもの頃のあの心境はおさえがたく、小さいものが広く見えた。境目のない風景をなんとか再現しようと懸命になっている。（236頁）

又吉栄喜の「原風景」は、多くの人々の記憶にも等しく刻まれる風景のように思われる。しかし、私たちと違うところは、このような風景を甦らせることに自足することなく、この風景を核にして小説を書き続けているということだろう。作家誕生の機縁にもなっていることが容易に理解できる。つまり、又吉栄喜の作家像を掴むヒントが、ここに強く記されているように思われるのだ。

さらに留意されることは、「境目のない風景をなんとか再現しようと懸命になっている」という言葉だ。「境目のない風景」とは、いったい何だろうか。とても興味深く、又吉栄喜の文学作品に迫るキーワードのようにも思われる。例えば、想起される幾つかは「この世とあの世」の境目だとか、「米兵とウチナーンチュ」の境目とか、「現在と過去」「事実と虚構」などの境目だ。

又吉栄喜の説明はそこで終わっているのだが、又吉栄喜の作品を読めば、この世とあの世の境目をなくして死者と生者が容易に入れ替わる物語も数多く見られる。また米兵とウチナーンチュの境目をなくし、同じ人間として平等な視線で描かれる作品も数多く見られるのだ。例えば「カーニバル闘牛大会」に登場する米国人、「ジョージが射殺した猪」のジョージなど、いずれも境目を取り除かれた一箇の人間として再現されているように思われる。また近作『沖縄戦幻想小説集　夢幻王国』では、生者と死者が入れ替わる幽界を舞台にしている。

翻って考えるに少年時代の又吉栄喜に、米兵や人間はどのように認識されていたのだろうか。このことを省察することも、又吉栄喜の作家像を理解する手掛かりになるだろう。

同じテキスト『時空超えた沖縄』の中では、米兵との交流は次のように語られている。

　私の原風景の人物はアメリカ人が占有している。米軍は私たちの学校に体育用具、楽器などを寄贈し、運動場の整地作業をした。崖の上のハウスに住んでいたアメリカ少年たちと私たちはよく一緒に泳ぎ回った。水着姿のまぶしいアメリカ人の若い女性が、釣りをしている私たちの傍らにニコニコしながら立っていた。

言葉も通じず、風貌もどこかマネキンに似ていたからか、私たちに劣等意識はなかった。むしろ、しょっちゅう先生に叱られている、落ち着きのない同級生たちがアメリカ人をこけにし、「自分の名前も書けないポンカスー米兵もいる」などとまことしやかに話題にした。中学一年の、琉米親善スポーツ大会の時、アメリカ代表の一八〇センチはゆうに超す白人少年と私は走り高跳びを競い、勝った。この日以来、アメリカ人がいったん怒ったら何をしでかすかわからないという恐怖を感じながらも、一段と胸を張った。(71―72頁)

昭和二十二年生まれの私は、四十七年の本土復帰の年を境に戦後二十五年ずつ人生を送ってきた。(中略)

前半の二十五年間、私は米兵の世界にとらわれた。黒人兵と山野に散在していた戦死者の遺骨を拾ったり、家の一間を貸していたハーニーと呼ばれていた米兵の恋人に映画に連れていってもらったり、貸し馬に乗っている白人兵の背中につかまり、集落内を駆け回ったりした。

同時に米兵の傍若無人の振る舞いも日常茶飯事に見た。近所の人が昼食のソーミンチャンプルー(そうめんいため)を食べていたら、突然、黒人兵が軍靴のまま上がり込み、驚いた家族が外に逃げ出すと、ソーミンチャンプルーをたいらげ、平然と引き上げた。また、民家の板塀を力まかせにはがし、燃やしたり、豚小屋の扉を壊し、中の豚を逃がしたりする米兵もいた。（163頁）

私は幼い頃、大の男の米兵が胸の高さしかない沖縄の女性のいいなりになっているさまや、女性の機嫌を懸命にとっているのをよく見かけた。ハーニーと呼ばれていた米兵の恋人の女性が私の家の一間を借りていた。私は時々このカップルに映画に連れられて行った。（中略）この米兵には馬や車に乗せてもらったし、当時近くの山に残っていた防空壕にも一緒に入り、探検遊びもした。私は彼らと海にも行った。米兵と彼女は、少女のように寄せる波、返す波に追いかけられたり、追いかけたりしていた。子どもだなと、私は感じた。

米兵がＭＰに追いかけられているのも見た。私の家の前の広場をつっきりダイナミックに逃げ回っていた。板塀にも体当たりをした。また、電柱にしがみつき、「基地に帰りたくない。戦場に行きたくない」と泣き喚いている米兵も見た。なんだ、弱虫だな、兵隊のくせに、と私は子ども心に思った。（中略）

少年時代のこのような思い出があるせいか、大国アメリカ、戦勝国アメリカというイメージが私の中ではとおりいっぺんではなく弱さももろ脆さも実感できた。（196―197頁）

又吉栄喜のこのような体験は強く脳裏に刻印されたのであろう。ここで見た米兵の姿が「カーニバル闘牛大会」や「ジョージが射殺した猪」を生んだ原風景となっているのだ。私たちにとっては衝撃的な米兵像や人物像も、又吉栄喜にとっては至極当然なことであったのだ。

奥田博子（南山大学准教授）は「土地の記憶」について、自著『沖縄の記憶―支配と抵抗の歴史』（二〇一二年）の中で次のように述べている。又吉栄喜の文学的営為を想起させられると同時に、沖縄の表現者たちにとっても励みになる言葉だ。(7)

ある土地の記憶を学んで新たに共有してゆく過程は単に過去を掘り起こして復元するだけでなく、現在との対話により、土地の記憶に根ざしつつ新たな意味を発見、創造してゆく過程ともなる。思想《イデオロギー》や理念とは異なる、自らが生まれ育った土地に刻まれた沖縄戦の記憶をどのように継承するかが問われる。一方で、その土地の記憶を学び、身につける道筋は、国家の大義が地域の意思を無視して強要されることに抵抗する精神を培うことにもなる。（中略）

敗戦／終戦後の沖縄文学は、その時々の現実に真摯に向き合うことで「内発性」を保ち続けている。〈アメリカ〉と〈日本《ヤマト》〉という支配者に対峙するうえで、文学という装置《メカニズム》が沖縄の大きな支えとなっているのである。実際、米軍による直接軍事占領のもとに置かれた二七年余りのあいだ、「沖縄」という地域社会や共同体を意識化させたのは土地の記憶であり、ことばであった。（233―234頁）

2　なぜ書くか、何を書くか、どのように書くか

又吉栄喜を「書く人」へ導いたのは、様々な要因が考えられるが、大きな要因としては二つの体験が考えられる。一つは又吉栄喜が繰り返し述べている「原風景」と称する少年期の記憶だ。そしてもう一つは、結核を患い長い間入院して「病」と闘い続けた日々であり、最愛の弟を病で失った体験であろう。

弟の死や。自らの闘病生活の日々について、エッセイ集『時空超えた沖縄』（2015年）の中では次のように語られる。

昭和三十二年に生まれた弟は健康優良児の表彰も受けたが、二歳のころ、脳性麻痺に罹った。顔が美しく、高音が澄み、信じられないくらい歌が上手だった弟は、ラジオから流れる琉球民謡、歌謡曲、童謡をすぐに覚えた。病気が治り、大人になったら（歌に限らず）必ず大成するだろうと何度も思った。

当時の大病院にかかり、東大病院にも行ったが、私の大学入学直前に亡くなり、卒業後三年目には私が（戦前は不治の病と言われた）肺結核を患ってしまった。

死と隣り合わせの生の中にすべての人はいる。このような感慨を抱いた私は療養所の清掃や

炊事のおばさん、網を担いだ漁師、野菜を乗せた一輪車を押す農夫など、人間がいとおしくなり、思いを込め、見つめるようになった。

「日々のいとおしい命」を書き留めたくなり、日記をつけ始めた。「捕まえた蟹を頭の上に這わせた」「白い割烹着に白頭巾姿の炊事のおばさんが、長いパーマ髪を背中に垂らし、スカートを着け、夕暮れの中家路を急いでいた。別人に思えた」など他愛もない数行の記述だったが、しだいに思索や心情が加わり、ノート三、四枚に及ぶ長文になった。

日記帳は退院後、いつの間にか紛失してしまったが、書く習慣や創造する傾向は残っていた。小説を書き始め（小説に吸収されたように）日記は一切書かなくなった。

書き上げた一三〇枚の、老漁師と少女の物語に「海は蒼く」とタイトルをつけ、新設された第一回新沖縄文学賞に応募した。（253頁）

又吉栄喜は、さらに次のように述べて、作家への目覚めを示唆している。(8)

一九六〇年代は学生運動の頂点のような感じで、私たちは運動の本質とか、実践とかの渦中にいたんですけど、そういう中でマルクス主義の本を読んだり、レーニンの本を読んだり、ロシア革命の本を読んだりしていました。その大学時代のなんといいますか、その傾向を引くように、結核療養所でも、そのような本を読んでいましたね。だが、次第次第に生と死というも

のに関心が移りました。（中略）

患者が亡くなります。たいていお年寄りでしたが、私たちのように若い軽度の患者は心配なかったようですが、重度のお年寄りで体力の落ちている人は、亡くなりました。亡くなった気配、それがひしひしと寝ているベッドの中まで押し寄せてきました。すると、どうしても哲学とか、小説とかに目がいって、今までの世の中を良くする社会科学の本とは疎遠になりました。そういう中から、日記というか、一日の観察を書き始めました。退屈で毎日同じような気がしてメリハリがないので、今日観察したことを書きしるし、前の日に観察したことと比べて、日々の違いを確かめました。そのような癖がついて、しだいに観察の視野が広がり、観察以外の、自分の思考、同室の患者、看護婦、医者の行状を書くようになりました。近くの浜から舟を出す漁師のことを書いたり、海で泳いでいる若いカップルのことを書いたり、それがどんどん広がって、そのうち、架空のこと、空想など……（中略）

フィクションを入れるようになったんです。在ることというのは大体限られていましたから、ちょっと、おもしろおかしくフィクションを加えてみようと思って、これがだんだんこう、フィクションの楽しみを覚えて、いつしか小説みたいなものを書いていたんですね。（39—40頁）

ここには、確かに作家又吉栄喜の誕生があるように思われる。人間の命へのいとおしさを体験し、フィクションの面白さに惹かれていく又吉栄喜の姿が浮かび上がってくる。

次に少年期に体験した「原風景」を書くことの意義について、又吉栄喜の言葉を拾ってみよう。これらの言葉には、又吉栄喜という作家像が明確な輪郭を持って浮かび上がり、同時に動き出すようにさえ思われる。まずはエッセイ集『時空超えた沖縄』(2015年)に散りばめられた言葉から、関連する記述を拾い上げてみる。

年がいくにしたがい、私の単調な日常に顔を出し、目を向けさせる、このような私の少年の頃のアンバランスの体験は時々今の状況とぶつかり、鮮やかに甦ったりする。私は少年のころの体験を再現するのではなく、体験の中にある衝撃や感動を引きずりだそうと考えている。あの頃の出来事や噂話の内部に潜んでいるショックを増幅させようと四苦八苦している。(76頁)

私は少年の頃は城跡と米軍基地に圧倒された。過酷な時代と体験が小説の鋭い力になる時がある。私は強く刻みこまれた潜在意識を現実の状況とか問題とかにぶっつけるようにしている。すると、時には自分自身思いもよらないものが出てきたりする。浦添は小さな市だが、足元を深く掘り起こせば、幾重にも重なった時間が見え、考えしだいでは、小宇宙と化す。不思議な空間になる。(223―224頁)

大きな諸々のモノが狭く小さな集落にしみ込み、息づいています。

なにより原風景の中の、ふりかかった運命に立ち向かう人々が私を魅了しました。

原風景を凝視すれば真実に近づけると考え、小説を書くときも、ほとんど取材をせず、資料を使いません。（272頁）

ここには、どのように書くかという創作の手法をも開示しながら「原風景を凝視する」ことで、真実に近づき、真実を考えるよすがにしていることが分かる。

なお、又吉栄喜の作品には、この世とあの世をボーダーレスにして死者が登場してくる作品が多い。幽玄の世界で生者や死者が入れ替わる作品も手法の一つとして駆使されている。この根拠となる作者の意図が垣間見えるのが次のような体験（発言）だろう。又吉栄喜の幽冥な世界を理解する手掛かりともなると思われるので、少し長いが引用しておく。小説が孵化する瞬間を示しているようにも思われる。(9)


運動会から家に帰る途中だったのか、家から祝勝会の会場のG公民館に向かっていたのか、定かではないが、私の前を二人の女が腕を組み、歩いていた。

ふつうなら生徒たちがぞろぞろうごめいているはずだが、なぜか道には私たち三人しかいなかった。

年齢も容姿も不確かの、ぼうとしたかげのような二人の女はいつのまにか私に寄り添っていた。

二人の女が姉妹なのか、友人なのか、あるいは（腕を組んではいるが）まったく知らない他人同士なのか、わからなかった。もし（当時よく見かけた人たちのように）片腕を失っていたり、顔に戦争の傷があったのなら私の記憶にはっきり残ったはずだが……ふつうの人と何ら変わらなかった。

健闘し一位になった私を女たちは「褒める」と思っていたが、女たちは「うちらも本当にたくさん走ったのよ」と戦前の運動会の話をした。

ほどなく私は、心を病んでいる女だと気づいた。二人とも病んでいるのか、わからなかったが、少なくとも集落のはずれに住んでいる一人は私たち小学生の噂に上がっていた。どのように病んでいるのか具体的には知らなかったが、日ごろからこの女には近づかないようにしていた。

戦争中に心が病んだというこの女を「かわいそうだ」と思った。この記憶は消えずに残っている。女たちの声は透き通り、妙に心にしみたが、あの突然のしゃべりかたは尋常ではなかった。とめどなく後から後からすごい早口の言葉が出てきた。

女ちは、戦前の運動会の走り競争の話をしたが、戦時中、どこまでも逃げ回った話のようにも聞こえた。

女たちは私に「走って、走らないと死ぬわよ」「死ぬよ、死んでしまうよ」とわめくように言った。私は走り、女たちから遠ざかった。

この話のどこからどこまでが事実なのか、想像なのか、区別がつかなくなっている。

遠い過去を懸命に思い起こそうとすると、事実とちがう何かがくっつくように思える。

人は無意識にしろ事実の断片に少しずつ想像をつけ足し、補強し、生きてきた「証し」を記憶にとどめているのではないだろうか。

強烈に心に焼き付いた事実はさまざまな想像を引き寄せる。事実の空白部分をなんとしてもよみがえらせようとするとき、人生（観）や感性が想像の翼にのる。

小説はもしかするとこのような過程を踏み、出来上がるのではないだろうか。

小二の時、私に寄り添った二人の女は、死者や幻想的な人に、あるいはふつうの人に姿を変え、私の小説に登場する。（87—88頁）

この記述には、すでにエッセイを超えて小説の世界に到達しているような錯覚をさえ覚える。同時に、ここには確かに又吉栄喜の作品世界を理解する大きな手掛かりがあるように思われる。

さて、これまで見てきたように、又吉栄喜の原風景と創作の関係については、エッセイ集『時空超えた沖縄』（２０１５年）が大いに参考になる。

さらに、『うらそえ文藝』第22号（２０１７年）は、「又吉栄喜の原風景」として特集を組んでいる。収載された大城冝武のインタビューでは創作の秘密をも示してくれている。

また「又吉栄喜文庫開設記念」に行われた佐藤モニカとのトークショーも大いに参考になる。トークショーは翌年、『すべては浦添からはじまった』と題して小冊子にまとめられた。ここでも又吉栄喜は創作の秘密を遺憾なく語っている。

例えば、その一つに、「いつも半径2キロ以内のことを書いている」「やはり浦添を書きたいという気持ちが湧いてくる感じなのでしょうか」と佐藤モニカに問われ、肯いながら次のように答えている。[10]

半径2キロと言っても、結構自分にとっては広大な世界なんですよね。（中略）僕の言う半径2キロの風景には沖縄のいろんなものが含まれている。凝縮されている。歴史も、人々の営みも、祭祀も。特に戦後は、荒廃して、何もなくなってしまって、そういう何もないところに、人々は精神のよりどころというか、あるいは先祖を敬う気持ちが出て、慰霊塔を作ったり、納骨堂を作ったりした。だから何もないけれど精神の世界というものはあるというようなことなんですよね。

また別の方向から言うと、キャンプ・キンザーとか、やはり小さい半径2キロのエリアなんだけど、今の世界の何かを象徴するような、今の世界がなにか仮託されているような、そういう感じがしますね。（7頁）

又吉栄喜は、現在を見ながら、未来へも、また同時に過去へも想像を巡らし、創作を続け、「真実」を究めているのだろう。

3　沖縄を書く

ところで、又吉栄喜の作品は、自らが語るように多くの作品が浦添を舞台にしている。沖縄に生まれ、沖縄で育ち、沖縄を描いている。又吉栄喜にとって浦添を含めた出生の土地沖縄はどのように認識されているのだろうか。

かつてこの沖縄の地には琉球王国と呼ばれる首里王府があり、明治期には琉球処分と呼ばれる王国の解体と日本国の傘下に組み込まれた歴史があった。さらに沖縄戦での県民の多大な犠牲があり、戦後は亡国の民となって米国統治下に置かれた時代があった。この激動の歴史を含め、沖縄を書くことの意義やこだわりについて考察することも、又吉栄喜の作家像を知るためには有効な視点の一つのように思われる。同時に「又吉栄喜をどう読むか」の大きな手掛かりになるように思われる。

これらのことも、又吉栄喜自らの言葉を手掛かりにした方がいいだろう。まず、「小説の根」として『法政文芸』(二〇一六年十二月号)に巻頭エッセイとして次のような文章が掲載されている。

　終戦まもない頃に生まれた私は、沖縄の戦後史と軌を一にしている。
　琉球王国発祥の地、浦添グスク(城)周辺に米軍は広大なテント幕舎(村)を建設し、戦時中、避難、疎開していた人々を収容した。テントの中は蒸し風呂のように暑く、赤ん坊の私はひどい汗疹が出たという。

浦添グスクには浦和の塔がある。この慰霊塔の足元にはガマと呼ばれる洞窟があり、私が少年の頃、数千柱の戦没者が重なるように眠っていた。(現在は南部戦跡の納骨堂に納められた。)凝視したが、どの頭蓋骨が沖縄の住民なのか、日本兵なのか、米兵なのか、朝鮮人なのか判別できなかった。私は子供心にこの骨たちは永遠にいがみ合うのか、仲直りするのか、安眠しているのか、この世に未練を残しているのか、いろいろと考えた。

浦添グスクは崖の上にあるが、中腹には岩をくりぬいたユードレと呼ばれる英祖と尚寧《しょうねい》の墓がある。この二人の国王は頭上の戦争を許し、安眠していたのだろうか。いや、ひどく嘆き悲しんでいたに違いない等と考えた。すると「ユードレ」の音の響きが「幽霊」に聞こえ、戦死者の怨念が身体にまとわりつくような気がした。

集落も激戦地だったせいか、戦死した住民や兵隊の幽霊が出るという噂が長い間消えなかった。旧盆の夜、暗闇の中から現われるエイサー踊りの踊り手の中に必ず一人か二人の戦死者がいる。伝統の綱引きにも戦死者がまぎれこみ、綱を懸命に引いている。このような話を私たちは信じ、身震いした。

半径二キロ円内に私の小説の「根」は存在し、少年の頃の事象、体験、感性等が小説に絶えず影を落としてしる。

浦添グスクから「テント集落奇譚」や「人骨展示館」、ギンネム林から「ギンネム屋敷」、集落内から「豚の報い」や「松明綱引き」や「冥婚」、Aサイン(米軍営業許可)バー街から「ジョージが射殺した猪」、キャンプ・キンザーから「カーニバル闘牛大会」、米人ハウスエリアから「金網の穴」や「ターナーの耳」、カーミジから「海は蒼く」等と限定された場所から小説が生じている。(5頁)

また、エッセイ集『時空超えた沖縄』(二〇一五年)にも多くの示唆的な言葉があふれている。

沖縄には、現実過ぎるほど現実的な「米軍」の情況とは裏腹に前近代的な非合理的な力が残っている。混沌とした世界が直接混沌としたまま私たちに迫ってくる。科学とは無縁な、未知なるものの魅力やエネルギーが人々一人ひとりに感応する。だから、豚にマブイを落とされたり、下痢をさせられたりしても、人々が豚に感謝するというのが不自然ではなくなる。概して言えば、技術は頭を使い、合理的・近代的である。分析もする。文化は分析ができない、非近代的なものだし、頭ではなく人々の魂に非合理のまま伝わっている。もしかしたら、沖縄の人々の気質はもともと非合理的なものを多く内在していたのかもしれないとも考えられる。何百年も前から沖縄の人々は三線を弾き、歌を歌い、踊ってきた。労働歌や恋の歌なのにどこか荘厳な感じがするのは、亡くなった先祖や神々にも聞かせるように作られているからではないだろうか、などと考える。もちろん、第一義は生きている人々が生きるために聞くように作られている。終戦後の捕虜収容所に入っていた時にも、米軍の缶詰の空き缶を細工したカンカラ三線を弾き、簡易舞台では民謡大会や沖縄芝居を上演し、笑い、楽しみ、不安や無意味の日々を吹き飛ばしたという。海から帰ったら、夕食後のひととき三線を弾く漁師も多いという。漁師に限らず、沖縄では農夫も自営業の人も公務員も失業中の人も夜はよく三線を弾く。孫を目の前にしながら、あるいは泡盛の杯をかたむけながら、三線を弾く。よく私の部屋にも三線の音が流れこんでくる。私は心地よい気分に浸る。

沖縄では生きる喜びを共有する。結婚式など祝い事にはカチャーシーという雑踊りがつきものである。三線の音にのり、手首をくねらす単純な踊りだが、老若男女が舞台に代わる代わるあがり、当人たちを祝福する。雛壇の人と喜びを体ごと共有する。このような祝い事に参加する機会が沖縄の人はとても多い。結婚式などには三〇〇人から五〇〇人招待される。花婿の祖父の元同僚とか、花嫁の母の友人など、花婿花嫁が顔も名前も知らない人も嬉々として出席する。人々はこのようなめでたい場に出、めでたい人々と溶け合い、カチャーシーを踊り、日ごろのストレスを解消する。喜びの場・時でもある。八〇歳、九〇歳の人も出席し、時にはゆっくりとカチャーシーを踊る。（中略）

今、小学生向けの琉舞道場や空手道場などが盛んに開設されているし、授業や課外活動に三線の時間を設けている学校もある。私は三線は弾かないが、豚が道を走りまわるようなこの土地に創作欲を触発された。心象風景や体験の核が私の生き方さえも支えている。年々、月々ますます強固になる。（199—200頁）

又吉栄喜のこれらの言説は、沖縄社会の基層の文化や慣習などについて、生活者の視点から広く深く述べている。沖縄社会には「非合理的な社会」が「混沌として」残っており、その象徴的な世界が死者と交流し死者を大切にする社会であろう。また、生者は互いに生きる喜びを共有することのできる社会が沖縄社会なんだと、沖縄の人々の世界観をも述べている。ここには小説と同じように含蓄に富んだ沖縄像が提出されているように思われる。

翻って考えるに、又吉栄喜の作品世界に登場する不可解な人物は、このような文化や慣習を身にまとっているからであろうか。どこか現代社会に適応できずに右往左往し、真面目さが滑稽さをも醸しだしている。どこにでもいるウチナーンチュの典型的な造型だと思われるが、これらの人物像の造型はここを基盤にして生み出されているのだろう。おおらかで、魅力的な人物が作品の中で闊歩しているのだ。

ところで、又吉栄喜には、沖縄の担ったもう一つの現実である米軍基地や日本政府の対応、沖縄戦についての言及もある。これらの例が次のような箇所だ。(11)

> 沖縄を併合したり、切り離したりするのは日本の主権のもろさのようにも映る。子を強引に引っ張ったり、置き去りにしたりする親の理不尽さに似ている。十分力を持っていながら米国に対し、力をいかんなく発揮できない日本政府に業をにやし、沖縄県の知事が単身、米国政府にのりこむ

という斬新な図式ができあがった。もともと海外貿易を国是とした小国・琉球は現在も大国を相手にものおじしない気質が引き継がれている。戦力や経済力があるなしではなく、理にかなっているか否かが勝負の分かれ目と考えているから、誰とでも堂々と向かい合う。（中略）

ベトナム戦争におおわれていた時代、復帰闘争とか反戦とか基地撤去とかの闘いの最中でも沖縄の人々は髪を振り乱してばかりいたのではない。女性は化粧も楽しんだし、男性は闘牛にうつつをぬかした。極言すると、公園の広場での県民総決起大会に五万人結集した翌日は、闘牛場に五万人押し寄せるというゆとりとバイタリティーがあった。このバイタリティーとゆとりが闘いをさらに充実させ、中身を濃くし、反乱とか革命に流れていかなかった大きな原因のひとつではないだろうかと私は考えたりする。闘牛や民謡に笑ったり、涙を流したりするように、闘いにも笑い、涙を流す。どのような状況下でも沖縄の人々は生きる力を見いだした。杖をつき、ようやく歩けた老女が、闘いの勝利の時には、立ちあがり、カチャーシーという沖縄独特の軽快な雑踊りを踊ったという話もある。（175—176頁）

戦時中、伯母と一緒に沖縄本島南部を爆発音に耳をふさぎながら逃げ回った母親は丘の陰に身を隠した瞬間、生き埋めになった。母親は必死に土をかき分け、顔をだした。何かをつかもうと動いていた一本の手を、母親が引っ張ると伯母が土の中から姿を現した。

土の量が多かったら二十四歳の母親、四十代の伯母の寿命はこの時、尽きた。（伯母は百歳近くの天寿を全うし、母親は今九十一歳になる)。あと数十センチ土がおおいかぶさっていたら、私はこの世に生まれてこなかった。と思うと何とも言えない気持ちになる。(152—153頁)

又吉栄喜もまた、多くの県民と同じように、沖縄戦を奇跡とも呼べるような幸運に導かれた命を受け継いだ人々の一人であったのだ。

○ 終わりに　文学の力・小説の力

又吉栄喜の近作『仏陀の小石』(2019年)には、登場人物に老小説家と若い小説家安岡義治が登場する。二人の問答には、小説を書くにあたってのヒントが横溢している。悩める若い小説家安岡のために老小説家が自らの体験を開示して激励する構図を多くは取っているが、フィクションとは言え、老小説家が語る創作の極意は、若い小説家安岡へ刺激を与えるだけでなく、読者へも大いに示唆を与える言葉になっている。

もちろん、老小説家の言葉は、作者又吉栄喜の言葉とは必ずしも言えないが、大いに参考になる。文学の力や、小説の力にまで拡大され言及されているが、そのいくつかは次のとおりである。[12]

「小説は現実のコピーではなく、新しい現実世界だと言えます。わしらは現実をはっきり見ているようですが、実は曖昧模糊とした、虚実入り交じった世界を見ているに過ぎません。現実には夾雑物が多すぎ、わしらの思案、洞察、観察を曇らせています。小説は完結した世界です。狭いが深く、研ぎ澄まされている。だから正体の把握が可能なのです。訳のわからない、無秩序の、弛緩した現実に、秩序、緊張、必然性、因果関係、本質を与え、新しい現実を作り出すのが小説だと言えます」（214頁）

素材、あるいは自分の感覚、感性に深い何かが包含されているという予感、直感。これがテーマになります。深さというのは感動と軌を一にしますから、自分が感動しなければいくら文を詳述しても読者は感動しません。作者はテーマをしっかり把握し、プロットや登場人物の中から醸しだし、展開すべきだと思われます。（215頁）

ドン・キホーテには風車が敵の軍隊に見えます。これほど極端でなくても、人は自分のめがねに映る世界しか見ていません。同じ海を見ても、漁師はどのような魚がいるかすぐ察するし、画家はどんな色が似合うかと考えるし、ヨットの選手は波やうねりを注視します。作者は、誰に、小説世界を見せたら最もテーマがにじみ出るか、浮かび上がるかを考えなければなりません。（216頁）

さて表現の方法ですが、小説は整いすぎてはいけないと思います。ピカソの人物像は目は前を向いているが、口は横にあります。セザンヌのリンゴの絵も実際ならリンゴはテーブルから絶対転がり落ちるはずです。方法意識が常識を凌駕しています。小説はアンバランスでもいいから徹底的に書くべきです。冷徹に、しかし熱狂的に書く。相反していますが、創作する上では欠かせません。文体も筋も、現実にはないように、独創的に作り、読者に一種の魔法をかけ、醒めるような言葉は一行たりとも書いてはいけないと思います。(220―221頁)

「小説は自分を書くべきだ。例えば、あの牛の糞を頭に載せた少女たちがいくら魅力的でも感動的でも本質的には他人には書けないだろう。他人を書くべきではないんだ。自分には自分の魂しかわからないんだ。自分が生きてきた魂の軌跡を書くべきだ」(276頁)

ややユーモアを含んだ提言だが、これらの提言を読むことは、読者にとって至福の時間になる。又吉栄喜は惜しげもなく小説の書き方について示唆しているのだ。

又吉栄喜は沖縄で生まれ、沖縄を生き、沖縄を書く作家である。混沌とした時代の中で、なぜ書くか、何を書くかを「余韻のように」自らに問いかけながら、希望を失わずに、「最終的には人間を救う」という文学の力を信じている作家なのだ。

【注記】

注1　『うらそえ文藝』第22号31頁、2017年10月31日、浦添市文化協会。
注2　同右、32頁。
注3　同右、33頁。
注4　同右、32頁―33頁。
注5　パンフレット『又吉栄喜文庫開設展ーすべては浦添から始まった』2017年9月30日、浦添市立図書館
注6　『時空超えた沖縄』2015年2月20日、燦葉出版社。
注7　『沖縄の記憶 ――〈支配〉と〈抵抗〉の歴史』奥田博子、2012年5月31日、慶応義塾大学　出版会。
注8　注1に同じ。39頁―40頁。
注9　注6に同じ。
注10　パンフレット『又吉栄喜文庫開設記念トークショー　すべては浦添から始まった』2頁、2018年9月30日、浦添市立図書館。
注11　注6に同じ。
注12　小説『仏陀の小石』2019年3月22日、コールサック社。

第2章　境域を越える豊かな視線――作家・又吉栄喜の方法

1

又吉栄喜の作品は面白い。作品世界が多様なのだ。題材もテーマも時代も幅広い。読んでみないと分からない。いや読んでもきっと全部は分かってはいないはずだ。分からないことの魅力と言えばいいのだろうか。分かることを拒む作品世界とでも喩えようか。言葉を紡ぎ出す拠点は一箇所に留まることがない。作品を作り出す方法も語り手の視点も多様なのである。

もちろん直情的なテーマを作品化した世界もある、が、謎解きのような作品も多い。読後にも狐に騙されているのではないかと、あるかないかの余韻に弄ばれる。狐は作者だけではない。登場人物も語り手も、時として狐にも狸にも思われるのだ。

この面白さを発見する根拠は、又吉栄喜の持っている作品創出の方法に多くは拠っているように思われる。面白さとは、もちろんここでは、興味深さや新鮮さや、共感や感動などと同義語だ。

私はこの面白さは、「境域を越える豊かな視線」が作り出す作品世界にあるように思われる。それは、多くは次の三つの方法が生み出す作品世界だ。この三つの方法は、又吉栄喜作品の系譜や分類にもつながるように思われる。そしてこの三つの方法のいずれにも、沖縄という土地の力が援用されているように思われるのだ。

一つ目の方法は、死者と生者をボーダーレスにする視線である。幽界を横断する登場人物が織りなす幽玄な世界である。作品例には「松明綱引き」「招魂登山」「夢幻王国」など、多数ある。

二つ目の方法は、人間の存在をボーダーレスにする視線である。又吉栄喜にとって、人間を描くのに、民族や人種や職業や、所属する国家は重要なファクターではない。それらの属性を剥ぎ取った一箇のピュアな人間として描く方法である。「ジョージが射殺した猪」「ターナーの耳」「ギンネム屋敷」などいずれもその例のように思われる。少年期に体験した身近な米兵の存在や交流が、この視点や方法を培ったものと思われる。

三つ目の方法はユーモアの援用だ。又吉栄喜にとって、人間の存在そのものが得体の知れないユーモラスな愛すべき存在なのだろう。もちろん人間は、存在そのことだけでも、時には威嚇する鋭利な刃物にもなる。どちらも愛おしい存在なのだろう。「豚の報い」もそうであったし「呼び寄せる島」「人骨展示館」「兵の踊り」などが顕著な例である。

さて、この三つの視線と方法について、もう少し詳細にみてみよう。

まず、一つ目の死者と生者をボーダーレスにする視線は、実はウチナーンチュ（沖縄の人々）が有する伝統的な文化が培った視線である。多くのウチナーンチュがこの視線を有している。死者を身近に感じ粗末にしない。祭事や祝いごとの度に、仏壇に香を焚き手を合わせ、先祖に報告する。ウチナーンチュは死者たちと喜怒哀楽を共にしているのだ。この生活者の視線を、又吉栄喜は文学を生み出す方法として見事に手に入れたのである。

この例としてあげた「松明綱引き」を見てみよう。作品は「祖浦集落では毎年、九月の第三土曜日夜に松明綱引きが催される」の冒頭の一行で物語が展開される。その後に、綱引きを準備する村人の様子や、実際の綱引きの様子が次のように描かれる。「夜八時、集落中の電灯が消えた。白い服に着替えた老人、女、子どもが大通りの両側に十メートルおきに置かれた松明の灯りに誘われて出てきた」。この村人の前で綱引きが行われるのだ。

村人は、綱引き隊の中に親族や友人の姿を見つけては、懐かしそうに想い出などを語り合う。どうやら綱引き隊はかつて村に住んでいたが今はあの世にいるはずの死者たちなのだ。死者たちが当時のままで九月の夜にやって来て、村人の前で綱を引くのである。それを生者である村人が見物し応援するのだ。なんともはや微笑ましいユニークな発想だ。

そして村人は次のように語り合いエンディングに向かう。(1)

「見事な引きっぷりだったよ。ありがとうな」「これでみんな後一年元気で生きられるよ。ほ

んとうにありがとうな」（中略）

「また来年もお願いね、それまで私らも頑張るからね」

「うちらがちゃんと生きていけるのは、あんたたちのおかげよ。必ず引いておくれよ」「お願いね」「お願いします」

観衆の声が夜空に昇っていった。

長老は「新顔も何人かいたな」と誰にともなく言いながら家路についた。

観衆は大通りの真ん中に長々と、しかし真っすぐに横たわっている綱にどっと寄り、いとおしそうに撫で回した。

どこからともなく、啜り泣く声が聞こえた。

声を張り上げて応援していた中年の女が泣いている。赤ん坊が乗っていない乳母車に顔を伏せ、若い母親が泣いている。（20頁）

村人たちは死者たちの綱引きを見て励まされ、生き続ける勇気を手に入れるのだ。死者たちが綱を引き村人を慰める。この作品は又吉栄喜のウチナーンチュに寄り添う心と傑出した才能が生み出したものだと思う。読者の私たちは、随所に見られるユーモラスな表現に笑いをこぼしながら、また村人と同じように瞼《まぶた》を熱くするのだ。

「招魂登山」も生者と死者たちとの交流を描いている。十七歳の主人公輝雄の祖母、千恵が奇妙な夢に起こされ啓示を受けたところから物語が動き始める。「遺骨を見つけてもらえず後生にも行けない戦死者の魂を九月の満月の夜に身内が経塚山からめいめいの仏壇に連れ帰るという『招魂登山』の啓示」を受けたのだ。

経塚山は輝雄にも祖母の千恵にも、特別な地である。「経塚山から数百米離れた赤嶺高地を越えかけた時、爆弾の炸裂した破片が輝雄の母親の眉間に突き刺さり、即死した。千恵は母親の背中から輝雄をおろし、抱きかかえ、斜面を駆け降りた」地である。

輝雄には、さらにあと一つの記憶がある。幼馴染みの純子と昆虫を追いかけ夢見心地の日々を送った地である。純子は輝雄の身代わりになるかのように五年前、十三歳で溺死したのだ。

村人は夕刻、松明も懐中電灯も持たず、月の光をたよりに経塚山に登る。病弱の輝雄は途中、気を失うが意識を取り戻した後、純子とおぼしき少女に出会い、幼少のころと同じように経塚山の雑木林で遊ぶ。やがて招魂登山を終えた人々の嬌声や笛の音が輝雄の耳に入る。

「『帰る?』純子は暗い山頂を指差した。『うん、帰ろう』輝雄は微笑んだ。月は皓々と照っているが、山頂はなぜか暗く、秋風が淋しく吹き、細い骸骨のような木々がざわめいている」として、物語は閉じられる。

ここには、大きな物語のうねりはないが、ゆっくりと時間が流れ、細部の描写に筆者の思いが託されている。とりわけ「寿命は運が決める」という祖母千恵の言葉は、純子が輝雄の身代わりで死んだり、純子の姉である春子が米軍の艦砲射撃を受け、片足と片目を失っても純子よりも長く生き続けたり、戦時中どこにも逃げず集落内の防空壕に身を潜めた老人たちが生き延びたり、などのエピソードはみな理不尽な死の訪れを暗示しているようにも思われる。穏やかに流れる時間と空間は生者と死者たちをボーダーレスにする又吉ワールドを十分に堪能させる。

又吉栄喜は、沖縄の土地に残る死生観や祖先崇拝について、次のように語っている。[2]

見渡しても何もないという風景は逆に、すぐ近くに神がいるという観念を沖縄の人々にうえつけたとも考えられる。あの世もすぐ近くにある。家族は亡くなると力を持つから、生きている人は、よく位牌（トートーメーと呼んでいる）に入学や誕生や結婚などの報告をする。墓の新築祝いには人々は墓の中に入り、三線を弾き、亡くなった先祖を喜ばす。（中略）

先祖は、家族に問題や悩みが起きると相談相手になる。墓や位牌に向かい、家族は何もかもつつみかくさず、何度も何度もうちあける。先祖は始終黙っているように周りからは見えるのだが、当人たちにはちゃんと答えている。何時間か対話をした後は、一種のカタルシスを得、気持ちが軽くなっている。後日気分がすぐれなくなると、また先祖に話しかければいいという。

このように亡くなった人は決して生きている人を責めず、温かく勇気づける。沖縄のお年寄りは亡くなったら、家族の相談相手になるという「やりがい」があるせいか、歳を重ねていくのを妙に悟っているようなおおらかさがある。墓を造るという心配以外はあまり心配事はないようにみえる。墓さえあれば、子孫が会いに来るし、先に亡くなった家族とも生活ができるというふうに考えている。沖縄戦でも墓の中にいると安心だったという。万が一、墓がつぶされても、先祖と永久に一緒だという安心感が、死の恐怖を追い払ったという。(193―194頁)

なるほど、又吉栄喜は、沖縄の土地に残る死生観に共鳴するところがあるのだろう。死者と生者の境域をボーダーレスにして幽界に遊ぶ登場人物は、このような死生観にも拠っているのかもしれない。近作「夢幻王国」などにはますますこの感を強くする。又吉文学は、沖縄の土地に根ざした沖縄文学であったのだ。

二つ目の方法の、人間の存在をボーダーレスにする視線から生み出された作品にも、多くの興味深い作品がある。その中でも、やはり「ジョージが射殺した猪」は傑作である。米国軍人のジョージを強者としてステレオタイプに描くのではなく、気弱な一青年として描いた視線は衝撃的ですらあった。

この視線を獲得したことを示唆する言葉として、『ジョージが射殺した猪』(2019年、燦葉出版社)のあとがきに次のような記述がある。(3)

ベトナム戦争の狂気が沖縄の米軍基地の兵士を襲いました。わけの分からない不条理な、凶悪な事件が頻発しました。電柱にしがみつき、ベースに帰りたくないと泣き叫ぶ米兵がいました。道に寝ている酔いつぶれた米兵を真夏の日が直射しました。民家の豚小屋の柵を壊し、糞まみれになりながら豚を逃がし、「フリー、フリー」と叫びながら拳を突き上げる米兵もいました。なぜ突然怒りだすのか、急に泣き叫ぶのか、わかりませんでした。風船が今にも破裂するような状況下、一九五〇年代、沖縄本島中部か、北部か、よく覚えていませんが、ある事件が起きました。米兵が農婦を射殺したのです。猪と間違えたというのです。(300―301頁)

このような米兵の認識は、確かに「ジョージが射殺した猪」にも反映されている。一つはAサインバーで暴れる米兵の姿に反映され、一つは暴れる兵士たちにの仲間に入れないジョージの姿に反映されているはずだ。(4)

ジョンとワイルドはだいぶ冷静になっていた。それでも、ふいに高笑いしたり、どなったりする。ジョージはいらだった。酒を女の顔にぶっかけたい。グラスやビンをウイスキー棚やフロアにたたき割りたい。何かしなければジョンたちに無力者よばわりされる。しかし、きっかけがつかめない。あまりに突飛だ。なぜ俺はみんながやる時、すぐやれないのだ。考えすぎるのか。あの騒いでいる女たちも決して俺をほめたたえるはずがない。いくじなしとののしるだけだ。一カ月前にやはりジョンたちが暴れた。俺はやはり何もしなかった。(130頁)

ジョージは紛れもなく所属や国境をボーダーレスにして、悩み、苦しみ、不安に苛まれる一人の若者として描かれている。それは又吉栄喜が少年のころに出会った米兵の赤裸々な人間像が影響しているのだろう。それはまた、身近な米軍基地があるゆえに出会った米兵の姿でもある。沖縄に住む作家のみが描くことのできる僥倖である。この点においても、又吉栄喜は「沖縄文学」の見事な担い手であるのだ。

三つ目のユーモアを援用する方法も又吉栄喜文学の特徴だ。沖縄の戦後文学は総じて、困難な戦後の時代に対峙し、いかに生きるかを正面から問い、倫理的な作品を創出してきた。米国民政府統治下の時代だけでなく、今日もなおこの傾向は引き継がれている。

ところが、又吉栄喜は沖縄県という土地が生み出した多くの作家たちと違い、テーマを同じくする倫理的な作品であっても、ユーモアを交えながら作品を織りなし展開するのである。又吉栄喜の作品には多くのウチナーンチュが登場する。そのウチナーンチュの言動がユーモアを醸し出すのである。人間を描くのに振幅の広い描き方を有していると言ってもいいだろう。人間を愛し、命を愛《いと》おしんでいるのだ。

又吉栄喜は、苛酷な状況の中でも、人間にはどこかに秘められたユーモアの力を湛えながら生きているという認識があるのだろう。それがウチナーンチュの強さでもあるかのように描かれる。多くの作家がウチナーンチュを登場させるのにウチナーグチを使わせるのが定番の技法の一つになっているが、又吉栄喜はそれに代わってユーモアで包んで登場させるのだ。これが作品のたまらない魅力にもつながっている。

芥川賞受賞作品「豚の報い」もユーモアの力を感じさせるし、「呼び寄せる島」や、近作『夢幻王国』（2023年）に収載された「兵の踊り」など、多くの作品からも滲み出る方法である。特に「兵の踊り」は沖縄戦を描いた重いテーマの作品だが、どの頁にも一箇所はユーモラスな表現がある。作品は次のように始まる。(5)

背丈が低いという見てくれ自体はどうにか我慢もできるが、背丈が低いが故にもっとも体力のあるはずの青春期真っ盛りの十八歳なのに、兵隊に行けないと考える……考える気はなくてもどうしても考えてしまう……と空恐ろしくなる。ひどく屈辱を感じ、ますます自信を失う。背丈が低く生まれたのは、僕のせいでも親のせいでもなく、人の力では全く手に負えない運命だ。軍国の男子ならいささかも運命なんか物ともすべきではないといつも自分に言い聞かせている。（72頁）

病弱や低い背丈以外にも劣等感がある。僕は女学生のように優しく、柔和な顔をしている。癖のない髪はとても柔らかく、顎が細く、おちょぼ口なのだ。エイサー仲間たちはほとんど口が大きく、唇も厚く、二重の大きな目に強い光をため、まっすぐな剛毛なのだ。

幸喜のような顔だちでは立派な強い軍人にはなれないわ、などと女たちは僕を見切っている。僕に見向く女は一人もいないんだ。どんな男からも相手にされない薄汚れた女さえぼくには一瞥もしないんだ。経塚集落の女たちは招かれたとはいえ、隣町の海軍宿舎の兵士たちの演芸会には何度かのうのうと出かけているのに……。（74―75頁）

なお、「豚の報い」を芥川賞に選んだ選考委員の選評にも、作品が湛えるユーモアを指摘している。例えば日野啓三は「作中の女性たちの描き方の陰影ある力強さ、おおらかに自然なユーモア」と評価し、池澤夏樹は「登場人物の一人一人が元気で、会話がはずみ、ストーリーの展開にも勢いがある。ユーモラスである点も大事で、このように哄笑を誘う文学は日本には珍しい。それがそのまま沖縄という地の力であり、元気であり、勢いとユーモアなのだろう」と述べている。(6)

又吉栄喜は沖縄で生まれ、沖縄を生き、沖縄を書く作家だが、又吉栄喜を支えている文学の方法は、鼎をなすこの三点にあったのだ。

2

ところで、古今東西、「文学の方法」や「小説の力」や「小説とは何か」などについて、多くの問いが繰り返され、様々な答えが提出されてきた。

フランスの哲学者・批評家であるロラン・バルトは『物語の構造分析』（1979年）の冒頭で次のように述べている。(7)

世界中の物語は数かぎりがない。まず、驚くほど多種多様なジャンルがあり、しかもそれが様々な実質に分布していて、人間にとっては、あらゆる素材が物語を託すのに適しているかのようである。物語は話されるかまたは書かれた分節言語、固定されるかまたは動く映像、身振り、さらにはこれらすべての実質の秩序正しい混合、によって伝えることができる。（中略）物語は、まさに人類の歴史とともに始まるのだ。物語を持たない民族は、どこにも存在せず、また決して存在しなかった。あらゆる社会階級、あらゆる人間集団がそれぞれの物語を持ち、しかもそれらの物語は、たいていの場合、異質の文化、いやさらに相反する文化の人々によってさえ、等しく賞味されている。物語は、良い文学も悪い文学も区別しない。物語は、人生と同じように、民族を越え、文化を越えて存在するのである。（1―2頁）

またノーベル文学賞作家で、世界ペンクラブの会長でもあった南米ペルー生まれのマリオ・バルガス・リョサは『若い小説家に宛てた手紙』（2000年）の中で、文学について含蓄のある次のような言葉を述べている。(8)

現実に対する不信、これが文学――文学的天職――の秘められた存在理由なのですが、この不信があるおかげで文学は私たちにある時代に関する唯一の証言をもたらすことになります。

フィクション、とりわけ最も成功したフィクションが描き出している人生は、それを考えだし、文章化し、読み、喜んだ人たち実際に生きた人生ではないのです。現実に生きることができなかったからこそ、人工的に作り出さざるを得なかった架空の人生であり、だからこそ別の人生、つまり夢とフィクションが生み出した人生を間接的、主観的に生きることになったのです。フィクションというのは嘘、それも深い真実を隠した嘘にほかなりません。それは存在しなかった人生です。ある時代に生きた男女がそんな風に生きたいと願いつつもかなわなかったために、仕方なく考えだしたものなのです。それは歴史の肖像であるというよりもむしろ、その仮面、もしくは裏側であり、現実には起こらなかったことなのです。だからこそ想像力と言葉で作り出さざるを得なかったし、そのことによって実人生で満たされなかったさまざまな野心を沈静させ、また自分の周囲にうつろな穴がぽっかり空いていることに気づいた男女が亡霊を作り出し、その隙間に住まわせようとしたのです。(12―13頁)

さらに、米国のベストセラー作家、スティーヴン・キングは『小説作法』(2004年)の中で次のように述べている(9)。

私は構想よりも直感に頼る流儀である。私の作品は筋立て以前の情況に基づくものが多いから、何とかこれでやってきた。中には多少趣向を凝らした作品もないではないが、ほとんどの場合、発想はデパートのショウウインドウや蝋人形館を覗くようなもので、驚くほど単純である。私は人物を窮地に立たせ、彼らがどうやってそこから脱出するか成り行きを見る。人物はたいてい二人だが、一人きりでも構わない。私の仕事は脱出に手を貸すことでもなければ、筋立てを操作して彼らを安全な場所へ導くことでもない。それは構想というけたたましい削岩機を必要とする作業である。私はただ人物の行動を見守ってそこで起きたことを書くにすぎない。
はじめに情況ありきである。そこへ、まだ個性も陰影もない人物が登場する。こうして設定が固まったところから、私は叙述に取りかかる。すでに結末が見えている場合もあるが、私の思惑で人物を行動させたことはただの一度もない。何を考え、どう行動するかはまったく登場人物に任せきりである。時として私が予想した結末に至ることもあるが、少なからぬ作品が思いもかけなかった大詰めを迎えている。（189頁）

我が国の現代作家小川洋子は、小説を書くことについて、著書『物語の役割』（2007年）の中で次のように述べている[10]。

私は、自分の小説の中に登場してくる人物たちは皆死者だなと感じています。すでに死んだ人々です。だから、小説を書いていると死んだ人と会話しているような気持ちになります。それは恐ろしいとか気持ち悪いという感触ではなく、非常になつかしい感じです。自分はまだ死んでいないのに、なんだか自分もかつては死者だったかのような、時間の流れがそこで逆転するような、死者をなつかしいと思うような気持ちで書いています。（67―68頁）

さらに、東北大震災を体験した福島生まれの詩人、和合亮一は、「すべてを失った、残ったものは言葉だけだ」[11]として言葉への信頼を悲痛な思いで詩集『詩の礫』（２０１１年）に、次のように書いている。

気力が失われた時、詩を書く欲望だけが浮かんだ。これまで人類が経験したことのないこの絶望感を、誰かに伝えたい。書くということにだけ、没頭したい。死と滅亡が傍らにある時を、言葉に残したい。

習性というものは恐ろしい。しかしそれは最後に、その人であることを助けてくれるものなのかもしれません。（中略）

何も考えなかった。〈独房〉の中で私がひたすら想ったのは、言葉の中にだけ自分の真実がある、ということだった。後は何処にもない。社会が崩壊し、生活が奪われてしまいそうな中で、私が何も考えずにしていたこと。ただただ、その〈真実〉に幼子が母の腕にしがみつくようになって、すがることだけであった。そして私は初めて強く思った。日本語の中にこそ、〈真実〉がある。故郷がある。（中略）

言葉には力がある。ある夜に感じて、伝えた感慨がある。「私たちは、一緒に未来を歩いている」。どうしてこんな想念が浮かんだのか。私たちの母国語というものに日本人の歴史そのものがあり、そしてその先には占われた未来があることを、日本語を前にして肌で感じた瞬間があった。だから私たちの〈言葉〉に祈りを込めた。露わな〈肌〉で望みを書きたい。「福島をあきらめない」「福島で生きる、福島を生きる」「明けない夜はない」（5—8頁）

さて、又吉栄喜は小説の方法や文学について、沖縄に寄り添い、沖縄の民衆の視点で作品を織りなしてきた。沖縄という土地が持つ力を、作家の力として沖縄文学を担ってきたと既述した。ここで、もう一度、又吉栄喜が考える「文学の力」について、彼自身の言葉を拾ってみよう。又吉栄喜は多くの場所で、自己の小説技法や文学観について、後輩を激励するかのように力を込めて語っているのだ。

その一つに、浦添市立図書館に開設された「又吉栄喜文庫開設記念トークショー」での佐藤モニカとの対談がある。ここでは「書くこと」や「文学の力」などについて極めて興味深い発言が、随所になされている。(12)

文学というのは余白ですよ。余白の力です。あるいは余韻と言ってもいいかもしれません。読後感と言ってもいいかもしれませんけど、書いた後ずっと残る。それから読者によっても違うんですけど、読んだ後ずっと残る。残るのがどんどん膨らみもするし、それに自分の人生とか、今の状況とかに絡んでくるんですよね。これが文学ですよね。書いたとおりだけで終わってしまうと、これは一つの、何と言いますかね、「論」でしかないですよね。（5頁）

文学というのは、このようにすごく膨らみがある。この膨らみがあるから普遍性があるわけですね。普遍性があるから、例えば、浦添を書いても、韓国や中国の人に十分理解できるし、あるいは世界の人にも十分理解できるということになるんですよね。（6頁）

読者によっては、一つを十とか百に感じている読者もいる。だからそのような形で文学というのは、人を選んで来るというような感じですね。人に試練を与える。人に何か課題を与えるというのが文学になるんですよね。（6頁）

そういうことですね。文学を通して、例えば叙情的な文学だと、優しい心とか温かい心がどんどん広がっていく。割と理知的な小説だと、今度は社会に切り込んでいく目が養成される。このような多面性の効用というか効力、力をもっているのが文学だと言えるんですよね。（6頁）

瀬戸内晴美さんはお坊さんになったんですよね。彼女も著作以外でも何か説法をして人を救っている。要するに人の話を聞いてこれに答えて。宗教と文学は同じではないと思いますが、告白するというのは小説の中でも重要だと思うんですよ。小説にもいろいろな説がありますけど、最終的には人間を救うというのが、やはり小説の力じゃないかと思うんですよ。（19頁）

また『うらそえ文藝』第22号（２０１７年）は、「又吉栄喜の原風景」として特集を組んだが、その中でも、少年期の体験を「原風景」として、創作の秘密を次のように明かしている。[13]

そうですね、私は自分の体験といいますか、子どものころ感じたもの、見たもの、要するに五感に入り込んだものを基にして小説を書いています。（33頁）

日常的な家庭生活、恋愛風景は、みんなが持っていますから、それをすなおに書いても、例えば全く知らない人のアルバムを見て、あまり感動しないのと似てしまうと思うんです。何というか普遍性というか、読者の胸にウチアタイさせるようなものを書かないといけないと思いますね。例えて言えば、子どもや孫の成長記録を親や祖父母が読むと感動しますよね。そんな感じで親近感というか、全く知らない読者にも親近感を与えるような書き方が必要だと思いますね。（42—43頁）

また、エッセイ集『時空超えた沖縄』（2015年）では、文学をも含めた芸術一般の有する力について次のように述べている。[14]

芸術というのは、変わらない心の中のもの（強固に固まっていく夢の国）が変転極まりない時代と拮抗をくりかえしながら、つまりは、無慈悲な時の流れに壊される心の風景をキャンバスや文字の中にファイルする行為ではないだろうか。ひとは幼少のころの心の風景をなんらかの形にファイルしなければ、実際の風景がなくなった時（なくならなくても）、心のすきまに虚無のようなものが忍び込むのではないだろうか。（58頁）

芸術・芸能が生まれる秘密はよくわからないが、もしかすると、作者と芸術・芸能を結びつけているものは失われていく美しいものを耐えがたく惜しむ、純なものが不純なものに変わる無念の心境、感性なのかもしれない、とふと思う。

このような心境や感性を武器に時代や社会のどろどろとした、どうしようもないものに果敢に挑んでいくのが芸術・芸能なのだろうか、と考えたりする。（228頁）

又吉栄喜のこれらの発言から、私たちは多くのことを学ぶことができる。いずれも一貫した示唆的な言葉になっているように思う。

なお又吉栄喜は『木登り豚』（1996年）の巻末に付された山口勲（編集者）との対談でも、小説を書くことについて次のように述べている。[15]

頭で書くのではなく、本音で書く、心で書く。知識で書くとね、読者は敏感で目も肥えていますから、すぐわかります。知識は鼻につきますから、僕は身体で書いているというか、皮膚感覚というものを出すようにしているんです。頭で哲学的な世界や文学的なものをこねまわしているのではなく、五感で感じたものを出していく。それがかえって雰囲気を出すことにつながっていったかも知れませんね。（158頁）

さらに『季刊文化』80号（二〇二〇年　早春号）でも小説を書くことについて次のように述べている

小説を書くというのは、自分を書くということ。自分自身の体験を書く。覚えた知識ではなく、空手で拳を突き出していくような、前進する力といえるのではないでしょうか。（166頁）

小説家は自分の人生の途上に起きた様々な出来事、特にこの世の数十億人のうち奇跡的に出会った人とのつながりを描き残そうとすると思う。

自身の作品に愛着がわくのは読み返すたびにこのような出来事や人との思い出が日記のように懐かしくよみがえるからではないだろうか。

二〇一九年、古希を迎えた私は、小説に自分の人生を書いてきたという実感がわいている。小説は私の知らない私自身を引っ張り出したり、別の顔を持つ私と対話したりしている。私の小説、エッセイ、日記は三位一体のように思える。（33頁）

又吉栄喜は人間を書く。生と死を越え、国境を越え、規定の枠組みを越える。自明とされる多くの境域を越える豊かな視線が又吉栄喜の武器なのだ。言葉は又吉栄喜を待っている。又吉栄喜もまた、ふつふつと心のうちから噴き上がる言葉を待っているのだ。

【注記】

注1　『又吉栄喜小説コレクション4　松明綱引き』２０２２年5月30日、コールサック社。

注2　『時空超えた沖縄』又吉栄喜エッセイ集、２０１５年2月30日、燦葉出版社。

注3　『ジョージが射殺した猪』２０１９6月23日、燦葉出版社。

注4　注3に同じ。

注5『沖縄戦幻想小説集　夢幻王国』又吉栄喜、２０２３年6月30日、インパクト出版会。

注6『芥川賞全集ー十七』２００2年8月10日、文藝春秋。

注7『物語の構造分析』ロラン・バルト、花輪光訳、１９７9年11月１5日、みすず書房。

注8『若い小説家に宛てた手紙』マリオ・バルガス・リョサ、木村榮一訳、２０００年7月３０日、新潮社。

注9『小説作法』スティーヴン・キング、池央耿訳、２００4年2月1日、アーティストハウス　パブリシャーズ。

注10『物語の役割』小川洋子、２００7年2月10日、筑摩書房。

注11『詩の礫』和合亮一、２０１1年6月30日、徳間書店。

注12『すべては浦添からはじまった――又吉栄喜文庫解説記念トークショー』２０１8年9月30日、浦添市立図書館。

注13『うらそえ文藝』第２2号、２０１7年１０月３１日浦添市文化協会文芸部会。

注14『時空超えた沖縄』又吉栄喜エッセイ集、２０１5年2月30日、燦葉出版社。

注15『木登り豚』又吉栄喜、１９９6年、6月25日、カルチュア出版。

第3章　救いへの挑戦、あるいは自立への模索

――又吉栄喜の文学と特質／「海は蒼く」から「仏陀の小石」まで――

○はじめに

芥川龍之介の書いた文学論の一つに「文芸的な、余りに文芸的な」がある。初出は一九二七（昭和二）年雑誌『改造』に発表されたようだが、冒頭には次のように記されている。

僕は「話」らしい話のない小説を最上のものとは思っていない。従って「話」らしい話のない小説ばかり書けとも言わない。第一僕の小説も大抵は「話」を持っている。デッサンのない画は成り立たない。それとちょうど同じように小説は「話」の上に立つものである。（「僕」の

話という意味は単に「物語」という意味ではない）。もし厳密に言うとすれば、全然「話」のないところにはいかなる小説も成り立たないであろう。従って僕は「話」のある小説にも勿論尊敬を表するものである。

芥川がこのように述べた時代から令和の今日まで、すでに九十年余の歳月が流れている。敢えてこの提言を引用した理由は又吉栄喜の作品の読後に、ふとこの文学論を思い出したからだ。又吉文学を読み解くには、「話」をキーワードに、テーマとの関連性を考えることも一つの手掛かりになるように思われるのだ。

又吉栄喜の作品は魅力的である。豊かで味わい深い。テーマを容易に把握することは困難だが、作品を展開する「話」は長く記憶に残る。それが作品の魅力にもなり豊かな世界を創造する方法の一つにもなっているように思われる。

換言すれば、又吉栄喜は読者を想定し「話」を展開する。テーマを秘めたままで作品の中の登場人物は又吉栄喜の意を体現して自由に動き出す。だがどこへ行くかは分からない。作者はほくそ笑みながらその行方を追っている。読者は戸惑いながら宙を彷徨《さまよ》う。やがて読者も途方に暮れる登場人物も、作者から救いの手が差し伸べられ自立の方法が暗示されるのだ。

又吉栄喜は「人間」が好きで「小説」が好きなんだと思う。もちろん出生の地「浦添」や「沖縄」は最も愛おしいはずだ。

1 作品の系譜

又吉栄喜の作品はほぼ沖縄が舞台である。作者が何度も語っているように出生の地浦添を中心に半径2キロの世界で体験した出来事を豊かな想像力でデフォルメして書いている。

又吉栄喜の作品は、処女作「海は蒼く」(一九七五年)から、このようにして創出されてきたものと思われる。最近作「仏陀の小石」は例外的に舞台はインドまで広げられている。この作品の特質については後述するが創作の方法や姿勢については作者が語るように一貫して揺るがない。この方法や姿勢を検証しながら、文学賞を受賞した作品や単行本化された作品を概観してみよう。

①「海は蒼く」一九七五年(第1回新沖縄文学賞佳作)

本作は又吉栄喜の処女作と言われている。一九七五(昭和50)年に発表され、第1回「新沖縄文学賞」佳作を受賞した。選考委員の大城立裕が受賞作とせずに佳作としたことを選考後に悔やんだとされるいわくつきの作品だ。その真偽はともかく、作品世界のインパクトは強烈で、その後の同賞の受賞作に比しても遜色がない。私には充分に受賞作に該当する作品であるように思われる。そして作品世界には、若い作家又吉栄喜が文学への道を歩もうとする決意を主人公の少女の姿に投影して重層的に語っているように思われるのだ。

作品の舞台は「亀地（カーミジ）」と呼ばれる「美里島」の海辺だ。又吉栄喜の作品に繰り返し登場する幼少期のころ遊んだ場所である。作品は次のように展開する。

大学生の少女が生きる意欲を喪失し、その意味を探るために小さな漁村へやって来る。少女は美里食堂へ投宿し、来る日も来る日も亀地に座り込んで海を眺めている。やがて少女は一人の老漁夫に視線を注ぐ。ある日、強引にその老漁夫の船に乗せてもらい漁に出かける。その一日の船上での老漁夫と少女の会話がこの作品の読みどころである。少女は老漁夫の海を相手にした生き方に自らの生きる意味を見いだしていくという作品だ。

私はこの少女の成長譚に、それだけでは終わらない作者の意図が込められているように思われる。例えば、少女が問いかける生きることの意味は、書くことの意味と重ねて読むこともできる。すると少女は作家又吉栄喜の分身で、老人や海は文学世界の比喩となる。生きることの意味を問う少女の不安は、書くことの意味を問う新人作家又吉栄喜の不安だ。作品はこの二つの問いを重層させながら展開される。書くことの意味を確認し不安を解消することで、又吉栄喜は作家としての出発の号砲を鳴らしたように思われるのだ。

もちろん、書くことの不安と少女の不安を切り離して考えることもできる。又吉文学の特質の一つに、悩める人物を登場させて、その人物に救いの手を差し伸べ、自立と解放の道筋を示してやる作品群が数多くある。それが又吉作品の類型の一つだが、ここには早くもその萌芽が見られるのだ。

文学の喩えである海や老人に、少女は次のように対峙する。「老人にめちゃくちゃにされたい」(254頁)、「老人の正面に向いて堂々と小便をしょうという気になった」(254頁)、「この十九年間、何を生きてきたのでしょう」(263頁)、「退屈しないの？ 生きがいはあるの？」(266頁)、「私、なんにも役に立たない自分がとても小さく、くだらない者に思えるの。こんな人間て爆弾でこっぱみじんにしたい思いがするのよ」(273頁) と。

老人は答える。「生きてりゃ、充分ろ。あれやこれや文句いうのはぜいたくもんろ」(266頁)、「海や誰のもんでもあらんろ、わしらぁかってにしちゃならんろ」(269頁)、「そんなこと考えたこともないさあ。それでいいさあ。時節が変わるようさよ、その日を生きてきただけさなあ」(280頁) などだ。[1]

これらの言葉を受けて少女は次のように語る。

「少女をおおっていた濃い膜のところどころに穴があき、冷たい風が入ってくる感触にふとわけもなくうれしくなったりする。この海は私をずっと底まで受け入れてくれるでしょう。どこまでも決してあきずに運んでくれるでしょう」(269頁)。「私は自由なんだわ」(284頁)。「子供の頃から詩の好きな少女は詩作をこころみる。海、海、海……(中略) 今度は海を歌っている歌を小さく歌う。次第に涙がにじむ。こんないい歌を作った人は、なんて素晴らしいんだろうと思いながら、何度もかみしめるように繰り返す」(286頁)。

海は蒼く、そして深い。少女は言う。「おじいちゃん、あしたも乗せてね」と。老人は言う。「ならんろ、さあ行け」と。そして作品は次のように閉じられる。

闇が老人の姿を消しかけていたので、少女は声を高くした。老人は無言だった。振り向かなかった。〈もう乗せない〉という声が頭に残っていた。少女はしかし、明日もきっと乗せてもらえると信じた。少女は目をこらして前方を注視した。闇が深く降り、老人はいなかった。

「もう乗せない」という老人の言葉。「もっと乗りたい」という少女の思い。ここから、又吉文学の豊穣な世界は展開され広がっていくのだ。

②「カーニバル闘牛大会」一九七六年（第4回琉球新報短編小説賞受賞作）

作品は基地内で開催された闘牛大会を舞台にした短編小説である。ウチナーンチュの所有する闘牛がアメリカ人の自動車を傷つけてしまったことで自動車の持ち主の「チビ外人」は激怒し、闘牛の持ち主を罵倒する。それを大勢の群衆が取り囲んでいるが、ただ見ているだけでだれもウチナーンチュを助けようとはしない。時々、チビ外人へ批難の声が上がるが長続きはしない。やがて大男のマンスフィールドが出てきて、非はチビ外人の側にあることを諭すと、チビ外人は車もろとも去って行くという物語だ。原稿用紙四十枚ほどの短編だが、この事件の顛末を少年の視点から語っているところにユニークさの一つはある。

岡本恵徳は本作品について、「米人の新たな描き方の出現」だと評して次のように述べている。[2]

ここでは、同じ外人でありながら「チビ外人」と「マンスフィールド」とは対比的な存在とされていて、外人が外人として画一的に捉えられていないのだ。従来の作品が、米兵と沖縄人の対立する状況を描くとき、視点が沖縄人の側に置かれるために結果として米兵の描き方が画一的になることが多かったのに対して、この作品はその弊を免れているといえるだろう。(151頁)

岡本恵徳のこの評は、その後に続く「ジョージが射殺した猪」を想定したものであろう。基地内に住む兵士は皆が強者であるという概念を覆《くつがえ》して、気の弱いジョージを描いた作品へのコペルニクス的転換への萌芽を示唆しているようにも思われる。

岡本恵徳はさらにこの作品を「米軍統治下の沖縄の状況の暗喩」としても読めるとして次のように記した。[3]

たった一人の「チビ外人」に対して、相手の非をただすのでもなく、ただ耐えている沖縄の青年、そのトラブルを傍観するだけの大人たちの「劣等で非力」な姿を、少年の視点で描いているのだが、その外人に対して、ただ外人というだけでもって何も出来ない沖縄人の姿の向こ

うに、米軍統治下の沖縄人の姿を連想するのは深読みだとは言えないように思う」(150頁)

岡本恵徳のこの指摘に、私も同意する。作者又吉栄喜は、米軍統治下の沖縄の状況を巧みな比喩や象徴的な技法をも駆使しながら表出したのがこの作品である。

③「ジョージが射殺した猪」一九七八年(第8回九州芸術祭文学賞受賞作)

作品は沖縄に駐留する米軍基地の兵士ジョージと友人のジョン、ワイルド、ワシントンが、Aサインバーでホステスを陵辱する場面からスタートする。兵士たちはアメリカからやって来た新兵だが、ベトナムにいつ派遣されるか分からない。死の不安に苛まれる日々の中で、既に精神は病んでいる。兵士たちはホステスの股間を開き陰毛をライターで焼くなど暴虐の限りを尽くす。

ところが、ジョージはその仲間に入れない。仲間に入れないことによって、臆病者、弱虫と仲間からだけでなくホステスたちからも馬鹿にされている。馬鹿にされているが、仲間外れにはされたくない。それゆえ彼らの言うがままに小遣い銭をせびられることもある。ジョージは弱虫でないことを証明するために、基地のフェンス沿いで薬莢拾いをしている沖縄の老人を射殺する。ここに至るジョージの心の葛藤と軌跡を描いたのが本作品だ。

作品の新鮮さは、基地の中の兵士を強者としてステレオタイプに描くのではなく、自明として疑わなかったその常識を反転させたことにある。そして心優しいジョージが老人を射殺するほどに変えられていく軍隊のシステムの闇と狂気を明らかにしたことにある。

さらに作品の持つ魅力の他の一つは、その軍隊が駐留する沖縄の悲惨さをAサインバーで働くホステスたちの姿に投影させて描いたことにあるだろう。生きるためには統治者の暴力にもへつらい、耐え、忍んでいく。彼女らに逃げ道はあるのか。この世界のインパクトも強く提示されている。

また基地内の弱者と強者の構図は、基地外でも白人兵と黒人兵という差別の構図に変貌していく。酩酊したジョージが黒人街に迷い込む。沖縄人に対して加害者であるジョージたち白人兵は、黒人街に迷い込むと一瞬にして袋だたきに遭う被害者に反転する。基地の町沖縄の現状と人間をも変える闇の力、軍隊の持つ暴力のシステムに迫った作品であるとも言えるだろう。

④「ギンネム屋敷」一九八〇年（第4回すばる文学賞受賞作）

作品のタイトルになった「ギンネム」については、表紙裏の脚注で次のように記されている。「終戦後、戦争の後をカムフラージュするため、米軍は沖縄全土にこの木の種を撒いた」と。[4]

本作品はこのタイトルにも象徴されるように、戦争の記憶の蘇生と隠蔽を巡る人々の物語である。換言すれば、「弱者の側に残る戦争の記憶」と「戦争を語る言葉を隠蔽する闇の力」を描いたのが本作品であると言えよう。

闇の力とは何か。ここでは米軍の喩えにもなるだろう。国家権力の喩えにもなる。登場人物の中では「私」「勇吉」「安里のおじい」が闇の力に翻弄される被害者の側にある。ところがこの三者は、それぞれが加害者にも反転する。ギンネム屋敷に一人で住む朝鮮人に濡れ衣を着せ恐喝する。ツルを捨て春子と同棲している語り手の「私」、女を陵辱する勇吉や安里のおじいもがその役を担う。三者の存在が象徴しているのは、強い者が弱い者を虐待し、弱い者がさらに弱い者を虐待する構図である。

又吉栄喜は多くの作品で弱者を描いてきたが、同時に弱者の側にある希望をも示してきた。しかし、本作品では希望の光明を見いだすのは困難だ。他者を差別するこのピラミッド型の構図から抜け出さない限り希望は語れないように思う。つまり人間の持つ本源的な闇をあぶり出したのがこの作品だと思われる。

作品は、「私」と勇吉と安里のおじいとの三人で、ギンネム屋敷に住む朝鮮人を脅して金を巻き上げに行く場面から始まる。勇吉が言うには、朝鮮人が安里のおじいの孫であるヨシコーを強姦するのを見たというのだ。そこで恐喝して口止め料を請求するという奸計を巡らす。朝鮮人は請求に応じて金額を払うのだが、「私」に改めて一人で来いと誘う。「私」はそれを受け入れる。「私」と朝鮮人は戦時中に面識があった。「私」は殴られている朝鮮人に優しく対応したことがあったのだ。朝鮮人は恋人小梨（シャーリー）が慰安婦にされ、日本人隊長の愛人にされているのを見て、戦後も沖縄に残り小梨を探す。八年目にやっと探しだした小梨は売春宿にいた。朝鮮人は小梨を身請けするのだが、小梨はすっかり変わってしまって記憶さえ戻らない。逃げ出そうとする小梨を引き留めようとして過って首を絞めて殺してしまう。遺体をギンネム屋敷の隅に埋める。朝鮮人は「私」に、このことの顛末を話した後、全財産を「私」に残して自殺する。やがてヨシコーを強姦したのは朝鮮人ではなく勇吉だということが分かる。私もまた戦争中に息子を失い、妻のツルと別居し、記憶から逃れるために若い愛人の春子と同棲しているのだ……。

作品は、なんともはや、やりきれないいくつもの人間模様が展開される。共通して言えることは、戦争によって刻まれた記憶から逃れるためにもがく弱者の姿であり、傷ついた人間の姿である。朝鮮人も恋人「小梨」も、「私」も「勇吉」や「安里のおじい」もそうである。私の妻「ツル」も愛人の「春子」もそうだ。戦争が終わればすべてが終わるのではない。修復することの困難な肉体と精神を抱いて戦後を生きるのだ。だれもが戦争の記憶から逃れる方法を模索し呻吟しているのである。

翻って考えるに、記憶の闇を作っているのはだれか。一人勝者の側に位置している米軍だけではない。旧日本軍を含む権力がその頂点に君臨しているのだ。そしてその闇の庇護を受けている者は、小梨を愛人にしていた隊長はじめ登場しない無数の日本軍人たちである。

安里のおじいは朝鮮人を友軍に脅されて仲間と一緒に銛で刺した記憶がある。「私」は日本兵が薄ら笑いを浮かべて朝鮮人の胸深く銃剣を刺し込み心臓を抉るのを黙って見ていた記憶がある。また六歳になる息子が岩山の下敷きになっているのを見殺しにした記憶もある。このことが原因で、戦後妻のツルと再出発できないほどの記憶となって「私」を苛んでいる。勇吉はヨシコーを強姦するほどに精神を病んでいる。そして朝鮮人は、結婚を約束した恋人小梨を殺してしまうのだ。

本作品は、人間を破壊する戦争というシステムと、戦争で狂気に走った人間と傷ついた人間たちを描いた作品である。隠蔽される記憶と解放される記憶のせめぎ合いを描いた作品だ。ところでギンネム屋敷には朝鮮人だけが住んでいるのではない。逆説的に言えば、私たちの心の内に播種されたギンネムを鋭く告発した作品だと言っていいだろう。もちろんギンネム屋敷は半径2キロの浦添市の一角だけでなく私たちの内部にもある。

⑤「豚の報い」一九九六年（第一一四回芥川賞）

本書は又吉栄喜が芥川賞を受賞した作品である。再読して本作が沖縄を描いた会心作であるという印象を、改《あらた》めて強く持った。多くの選考委員がこの作品を推薦しているが肯われる。特に「沖縄」を舞台にした作品世界に言及した四人の選考委員のコメントは次のとおりである。(5)

宮本輝：「これまで幾つかの文学賞の選考で沖縄を舞台にした作品を何篇か読んできたが、（引用者中略）最も優れていると思う」「沖縄という固有の風土で生きる庶民の息づかいや生命力を、ときに繊細に、ときに野太く描きあげた」「読み終えて、私はなぜか一種の希望のようなものを感じた」

河野多恵子：「作者はいっさいの顕示も思惑もなしに沖縄を溌剌と描いている。沖縄の自然と人々の魅力に衝たれて、自然というもの、人間というものを見直したい気持にさせる。作者の生きている感動が伝わってくる。沖縄を描いて沖縄を超えている、この作品を敢えて沖縄文学と呼ぶのは、むしろ非礼かもしれない」

石原慎太郎：「沖縄の政治性を離れ文化としての沖縄の原点を踏まえて、小さくとも確固とした沖縄という一つの宇宙の存在を感じさせる作品である。主題が現代の出来事でありながら時間を逸脱した眩暈のようなものを感じるのは、いわば異質なる本質に触れさせられたからであって、風土の個性を負うた小説の成功の証しといえる」

日野啓三：「作中の女性たちの描き方の陰影ある力強さ、おおらかに自然なユーモア、豚という沖縄では特別重要な動物を軸にした骨太の構成などはもちろんのことだが、私が目を見張ったのは伝統的な祭祀に対する若い男性主人公の態度である」「この作品を書いた作者のモチーフの核は、若い主人公のその反伝統的な精神のドラマだと思う」「新しい沖縄の小説である。単に土着的ではない。自己革新の魂のヴェクトルを秘めた小説である」

又吉栄喜は途方に暮れた人間を救う作家だが、ここでもスナック「月の浜」のホステス、ミヨ、和歌子、暢子《ようこ》、そして大学生の正吉が救われる。これらの人々を解放し自立させることは、沖縄を自立させることに比喩的につながっていく。それは沖縄の風土や伝統を排除することにあるのではなく、風土と一体化することにあることを、本作では一つの試みとして例示しているように思われる。そしてこのことは、沖縄を愛し人間を愛おしく思う作家にしてはじめて成し得ることなのだ。

⑥「果報は海から」一九九八年

又吉栄喜が描く作品世界はたぶん二通りに大別される。一つは政治的にアンバランスな沖縄の現実を描く作品世界である。たとえば「ジョージが射殺した猪」や「カーニバル闘牛大会」などのように、変動する沖縄の状況を見据えて鋭く現実と拮抗する作品群である。他の一つは、歴史的な時間の中でも消え去ることなく営まれてきた沖縄の人々の特異な日常世界を描く作品群である。それは神話や民族や土着へ向かう普遍的な世界と言い換えてもよい。その代表作が「豚の報い」であった。本作「果報は海から」はこの系列に新たに加えられるべき作品であろう。

又吉栄喜の作品の魅力の一つは、これらの世界を描く新鮮な視点と方法の斬新さにある。「ジョージが射殺した猪」では、一人の米兵もまた被害者であるという衝撃的な世界を開示した。「豚の報い」では新しい御嶽をつくる象徴性が新鮮であった。比喩的に言えば、又吉栄喜は沖縄の今日の時代の激流と営々と流れる地下水脈とを見事に描き続けている作家なのだ。

「果報は海から」では、登場人物の行動や思考にウチナーンチュ（沖縄人）の原形を託していると ころに方法の新鮮さがある。沖縄もしくはウチナーンチュについて、難しい説明をくどくどと述べるのではない。また方言の使用に安易に凭れるのでもない。主人公和久が山羊を盗み出し、偶然知り合った姉妹の経営するスナックへ売りに行く。その行動を通して、和久の心や周りの人々の行動が描写される。それは実に愛すべきわがウチナーンチュの思考や行動の原形でもあるのだ。妻の美佐子も、スナックの姉妹も、山羊も義父も、沖縄を浮かび上がらせる絶妙な存在である。百の説明より一つの描写、これが小説の力なんだろうとも思う。本書には他に「士族の集落」が収載されている。二編とも、読後に温かい気持ちと生きる気力を起こさせてくれる贅沢な一冊だ。(「琉球新報社掲載書評、1998年5月」)

⑦「陸蟹たちの行進」二〇〇〇年

陸蟹(おかがに)の象徴するものは、いったい何だろうか。群をなして行進するウチナーンチュか。それとも横這いするウチナーか。それとも繁栄をもたらす軍事基地か……。主人公正隆の母親は陸蟹を捕りに行き、月夜の晩に崖から足を滑らして死んだ。正隆の父は、陸蟹を全滅させるとアダンの茂みに毒を盛る。高校生だった正隆は、母の葬式を済ませた夜、最後に母が捕った陸蟹を涙を流しながら食べる。やがて成人し、村の自治会長をつとめる正隆にとって、陸蟹は、あるいは母を、あるいは豊かな自然を象徴するものとして映っているようにも思われる。

作品の舞台は沖縄本島北部のある村だ。そこに火葬場建設という名目で海岸埋め立て計画が持ち込まれる。主人公の正隆は、村の自治会長としてその案を了承しようとするが、埋め立て地には新たな米軍基地建設が画策されているのではないかと疑惑が持ち上がる。村人が賛成派と反対派に別れて対立し、村長のリコール運動へと発展する。今日、沖縄のどの地でも見られるような現実の風景が、作者の大きな感性でとらえられ、確かなリアリティーをもって再構成される。無名の人々の対立と葛藤が、ゆったりとした時間の中で描かれる。

又吉作品の魅力は、「ジョージが射殺した猪」のように、既成の視点を逆転してみせる衝撃の世界にもあるが、このように身近な風景から、なじみ深い人物を造形し、ゆったりとした沖縄の風土や時間の中で、生きることへの共感を浮かび上がらせる物語世界にもある。早急な課題を、大きな振幅でとらえる小説の世界は、なんでもない風景が小説になることの驚きにもつながる。この身近な物語から、ぼくらはたくさんのことを学ぶことができる。たとえば、些細なことのようで実は重要な物語の背景を知ることができる。逆に重要なことのようで、些細なことに過ぎない多様な視点の存在を知ることができる。そして、なによりも今、ぼくらに求められているものは、実はしたたかな尺度と想像力を駆使し、目前の現実を再構成する力であることを、つくづくと思い知らされる。

（「琉球新報社掲載書評、２０００年7月」）

⑧　「人骨展示館」二〇〇二年

又吉文学に共通するテーマは救いの可能性が模索され提示されるところにある。作中人物が混沌とした状況を抱え困苦している姿に一筋の光明を投げかける。あるいは茫洋とした日々を過ごしている人物に光の見える方向へ導いてやる。ここに処女作「海は蒼く」から近作「仏陀の小石」にまでつながる一貫したテーマがあるように思われる。さらに登場する人物に象徴される困難と救いは、時代に抗う「沖縄」や「沖縄の人々」の救いへとつながるテーマとしても読み取れる。本作品もその一つだと思われる。作品は次のように展開される。

真栄城グスク跡から、十二世紀の若い女性の人骨が出土した。一年前の新聞を処分しようとしていた明哲は、その記事に引きつけられた。明哲はグスクのあるG村役場で発掘調査の指揮をとる琴乃に人骨の見学を申し込む。その人骨は推定二十六歳の未婚女性で神への生贄だった可能性があるという。明哲はますます人骨へ関心を持ち、琴乃と肉体関係を持ち、役場に臨時職員として採用してもらい発掘調査に加わる。人骨は「ヤマトの海賊の娘」だと言い放つ琴乃に対し、地元の人々は、自分らの祖先であり高貴な「琉球の女性」だと信じている。離婚をして村に戻ってきた地元の民宿の娘小夜子とも恋仲になり男女の関係になる。そして琴乃から離れ、明哲は小夜子が説く「琉球の神女説」に傾いていく。

小夜子の夢だった「人骨展示館」を作ることに小夜子と共に奔走するが、いつまでも軌道に乗らない展示館建設に愛想を尽かして、小夜子は明哲からお金を騙し取り、元夫の元へ身を寄せる。明哲は小夜子にも逃げられ、琴乃にも上司との結婚を約束したと言われ、一人やっと完成した「人骨展示館」で怪しげな人骨のレプリカと対峙する、という物語だ。

簡潔に言えば、グスクに出土した人骨を巡る一人の男と二人の女との関係を風刺とユーモアを交えて描いた人間喜劇とでも喩えられる作品だ。

ところで、ここに救いがあると考える理由は、琴乃も小夜子も自らの考えに囚われて八方塞がりの状況にある。琴乃は本土出身の母親と沖縄の男との間に生まれた出自を持ち、人骨を「大和の海賊の娘」だとして検証しようとしている。小夜子は自分の出自を人骨につながる高貴な人々の末裔だと言い張る。この二人の間に塾講師の明哲がやって来て物語は動き始めるのだ。

この三人の関係を鈴木智之（法政大学教授）は次のように述べている。(6)

隠喩的に言えば、古堅明哲は「骨抜きにされた存在」である。「本土系」の予備校の講師であった彼は、同僚に騙されてマンションを奪われ、失業している。ごく素朴な寓意的解釈として、「本土」の収奪によって「無力」な存在となった「沖縄」の男が、どうやってこの境遇から抜け出すのか、というモチーフがあると言えるだろう。「人骨展示館」は「骨抜きにされた男」が「骨を探す」物語である。（11頁）

こうしてみると、女たちはそれぞれに、容易に実現されない課題を抱えて、前に進めない状況にあった。その彼女たちを前に推し進めるためのプロセスとして、明哲との出会い（再会）、この「男」と「人骨」をめぐる奪い合いがなされていたことが分かる。（18頁）

鈴木智之の評は、作者又吉栄喜の作品の系譜を考えてみると容易に理解できるし共感できる。

翻って、作品は他の視点からもその特徴を考えることができる。例えばその一つに表現の特質として風景描写が詳細でその描写に「沖縄」が宿っているようにも思われることだ。ディテールに宿る文学の力というものを考えさせられる。

二つ目は思わず笑いがこぼれるユーモラスな表現だ。三者のやり取りの中でもそのユーモアは遺憾なく発揮される。他の人物の描写の中でも多く散在する。沖縄文学が状況に対して倫理的でやや硬直した表現世界を有している特質を突き破り切り拓いていく新鮮な作品世界が顕示されている。

三つ目は、対象を多様な視点で考えることの大切さを示唆してくれることだ。琴乃も小夜子も独自の世界に固執しムキになっている。この世界を揺るがす人物が明哲だろう。八方塞がりの沖縄や沖縄の状況を考える時に、相対的な視点を有することは大きな力になるはずだ。このことが本作品に見られる救いの手である。

四つ目は、生き続ける人間の姿への作者の優しい視線だ。何かに情熱を燃やさずには生きていけない人間の姿は、距離を置いて観察すると独尊的でおかしいものである。しかしこの姿は弱い人間の常態でもあり愛おしむべき存在でもあるのだ。琴乃や小夜子や明哲、その他の人物に注がれる作者の視線は限りなく温かいものに感じられる。この特質は又吉文学すべてに共通するものである。

ただ私には、主人公明哲への違和感は最後まで拭えなかった。また明哲の人間像もうまく掴み取ることができなかった。二人の女性が魅力的であるのに対して、明哲には魅力を感じなかった。大金を二度も騙されて取られるのだが、二度も簡単に提供するからには裕福な出自があるのだろうか。具体的な生活者としての人物像が描けない。出会った女とは同じS高校の同窓生とはいえ、次々に肉体関係を結ぶ明哲の行動は理解しがたく嫌悪感さえ覚えるものだ。ここに隠された比喩があるような気もするが後日の課題にしたい。

なお、「人骨展示館」をフランス語訳したパリ在住の翻訳者パトリック・オレノが来日し、地元琉球新報社の「落ち穂」欄（二〇〇六年四月二十七日）に次のようなコメントを寄せている。

又吉栄喜氏の「人骨展示館」が、三月にフランスで出版された。沖縄出身作家の文学出版は初めてのことだ。

沖縄の風土、伝統文化、歴史を背景に、淡々としたユーモアが全体に流れている作品である。翻訳に際し、小説の中の独特な沖縄感が果たしてフランス人の読者にどれだけ伝わるか、文化も歴史も違う読者の反応への期待と不安が交錯した。折に触れ沖縄では何回かグスクを訪ねた。砂浜、門中墓、がじゅまる、蘇鉄の群生、サトウキビ畑、隣接する基地……熱風と涼風を肌に感じた。そして著者のアドバイスを得て、翻訳は完成した。

各書店データはこれからだが、インターネットの書評やホームページでの感想は好評だ。特に印象深いのは、コルシカ島出身のある読者からのコメント。「日本文学は読んだことがなかった。沖縄も知らなかった。だが、一気に読んだ。ソプラノのアリアの気配と思いきやテノールの声。期待で読み続けると最後に別の声でアリアが始まる。早速地図で沖縄を調べてみた……」。先入観なしに、日本文学という枠ではなく、作品を評価してくれたことが、なによりもうれしい。

コルシカというとナポレオンの生まれ故郷。南仏マルセイユから更に海を隔てて南に位置する島である。一九世紀半ばにフランスに併合されるが、フランス本土とは異なる独特な方言と伝統文化、音楽、習慣、価値観が今でも色濃く残っている。占領、併合、虐げられた歴史を経験するコルシカは、基地問題こそ抱えていないまでも、対日本との関係における沖縄と同様、「本土への同化とアイデンティティー」の模索と葛藤を続けている。又吉氏の作品はクレオール文学との比較だけに止まらない広がりを秘めているようだ。

「又吉氏がコルシカ島に来る機会があれば、是非『カニストレーリ』(コルシカ島の伝統菓子)をご馳走したい」とその読者は結んでいた。沖縄の「ちんすこう」にどこか通じる味がするに違いない。コルシカの風に吹かれながら、是非僕も相伴にあずかりたい。

⑨「呼び寄せる島」二〇〇八年

又吉栄喜は、やはり一筋縄ではいかない作家だ。幾つもの顔を持っている。デビュー当時の「ジョージが射殺した猪」や「ギンネム屋敷」、そして「豚の報い」などでは、衝撃的な純文学の作品を書きあげて高い評価を得た。また近作「夏休みの狩り」などでは、少年少女の瑞々しい世界を描き、大人の世界が喪った「感性」や「憧憬」を対比的に浮かび上がらせた。いずれも同時代を考える貴重な作品である。

本作品はそのいずれの領域をも越える新しい試みの作品だ。喩えて言えば、大人のためのエンターテインメント小説とも言えよう。琉球新報社の夕刊小説として二〇〇五年四月から一年余に渡って掲載されたものを改題したものである。

作品に登場してくる人物は、だれもが皆、夢を持って一所懸命に生きている。しかし、その一所懸命さが何とも滑稽で危うい脆さの上に成り立っている。このことが明らかになっていく構成だけでも、シニカルな寓喩性を感ずる。しかし、それ以上に登場人物の言動には人間が生きていく日常の悲喜劇がある。それを作者特有の風刺の効いたユーモアと、風土の生み出した温かい視点で描き、優れたエンターテインメント小説を生みだしているのである。

又吉栄喜の作者としてのスタンスは、人間を公平に捉えるところにあると常々思ってきた。それは、絶望も希望も、滑稽さも真面目さも、そのようにして捉える視点でもあったのだ。

本作品は時代とどのように対峙するのか。作者の目論見を想像しながら、さらに新聞小説であるがゆえのたくさんの仕掛けと、幾つもの隠し味を今一度味わうのも読書の醍醐味であろう。（「琉球新報社掲載書評、2008年」）

2　「仏陀の小石」の世界

「仏陀の小石」が出版されたのは二〇一九年三月二十二日。その前年を含め一年余に渡り、地元新聞社に連載されたのを著者が加筆修正して書籍化したものである。『うらそえ文藝』23号（二〇一八年十月、浦添市文化協会文芸部会発行）で、又吉栄喜は「『仏陀の小石』の連載を終えて」と題して次のようなコメントを寄せている。

読者に何かを考えさせるのが小説だというが、私は小説を書くとき、自分の人生を振り返り、自身を考える。ほとんど人から書くための取材をしないともいえる。還暦の時も自分の来し方を振り返り、何かを（急には思い出せないが）書いたが、古希を迎えた去年、「仏陀の小石」の執筆に没入した。私は自分の七十年間を振り返り、眺めまわし、既往を考えた。

人生を静かに懐かしみながらじっくりと書けた。若いころは登場人物を置いてきぼりにするようにがむしゃらに突っ走ったが、登場人物の声に耳を傾け、寄り添えるようになっていた。書くときの喜悦は若いころより今が深い気がする。若いころのように実際に世界各地を駆け回るのが大儀になった分、頭の中では七十年分の思索が（あるいは人生が）駆け回るようになっている。

沖縄の歴史、事象、人間などは主に老小説家（の文学論の形）に担わせた。老小説家は頻繁に「わしの原風景を案内しよう」と言う。主人公の安岡は内心「また原風景という伝家の宝刀を」といささか憤慨する。私自身何年も「私の小説の原風景」という講話や讀演を続けてきた。自分でも食傷気味になっているが、相変わらず依頼者から「又吉さんの小説の元になった原風景について話してください」といわれると断れなくなり、今に至っている。（中略）

若いころに比べ冷静になったからか、作り出した登湯人物はよく動き回るようになったとも思える。若いころは（しょっちゅう若いころというが）熱狂したまま書いた。頭が冷めたころ、推敲した。「仏陀の小石は」（俗にいう）登場人物と対話しながら書いたようだ。ようだ、というのは（私は耳を貸したつもりだが）対話がかみ合わず、登場人物が独走し、作者の制御を振り払ったように思えるからだが……。登場人物の独走は悪くないと思う。作者が「こういう」観念を登湯人物に再現させようなどと意図したら、「生きた人間」にはならないと考えられる。登場人物は作者より上位にランクされるべきだろう。作者の「言いたい何か」は登場人物がおのずから顕現すると思われる。（中略）

小説はいかなる場合にも小さくてもどこかに光明があるような「生」を書くものだと私は思っている。「死」は人をニヒリズムに落とし、暗鬱な気分にさせるのではなく、「生」を輝かせ、人を力強く前に進めるものと考える。

様々な死が揺曳している「仏陀の小石」だが、登場人物は.「生」を満喫しようと暗雲を吹き飛ばし、やりたい放題、言いたい放題にしている。

釈迦はたしか人間の四つの苦しみ「生老病死」の「生」は「生きる苦しみ」だと言っている。失恋、貧窮、天災、戦争など幾多もある。このような「生老病死」から人をいささかなりとも救いうるものも小説の力だといえる。死は愛にも誕生にも野望にも人生設計にもついて回る。死に打ち勝つのは生への渇望しかないのではないだろうか。

人は「生老病死」の枠の中にありながらも泰然自若と人生を歩んでいく……私は「仏陀の小石」をこのような物語にしたかった。

地元新聞二社への書評は、東京在の沖縄文学研究者伊野波優美、地元在の歌人作家佐藤モニカが執筆し掲載された。

伊野波優美は本作品を「又吉文学の集大成」と位置づけた。特に作品の第十六章「奇妙な講演」で学生を前に語る老小説家の小説作法の開示は「自身の沖縄文学論を世に晒す又吉氏自身の覚悟を感じずにはいられない」とした。そして「原風景という客観描写できない時空間を『沖縄的宇宙』として纏う又吉文学が辿ってきた道とそしてこれから向かう先を、悠久な時を自覚したようなガンジス河の深い流れに重ね合わせた無常さに、沖縄文学を可能にする本作の真骨頂がある」と評した。(7)

また佐藤モニカは、「この一冊を読み終え、本を閉じたときに、人が生きるということの意味を感じ、また希望のようなもの、光のようなものをうっすらと感じることができるだろう」とし、「魂

の救済の旅、これこそが著者が描きたかったものなのだ」と断じている。(8)

又吉文学の研究者である伊野波優美、また又吉文学から多くの示唆を受けていて愛読者の一人であると自認する作家佐藤モニカの指摘は、なるほどと肯われる。私の感慨もほぼ重なるのだが敢えて私の言葉で述べれば、本作品は大別して三つの特質を有している。一つ目は「救いへの挑戦、あるいは自立の模索と深化の広がり」であり、二つ目は「なぜ書くかと問い続ける又吉文学の姿勢の堅持と展開」であり、三つ目は「半径2キロの原風景の揺さぶり」である。

一つ目の「救いへの挑戦、あるいは自立の模索」については、又吉栄喜が処女作「海は蒼く」から一貫して持続してきたテーマである。本作ではその模索に、深化と広がりが見えるのだ。「救い」や「自立」は個の課題であると同時に、沖縄という土地の課題でもあり、ひいては沖縄で生きて書くことへ挑戦している表現者らの課題でもある。

「海は蒼く」の迷える女子大生は、漁を生業とする老人に救われ海に救われる。「海」は「文学」のメタファーだとも考えられる。「カーニバル闘牛大会」の少年や、「ジョージが射殺した猪」のジョージも救いを求め自立を模索している。少年の模索は沖縄の自立の模索であり、ジョージの模索は軍隊という組織からの自立である。

「ギンネム屋敷」は戦争で傷ついた人々の戦後を生きる自立を模索した物語であり、その葛藤を描いた作品として読める。また芥川賞受賞作品「豚の報い」もホステスや正吉の救いと自立の物語であり、「人骨展示館」も二人の女とその間で揺れ動く男の救いと自立の物語だ。

又吉文学のこれらの作品は、作者が登場人物へ救いの手を伸べ自立の道筋を示す「希望をつくる作業」が生みだした作品群だと思われる。ここに又吉文学の真骨頂がある。この「救いへの挑戦」と「自立の模索」がさらに深まり広がりを見せた作品が「仏陀の小石」のように思われるのだ。

「仏陀の小石」は、主人公と思われる若い小説家安岡義治と妻希代との対立と救いが描かれる。さらにまた若い小説家と老小説家の対立や書くことに対するそれぞれの疑念や葛藤が展開される。さらにインドツアーに参加する人々の苦悩や葛藤もある。またエピソードとして挿入される希代の姉やアメリカ人女性リリアンの悲劇もある。これらの悲劇や苦悩を作者は温かく見守っている。そしてその葛藤と自立の模索はこれまで以上に深化と広がりを見せている。希望を作る作者又吉栄喜の面目が躍如としている。

例えば若い小説家安岡と妻希代の苦悩は「海は蒼く」の女子学生のように一つの重荷だけではない。安岡はわが子を亡くした罪の意識と、書くことの意味を求めて呻吟する。希代もまたわが子を亡くした絶望と夫の不倫に悩まされる複数の苦悩を抱えている。そしてその苦悩は観念的ではなく生活の現場でだれもが体験する苦悩として描かれるのだ。

また苦悩と、自立の模索は二人だけのものではなくツアーに参加する全員がそれぞれに背負っているものだ。そして苦悩を際立たせる対立の構図は、時には先鋭的であり時には緩やかな日常の中でたゆたう苦悩である。対立の構図はより複眼的になっていると言っていいだろう。例えば沖縄の古い習俗なども取り込みながら、聖と俗、この世とあの世、生と死、男と女など、いくつもの構図が同時進行的に展開されるのだ。老小説家をはじめ、それぞれの苦悩に焦点を当てると、ユーモラスな描写の背後に多様で複雑な模様が浮かび上がってくるはずだ。

二つ目の特質として、「なぜ書くのかと問い続ける又吉文学」の姿勢は、作者の分身と思われる老小説家と若い作家の問答の中に遺憾なく発揮される。なぜ書くのかという問いは何を書くのかという問いに連動し、沖縄で生きることの意味と連動する。二人の作家の小説作法と問いかけは、作品の至る所に散在するが、沖縄の若い書き手たちを激励し鼓舞するものとして充分に刺激的であるはずだ。

また、二人の作家は小説作法を開示することで光明を見いだそうとしているようにも思われる。それは同時に書く作業に呻吟している表現者の閉塞した状況に、救いの波紋を広げる一擲の礫《つぶて》のようにも思われるのだ。これらの言葉を並べると、刺激的な文学論になり小説作法になるだろう。激励の言葉にもなるはずだ。例えばその幾つかは次のとおりである。

「わしも、わしの人生という素材を活かしていない。深めていない。だが、ほぞをかむ中で、どうしようもない淋しさの中で、書くことだけがわしの最期の仕事だと決めて、書き続けるよ。いわば、わしの小説はわしの遺書だ」（30頁）

「安岡は沖縄ソバの具はネギと蒲鉾《かまぼこ》だけでもいいと思う。文章も書きすぎると焦点がぼやけるのと同様、具も入れすぎると味が曖昧になる。極限状況をシチュエーションにした小説も悪くはな

いが、沖縄ソバのようにありふれた日常の中からいかに人生の味を出すかは、小説の根幹にも関わる」(120頁)

「とにかく自分以外の誰かに踊らされないように自分の『目で、足で、口で、心で』人生を歩めるよう、沖縄の小説家や演劇人は読者や観客に何か指標のようなものを与えられるなら与えるべきだ」(188頁)

「見えないモノが沖縄文学と言えるのではないかな。だれにもまねのできない一人一人が背負っているモノが沖縄文学だよ」「理性や医学からできる限り離れなければならない。これが小説創作の秘訣だよ」(198頁)

「小説は現実のコピーではなく、新しい現実世界だと言えます。わしらは現実をはっきり見ているようですが、実は曖昧模糊とした、虚実入り交じった世界を見ているに過ぎません。現実には狭雑物が多すぎ、わしらの思案、洞察、観察を曇らせています。小説は完結した世界です。狭いが深く、研ぎ澄まされている。だから正体の把握が可能なのです。訳のわからない、無秩序の、弛緩した現実に秩序、緊張、必然性、因果関係、本質を与え、新しい現実を作り出すのが小説だと言えます」(214頁)

「作者は登場人物の行動や心理を制御してはいけないし、またできません。（中略）作者はリッキーを支援できません。リッキーの運命は作者ではなくリッキー本人が決めるのです。リッキーは、現実の世界では受動的だが、小説的主体性があります。世界文学には人間的魅力、存在感、偉大、象徴性がある主人公が登場します。このような主人公は現実の人間を超えています」（218頁）

「小説は自分を書くべきだ。例えば、あの牛の糞を頭に載せた少女たちがいくら魅力的でも感動的でも本質的には他人には書けないだろう。他人を書くべきではないんだ。自分には自分の魂しかわからないんだ。自分が生きてきた魂の軌跡を書くべきだ」（276頁）

「大きい体験、事件を書くよりも何でもない小さい日常を書くべきではないだろうか。大きい事件も氷山の一角に過ぎず、海面下は何気ない日常の積み重ねではないだろうか」（278頁）

「例えば、父母の水死を書けば、僕はどれほどかは知らないが、救われる。しかし、全く知らないリリアンの赤ちゃん殺しを書いても、僕は少しも救われないだろう。自分が生きた証を残したいという願望が僕に小説を書かせた」（299頁）

これらの提言を読むことは読者にとって至福の時間になる。又吉栄喜は惜しげもなく小説の書き方について示唆しているのだ。

『うらそえ文藝』第22号（二〇一七年十月）では、さらに次のようにも述べている。

例えばギリシャ神話などが朽ちずに、現代人にもちゃんと届いているというのは、それが人間の普遍性、今の人たちにも全く変わらない共通性があるからだと思います。二五〇〇年前の人たちのいわば深い「感動」が二五〇〇年後の現代人を「感動」させているわけです。

沖縄も、例えばエイサーとか、シーミーとか、そういうものには普遍的な「核」があると考えられます。エイサーやシーミーの表面的なものを書いても、なかなか沖縄の深い精神というのは見えません。エイサーやシーミーの醸し出すもの、伝えるもの、精神を見つめてほしいと思います。これはなかなかすぐには発見できないかも知れませんが、ずっと凝視すると、ある日突如、何かが浮かび上がってくるはずです。辛抱強く挑んでいただきたいと思います。（42頁）

さて、三つ目は「半径2キロの原風景の揺さぶり」だ。だれもが一読すれば分かることだが、作品の舞台は沖縄とインドを往還する。これまでの又吉文学には海外を舞台にした作品は「日も暮れよ鐘も鳴れ」以外にはほとんどなかったように思われる。それゆえに極めて異例のことだ。この作品が異例のままで終わるのか。あるいは沖縄から普遍的な作品世界の構築を目指す又吉文学が舞台をさらに拡大していくのか。新しい展開の萌芽を示しているようにも思われるのだ。

又吉栄喜は自足しない作家だ。本作品に挿入されたエピソードの一つにアメリカ人女性リリアンの悲劇がある。しかし、記述は抑制され展開は中断されている。又吉栄喜は世界史のみならず世界文学にも造詣が深い。本作品が又吉文学の集大成となるのか。ここからさらなる飛躍を見せるのか。興味のあるところだ。

3　又吉栄喜文学の特徴

又吉栄喜文学の特徴については、「仏陀の小石」に現れた特徴以外にもいくつかを示すことができる。もちろんそれは「仏陀の小石」にも通底する特徴でもある。

その一つは全方位的スタンスで人物を造型することにある。日本人もウチナーンチュも米兵もインド人も、又吉栄喜は登場するすべての人々を一個の人間として公平に描いている。人種や地位や職種等を排除して、一個の人間としての強さや優しさ、悲しみや苦しみを描いている。それゆえに私たちの共感は大きいのだ。

二つ目に、ウチナーグチを安易に使用しないことが挙げられる。又吉栄喜ほど沖縄を愛している作者は珍しい。前述したように「仏陀の小石」と「日も暮れよ鐘も鳴れ」を例外として、すべてが沖縄を舞台にした作品だ。沖縄（浦添）という土地に腰を据えて沖縄の歴史を見つめ、古代や未来に思いを馳せている。個の体験を紡ぎながら世界を見据える普遍的な作品世界を作り上げている。この文学的営為を登場人物の思考や行動パターンで描こうとしているのだ。実際、又吉栄喜の作品では行間から登場人物の特性が滲み出てくる。それは又吉作品のもつ文体の魅力であり力であろう。

三つ目は、作品の舞台が日常生活の場所から離れないことだ。この場所から、生きること、書くことの意味が持続的に問われ続ける。それは登場する人物十人十色の問いかけである。場所も時間も人種も違えばそれぞれが個別的な問いになる。この個別的な問いを普遍の問いに高める力が又吉文学の魅力の一つである。

四つ目は生誕の地浦添から飛翔する作品世界の魅力である。又吉栄喜は浦添の地での少年期の体験を小説を生み出す母胎とし「原風景」と呼んでいる。生誕の地を軸にして半径2キロを大切にする原風景の世界から想像力を駆使して放たれる作品世界は魅力的である。半径2キロの世界には浦添城趾があり米軍基地がある。また先の大戦で激戦地になった前田高地があり目前には豊かな海がある。ここには、聖も俗も過去も未来も自然も文化も凝縮されて存在しているのだ。

さらにもう一つ、五つ目を数える又吉栄喜文学の際だった特徴がある。それは登場人物の魅力である。この特徴こそが又吉文学の大きな魅力になっている。喩えていえば田中実のいう「了解不可能な他者」との出会いである。

田中実は、小説の再生に向けて挑発する作品論を発表し続けている研究者である。大学教員でもあり国語教育に関する論文も数多く発表している。その著書の一つ『小説の力』（二〇〇〇年）を読んだときの衝撃は大きかった。ロラン・バルトの『物語の構造分析』を日本の読者は誤読したのではないかと指摘し、「作者の死」や「容認可能な複数性」というキーワードで、助長した「アナーキーな読み」を批判したのだ。

特に小説作品の本文中に「了解不可能の他者」を発見し、その他者との格闘が読者を変革していくとし、これこそが「小説の力」になると提唱した論考は、長い間、私の読書の拠り所となった。例えばその考えは次のように記述される。(9)

読者にとって〈本文〉は到達不可能な〈他者〉であり、分析され、理解されることを拒否しながら、その拒否する〈本文〉との葛藤、対決が読者主体の殻をきしませ、変革させていくのであり、そこには〈自己内対話〉を超えた〈本文〉との対話が始まっているのである。私の言い慣れた言い方をすると、主観的な〈本文〉とは〈私の中の他者〉にあり、この〈私の中の他者〉を倒壊させることで、読者の主体である〈私〉は了解不能の〈他者〉、〈私〉を超えるもの、客観的対象としての〈本文〉に向かっていくのである。（19頁）

（中略）そうであれば、読むことは発見した自己が倒壊し、さらにその自己がいかに超えられていくかが目指されるべきものとして見えてくるはずである。私にとって新しい〈作品論〉の試みとは、既存の自己が倒壊され、自己発見によって新たに見えてきた自己をさらに倒壊していく過程であり、自己変革が要請されていると思う。「小説の力」とは、自己発見から新たな自己へと自己変革を促し、既存の文化のコンテクストに対峙し、新たな文化、世界観を産み出していく可能性を秘めているのである。(20頁)

やや長い引用になったが、実は田中実が述べている「了解不可能の他者」は又吉文学には数多く見いだせるのだ。換言すれば作者である又吉栄喜は「了解不可能の他者」を読者の前に数多く生みだし続けているのである。時にはヌエ的な存在として、時には不可解な行動を悠然と行う人物として登場する。読者にとってその人物との格闘が又吉文学の魅力の一つになっているように思われるのだ。

4　沖縄文学の可能性

又吉栄喜の著書に『時空超えた沖縄』(二〇一五年)がある。唯一のエッセイ集で創作の秘密や過去の記憶を紡いだ興味深い著書である。その著書について沖縄タイムス社から依頼があって書評を書いた。タイトルを「原風景から飛翔する力」と題したが、又吉文学の魅力をまとめた私見にもなっている。参考までに左記に紹介する。

※

芥川賞作家又吉栄喜の小説作品は実に味わい深く読むのが楽しい。登場人物は一所懸命生きているのだが、どこか滑稽でいとおしい。多くの作品からはウチナーンチュの風貌が楽しく想像される。デフォルメされた人物や物語に託された隠し味はいつも絶妙だ。

又吉文学の特徴は、沖縄を描くのに安易にウチナーグチに凭れないことや、すべての登場人物を公平に描くニュートラルな視点にある。これらの方法は普遍的な作品世界に到達する根拠にもなっている。本書はこれらの特質を解き明かす鍵を提供してくれているように思う。

県内外の新聞雑誌等に発表されたエッセイの中から、辣腕の編集者が66編を選び8章に分けて構成したのが本書である。初のエッセイ集だというが、どれも小説と同じように面白い。小説と違うところは、小説の生まれる体験や出来事を「原風景」として慈しむように語っていることだ。少年の視点で自らの体験を無邪気に推測した過去のエピソードには思わず笑みがこぼれる。

「少年の頃のアンバランスな体験は、時々今の状況とぶつかり、鮮やかによみがえったりする。私は少年の頃の体験を再現するのではなく、体験の中にある衝撃や感動を引きずり出そうと考えている」「私は小説を書く時、このような原風景を核にしている」「原風景を凝視すれば真実に近づける」と。

このような矜持から「豚の報い」や「ジョージが射殺した猪」などが生まれたのだろう。もちろん小説の原風景だけでなく、取り上げられる題材は「自然」「戦争」「米軍基地」「祈り」など多彩である。私たちは本書から沖縄のこと、文学のことを考える多くのヒントを手に入れることができる。作者又吉栄喜の温かな人柄も伝わってくる。（以下略）

又吉文学の特質は、これら以外にも視点を変えれば数多く浮かび上がってくる。これらは同時に沖縄文学の可能性をも示唆し牽引するものだ。例えば特質の一つである「原風景」からの飛翔力は沖縄で表現活動をする者すべてにとって勇気づけられる提言だ。沖縄の土地は先の大戦の悲劇を記憶している。それぞれの土地に埋没した記憶を呼び起こし、死者たちの声を聞くことは文学の成し得る普遍的な営為につながるはずだ。唯一無二の物語が、ここから紡がれる。この方法は、沖縄文学の可能性の一つを示しているように思われるのだ。

又吉栄喜は原風景と創作について『うらそえ文藝』第22号（2017年）で次のように述べている。[10]

又吉：（前略）例えばカーミジを書く場合はカーミジに生えている植物に限らず、そこで蠢いている生物を残らず書き出すんですよ。そして一つ一つに注目して、そのものが持っている何か本質を膨らませて、極端に言えば人格化というか、人間に付与できないかを考えるんですね。ですからある意味では、このような一つ一つの事象がどんどん分裂していって、別の意味ではいろいろな側面をいくらでも書けるという、そういう形式といいますか法則になっているんだと思います。（35頁）

又吉栄喜は惜しげもなく小説作法を明らかにするが、このような方法による作品の創出は、沖縄文学の可能性を示唆するものだ。

また、又吉文学に持続され、テーマの一つでもある救いへの挑戦、あるいは自立の可能性を求める姿勢は沖縄文学の大きな課題でもある。同時に人間の自立や文学の自立は世界文学の永遠のテーマでもある。自由や自立こそが古今東西の表現者が追い求めてきた課題であるからだ。

又吉文学に登場する人物は、作者が述べているように、ややデフォルメされて不可解な言動をとる。しかし、矛盾を抱いた予測不可能な人物の言動にこそ多くの可能性が秘められているのだ。ここには作者が意図する戦略的な試行が含まれているようにも思われる。

さらに、又吉文学には人間の生きる姿の多様性の提示と寛容さがある。困難時にも泰平時にも人間は生きている。その常態を又吉文学は貴重な命を拾い上げるように掬いとっていく。もちろんそれは「豚の報い」のホステスたちであり正吉でもある。また「カーニバル闘牛大会」の少年であり、それを見守るウチナーンチュである。さらに他の作品に登場する数多くの人物であり「仏陀の小石」の登場人物たちだ。

又吉栄喜は人間が好きで小説を書くのが好きなんだろう。つくづくそう思うが、このことは実は容易なことではない。このことを持続する又吉文学の世界に沖縄文学の可能性を見いだせるように思うのだ。また私たちが培うべき姿勢のようにも思われるのだ。

さらに又吉文学を通して考える沖縄文学の可能性の一つに、沖縄の地で生まれて表現活動をしている者の共通のテーマである記憶の継承の方法がある。「ギンネム屋敷」もその一例だと思われるが、先の戦争の記憶をどう継承していくか。表現者としてこの土地に生きる苦悩は、反転して大きな僥倖にもなる。この土地の固有の体験をどう文学作品として定着させるか。これこそが沖縄の土地で生まれた表現者の大きな課題である。又吉文学はこの課題に答える多くの示唆を与えてくれているように思われるのだ。

○ おわりに

二〇一七年十月発行の『うらそえ文藝』第22号は又吉栄喜特集を組んでいる。そこに収載されているインタビューを書き起こした「又吉栄喜の原風景」はとても興味深い。聞き手は『うらそえ文藝』編集長の大城貞武で、実に和やかに進行してくれている。又吉栄喜はそこで創作の背景を忌憚なく語っているが、この中で文学への関心や創作の方法について「人骨展示館」を例にあげながら次のように述べている。

『人骨展示館』は、先ほど言いましたように、家から2キロの中にある浦添グスクの中で発見された人骨をモチーフにして書きましたが、その中にはアジアの問題、琉球王国が交易していた日本本土とか、そういうイメージ等も出てきますし、イメージの琉球王国時代も出てきます。だから、半径2キロなんですけど、けっこう多く語ることができるんですね。書くとき、また書きながらイメージが東南アジア、韓国、中国とかに広がっていくような、そういうことを意図しました。(43頁)

沖縄を舞台にした又吉栄喜の作品にアジアや世界への視点が導入されていることを考えるのは痛快なことだ。戦後七十四年、「軍事基地の要石」と称されてきた沖縄が「文化の要石」として機能し、アジアのみならず世界平和へ貢献する未来を夢見るのは、又吉栄喜一人のみではないはずだ。

本稿では、特に又吉栄喜の小説作法を手掛かりにして又吉文学の世界を俯瞰してきたが、当然両者は連動する世界である。幸いなことに又吉栄喜は自らの小説作法を躊躇することなく開示している。そこには後輩を育て沖縄の自立を夢見る又吉栄喜の期待があるのだろう。幾つかの文学賞の選考委員を引き受ける姿勢にもこのことが表れているように思う。

かつて英国を代表する気鋭の批評家テリー・イーグルトンは、「文学とは何か」とアポリアな命題を課し、多くの文学理論を紹介してくれた。その一つにロシアフォルマリストが提唱した文学の定義がある。私は読後に、文学を自明なものとしていた自らの無知を恥じ、目から鱗が落ちるが如く驚愕した記憶がある。彼らは文学について次のように考えていた[11]。

文学とは偽装された宗教でもなければ、心理学でも社会学でもない。それは言語の特殊な組織体である。文学はそれ独自の法則、構造、方法をもっており、それをそれ自体として、つまりなにかに還元することなく研究しなければならない。文学作品は思想を伝える道具でもなければ、社会的現実を反映するものでもないし、ましてや、なんらかの超越的真実を具体化したものでもない。文学は物質的事実そのものであり、その機能は、機械を調べるのと同じように分析することができる。文学を作り上げるのは言葉であって、対象とか感情ではない。したがって、文学の中に作家の精神の表出を見るのは間違っている。(5頁)

私はこの考えに驚いた。この直前には「文学とは、日常言語に加えられた組織的暴力行為」であるや「日常言語を変容させそれを凝縮するのが文学である」と述べている。また「日常的な言語から逸脱するのが文学である」(4頁)などと論述されている。このことについては理解することができたが、「文学作品は思想を伝える道具でもなければ、社会的現実を反映するものでもない」とする考え方にはどうしても疑義が残り合点がいかなかった。

しかし、今は明確に彼らの言説を否定したい。文学は豊穣な世界を有している人間を描くことができるのだ。また人間の根源的な苦悩や喜びを描き、土地の記憶を紡ぎ、希望を語ることができるのだ。少なくとも沖縄文学は、明治期からおよそ一世紀を経た今日にもその努力を続けているように思われる。そして今日、又吉栄喜は沖縄文学のその王道を歩いているように思われるのだ。

【注記】

注1　本文中の頁は、『パラシュート兵のプレゼント』(1996年1月18日、海風社)に収載　された「海

は蒼く」の作品の頁である。

注2　『現代文学にみる沖縄の自画像』岡本恵徳著、1996年、高文研、151頁。

注3　同右

注4　『ギンネム屋敷』又吉栄喜、1981年1月11日、集英社。

注5　『文藝春秋』芥川賞発表3月特別号、1996年3月1日、文藝春秋。362頁。

注6　「骨を探してー又吉栄喜『人骨展示館』（2002年）の物語構造と現実感覚」鈴木智之、法政大学「多摩論集」第35巻、2019年3月収載）

注7　『琉球新報』2019年3月24日書評欄掲載。

注8　『沖縄タイムス』2019年5月11日書評欄掲載。

注9　『小説の力』田中実、2000年3月1日、大修館書店。

注10　『うらそえ文藝』第22号、2017年10月31日、浦添市文化協会文芸部会、34頁。「又吉栄　喜特集」。インタビュー。聞き手：大城宜武。

注11　『文学とは何か』テリー・イーグルトン／大橋洋一訳、1989年10月22日、岩波書店。

【補足】

本稿は『多様性と再生力ー沖縄戦後小説の現在と可能性』大城貞俊（2021年3月28日、コールサック社）に収載した論稿を、一部省略、修正して転載した。

第Ⅲ部　又吉栄喜をどう読むか

――「又吉栄喜作品集　巻末解説3題」

第1章　又吉文学の魅力と魔力

——又吉栄喜作品集『亀岩奇談』（二〇二一年）巻末解説

1

又吉栄喜の作品世界は一元的には括《くく》れない。多面的な題材とテーマに溢れている。固有性を持ち特異な作品世界を展開する。深刻なテーマを取り上げながらもどこかユーモラスである。作者の視点は足下の沖縄を見据えながら頭上の世界をも見つめている。寓喩とユーモア、風刺と諧謔、過去と現在、彼岸と此岸、デフォルメされた物語と人物が織りなす作品世界は又吉文学の魅力になっている。

又吉栄喜の作品の系譜には三つの大きな潮流があるように思う。一つは沖縄のアイデンティティーや自らのアイデンティティーを模索する視点と重ねながら、伝統文化や生き方を新しい視点で織りなしていく作品群である。芥川賞受賞作品「豚の報い」がそうであろう。この作品で綯《よ》り合わされるものは「マブイ（魂）」や身近な「豚の効用」や「ウタキ（御嶽）」などの存在である。

二つ目は沖縄戦の悲惨さや記憶の継承のあり方を課題にした作品群だ。顕著な例に「ギンネム屋敷」が挙げられる。この作品には八方塞がりないくつもの人間模様が描かれる。共通して言えることは、戦争によって刻まれた記憶から逃れるためにもがく弱者の姿であり傷ついた人間の姿である。戦争が終わればすべてが終わるのではない。修復することの困難な肉体と精神を抱いて戦後を生きるのだ。だれもが悲惨な戦争の記憶から逃れる方法を模索し呻吟している。人間を破壊する戦争というシステムと、戦争で狂気に走った人間の姿。この姿を通して隠蔽される記憶と解放される記憶のせめぎ合いを描いた作品群である。

三つ目は沖縄に米軍基地あるがゆえに、基地被害や米兵との愛憎を描いた作品群である。「ジョージが射殺した猪」などがこの系列に挙げられよう。作品の斬新さは、基地の中の兵士を強者としてステレオタイプに描くのではなく、自明として疑わなかったこの常識を反転させたことにある。心優しいジョージが老人を射殺するほどに変えられていく軍隊の有する狂気を明らかにしたことにあるだろう。

もちろん又吉栄喜のすべての作品がこの三つのカテゴリーに分類されるわけではない。枠組みを逸脱する多様な題材やテーマを有した作品も多い。またこれらの項目を同時に有した作品も数多くある。ただいずれの作品にも共通する特質は、デフォルメされた弱者や物語を展開しながら脱出の光明を探る道筋を示してくれていることだ。困難な状況の中でも希望を示してくれているのだ。人間を愛おしみ、人種や性別、地位に関係なく公平に描き、個の作品を普遍的なテーマを持った作品に作り上げているのである。

それゆえに又吉栄喜の作品を読む楽しさの一つは、デフォルメされた物語や人物をどのように把握するかということにある。登場人物を身近な人物に想定したり、自らの内面に潜んだ欲望や希望を解き放って重ねてみたりする。あるいは示された作品世界を寓話として読み取り、現在の社会を照らす鏡にしてみる。するとユーモラスな表現は、他者を受け入れ自らを許容する優しさと深みを持って立ち上がってくる。作品の示す希望への隘路《あいろ》は私たちの救いにもなるのだ。この特質は私たちを虜にする魔力にもなるのである。

2

本書には表題の「亀岩奇談」と、掌編作品「追憶」が収載されている。特に「亀岩奇談」は、又吉文学の魅力と魔力が遺憾なく発揮されている。展開される物語も人物も、現在の寓喩であり、辛辣な批評である。主人公和真の逡巡と混乱は私たち自身の欲望と希望のデフォルメされた姿でもあるのだ。

和真は軍用地主である。働かなくても多額の収入がある。働く意欲も生きる意味も喪失した若者だ。和真は周りの人々に言い寄られ利用され翻弄される。ところが、やがて軍用地主という枷を外されて輪郭が曖昧になり孤独な一個の人間として浮かび上がってくる。和真を利用する側も利用される和真も、何が目的か、何が正義か、何が嘘か真実か分からなくなる。幾つもの世界や価値観が重畳《ちょうじょう》して現れる。自然と人間、開発と未来、辺野古と沖縄戦、政治とカネ、聖なるものと俗なるもの、等々複雑な世界がデフォルメされて、小さな架空の島、赤嶺島で展開されるのだ。シンプルに戯画化された物語や人物には多様な物語や多様な人物が凝縮されている。それゆえに深く広い物語を象徴するのだ。

私たちは和真と共に悩み、和真と共に漂流する。生きる意味を見失った和真を主人公にして赤嶺島で展開される自治会長選挙を作品のプロットにしたこの物語は、いつしか沖縄の有する土着の信仰や文化と、それを破壊する外部の力の衝突と拮抗を描いた世界を象徴する。外部の力とは現代そのものであり現代の理不尽な力だ。具体的には選挙に象徴される政治の力であり、金銭に翻弄される人間の強欲である。土着の信仰や文化とは「亀の精」に象徴される沖縄の宗教や精神世界であろう。和真は自らの内部に「亀の精」を発見し、自らも「亀の精」と化するのだが、和真の戦いはこれからが本番であろう。だが希望はある。光明は示されているはずだ。

又吉栄喜は人間が愛おしいのだろう。限りある命をあらかじめ背負っていながらも、人間はこの運命に抗い、時にはこのことを忘れて、泣き、笑い、怒り、悲しみ、そして騙し合うのだ。又吉栄喜はこの庶民の姿を放さない。容易に批判することもない。私たちは、いつしか和真と共に、悩み多き此岸から希望のある対岸へ辿り着いている。

ところが振り返ってみると、対岸へ辿り着いたのは自力であったのか、他力であったのか、得体の知れない何者かに導かれたのか、小舟を漕いで来たのか、泳いで来たのか、また客船で来たのか釈然としない。なんだか此岸に忘れ物をしてきたようでもあるし、再び此岸に戻ってきたようにもある。この「何か」を考えさせる不思議な余韻や読後感が又吉文学の魔力である。

3

又吉栄喜の多くの作品が示しているものは、人間の存在もまた多面的であるということだろう。この認識が又吉文学の魅力や魔力を生みだす根源にあるように思う。幾人もの人物をデフォルメした登場人物はそれこそそこのことを示している。時には自然さえ戯画化され愛情の対象となるのだ。二〇一七年十月発行の『うらそえ文藝』第22号は又吉栄喜特集を組んでいる。そこに収載されているインタビュー「又吉栄喜の原風景」はとても興味深い。この中で、又吉栄喜は自作について次のように語っている。

私はどっちかというと家庭の風景、あるいは恋愛関係、そういう要するに日常にあるドラマを書くというより、何か社会性とか世界性とかね、時事性とか、そういうインターナショナルなものが入り込むような空間を好んで書いてきたような気がします。日常を書いても、例えば『豚の報い』でも、ホステスと男子大学生が厄落としとしての旅に出るストーリーなんですが、その四、五日間で書きたかったものは、豚を通して、あるいは祈りを通して、ずっと奥に沈み込んでいる沖縄の千年間の空間というか、時代というか、そういうのなんですよね。ですから時間的にも空間的にも広くて深いものに興味がありますね。それは大学で歴史を特に世界史を学んだことが無意識に染み込んでいるのかなと思うんですけどね。

（中略）いずれにしても、作風とか、テーマとか、表現方法とか、人物の造型とかは、変わっているかも知れませんが、本質は先ほど言いましたように沖縄の深いものを掘り出してアジアとか世界に広げたいという、そういう何といいますか、覚悟というか、視点の取り方というか、そういうのは全く変わりません。（38頁）

又吉文学の特質は視点を変えればさらに数多く浮かび上がってくるだろう。これらは同時に沖縄文学の可能性をも示すものだ。

沖縄の土地には、先の大戦の悲劇が数多く埋もれている。この土地に埋没し隠蔽された記憶を呼び起こし、死者たちの声を聞くことは沖縄文学の可能性の一つを示している。このことは文学の成し得る普遍的な営為に繋がるはずだ。唯一無二の物語がここから紡がれる。

又吉文学に持続されるテーマは、このことと無縁ではない。作品世界で示唆される「救い」や「希望」は、「自立」を模索する沖縄文学の大きな課題でもある。政治に翻弄される沖縄の社会では、政治に対峙する文化の力や言葉の力が常に試される。自らを麻痺させることなく、人間の自立や文学の自立を求めることは表現者の永遠のテーマである。自由や自立こそが古今東西の表現者が追い求めてきた課題であろう。

又吉文学に登場する人物は不可解な言動をとる。しかし、矛盾を抱いた予測不可能な人物の言動にこそ希望を求める多くの可能性が秘められているのだ。作者の意図もここにあるように思われる。

さらに言えば、又吉文学には寛容さがある。困難な時にも泰平な時にも人間は生きている。この常態を慈しみながら、又吉文学は貴重な命を掬い取っているのである。

第2章　文学の力・人間への挑戦

――『又吉栄喜小説コレクション第2巻　ターナーの耳』（二〇二二年）巻末解説

1

又吉栄喜の作品世界は豊かである。文学の力を援用し、人間の可能性や不可能性へ挑戦する世界が可視化されて展開される。読者はこの世界を堪能しながら自らの可能性を発見する。同時に希望を牽引する勇気をも示唆されるのだ。

又吉栄喜は一九四七年沖縄県浦添市に生まれる。戦後間もないころで、特に沖縄は先の大戦で地上戦が行われ多くの人々が犠牲になり街や村が破壊された。それだけではない。戦勝国米国の軍隊は沖縄に駐留し続け県民の土地を収奪し米軍基地を建設する。基地被害と称される残酷な事件や事故が多発し、命がおろそかにされ基本的な人権さえ脅かされる。さらに国家間の都合により沖縄は日本国から切り離され亡国の民となる。沖縄には穏やかな戦後は訪れなかったのだ。

又吉栄喜が生まれたのは米軍が設置した浦添城址近くのテント村であったという。浦添城は首里王国の創設に縁のある城だ。それだけではない。浦添城址周辺は先の大戦で首里城地下に構築された日本軍の司令部壕の前線基地となり、前田高地と呼ばれ嘉数高地と共に激戦の地となった。一進一退の攻防が展開され多くの死者たちの血を吸い遺骸をさらした沖縄戦史上でも特筆される地だ。又吉栄喜はいわば琉球王国建国の歴史と沖縄戦の生々しい痕跡が交錯した場所に生まれたことになる。

又吉栄喜の先祖代々の土地は、浦添の一角にあったようだが、数年後に帰郷を許されるものの、すでに多くの村人の土地は米軍に接収され、広大な米軍基地が建設されていた。多くの米兵が村中を闊歩し、基地のゲート前には県内外の各地からやってきた人々が、米兵相手の商売を営む猥雑な繁華街へと変貌していったのだ。

又吉栄喜はこの土地で幼少期を過ごす。この土地で体験し、この土地で見聞した日々や人間の姿は、少年の脳裏に強く刻印されたに違いない。まして繊細な感受性を持った少年にとっては、毎日がそれこそ大きな事件であったように思われるのだ。

又吉栄喜は、現在もこの土地に住んでいる。この土地で生き、この土地の流転や興廃とともに自らの歳月をも刻んできたのだ。又吉栄喜にとって紡ぎ出される文学の世界は、決してこの土地での体験と無縁ではないように思われる。

2

又吉栄喜の作品は、そのほとんどが沖縄が舞台の作品である。作者自らが語るように「出生の地浦添を中心に半径2キロの世界で体験した出来事」を豊かな想像力でデフォルメして描いている。又吉栄喜はそれを「原風景」と名付けているが、創作との関係については『うらそえ文藝』第22号（二〇一七年一〇月三一日、浦添市文化協会文芸部会発行）で次のように述べている。

人から聞いたり、取材したりはほとんどしないですね。たまにはしますが……。たいていは原風景をデフォルメといいますか、変形に変形を重ねて、また原風景同士をぶつけて、大昔に小惑星がぶつかって少しずつ大きくなって地球ができたという話がありますが、私の作品も原風景がぶつかりあって、次第次第にイメージが膨らんで、ひとつのいわば統一された世界になるんです。（中略）

例えばカーミジ（亀岩）を書く場合はカーミジに生えている植物に限らず、そこで蠢いている生物を残らず書き出すんですよ。そして一つ一つに注目して、そのものが持っている何か本質を膨らませて、極端に言えば人格化というか、人間に付与できないかを考えるんですね。ですからある意味では、このような一つ一つの事象がどんどん分裂していって、別の意味ではいろいろな側面をいくらでも書けるという、そういう形式といいますか法則になっているんだと思います。（35頁）

又吉栄喜は惜しげもなく小説作法を明らかにしているが、このような方法による作品の創出は、文学の可能性を示唆するものだ。

また、又吉文学に持続されているテーマの一つである救いへの挑戦、あるいは自立の可能性を求める姿勢は沖縄文学の大きな課題でもある。

又吉文学に登場する人物は、作者が述べているように、ややデフォルメされて不可解な言動をとる。しかし、矛盾を抱いた予測不可能な人物の言動にこそ多くの希望や可能性が秘められているようにも思われる。ここには作者の明確な意図があるように思われるのだ。

さらに、又吉文学には人種や性別を問わず、人間の生きる姿の多様性の提示と寛容さがある。困難時にも泰平時にも人間は生きている。その常態を又吉文学は貴重な命を拾い上げるように掬いとっていくのだ。

もちろん、それは、第一一四回芥川賞を受賞した「豚の報い」（一九九六年）のホステスや正吉らの姿に顕現する。また「カーニバル闘牛大会」（一九七六年）の米兵や少年であり、さらに「ジョージが射殺した猪」（一九七八年）の米兵や「ギンネム屋敷」（一九八六年）に登場する多くの人物であり、近作「仏陀の小石」（二〇一九年）や「亀岩奇談」（二〇二一年）に登場する人物たちだ。

例えば「ジョージが射殺した猪」（第八回九州芸術祭文学賞）を見てみよう。作品は沖縄に駐留する米軍基地の兵士ジョージと友人のジョン、ワイルド、ワシントンらが、Aサインバーでホステスたちを陵辱する場面から始まる。兵士たちはアメリカからやって来た新兵だがベトナムにいつ派遣されるか分からない。死の不安に苛まれる日々の中で、既に精神は病んでいる。兵士たちはホステスの股間を開きヘアをライターで焼くなど暴虐の限りを尽くす。

ところが、ジョージはその仲間に入れない。仲間に入れないことによって、臆病者、弱虫と仲間からだけでなくホステスたちからも馬鹿にされている。馬鹿にされているが、仲間外れにはされたくない。それゆえに彼らの言うがままに小遣い銭をせびられることもある。ジョージは弱虫でないことを証明するために、基地のフェンス沿いで薬莢拾いをしている沖縄の老人を射殺する。ここに至るジョージの心の葛藤と軌跡を描いたのが本作品だ。

作品の特質と新鮮さは、基地の中の兵士を強者としてステレオタイプに描くのではなく、自明として疑わなかったその常識を反転させたことにある。そして心優しいジョージが老人を射殺するほどに変えられていく軍隊のシステムの闇と狂気を明らかにしたことにある。

ジョージは、薬莢拾いの老人を射殺する際に次のようにつぶやく。

「あれは人間じゃない。（中略）獲物だ。餌を探しにきた猪、粗い毛が全身にはえ、鋭い牙を持つ獣、ぶたに似た獣に違いない。俺は猪を見たことがある。間違いない」と。

ジョージが射殺したのは人間ではなく「猪」なのだ。他の場所では「黒い固まり」とも書かれる物体なのだ。だが、悲劇は「猪」であるが故に増幅する。人間を猪と喩えさせ、黒い固まりと喩えさせ、人間の精神を破壊する軍隊のシステム。ここには、米兵も日本人もない。弱い人間がいるだけだ。この狂気のシステムに取り込まれた米国の一兵士ジョージの物語を掬いとったのが本作品である。

3

本巻に収載された八作品は、いずれも又吉栄喜ワールドの魔力に魅入られながら読書の喜びを堪能することができる。幾つかの作品は基地あるがゆえに生みだされた特質をも有しているが、案内書的な感想を記せば次のようにでもなるだろうか。

「ターナーの耳」は表題作だが、ベトナム帰還兵ターナーと少年浩志との交流を基軸に展開する。二人の交流を描いた小宇宙は、人間や沖縄の有する課題を重ねて大宇宙になる。ターナーはベトナムで人を殺し精神を病んでいる。中学三年生の浩志は沖縄戦で爆風を受け耳の聞こえなくなった母親と二人暮らしである。母親が米軍のハウスエリアを回り汚れた洗濯物を受け取って洗濯して日々の暮らしを立てている。浩志が塵捨て場から拾ってきた自転車に乗っているところをターナーの運転する自動車と接触して転倒した。この現場を二十歳の満太郎に目撃され、ターナーを脅して金銭をせびることになる。さらにターナーのハウスボーイとして雇ってもらうことになる。浩志はターナーの日々を垣間見る。ターナーはベトナムで殺した相手の耳を大事に保管し、人を殺した悔いと罪とに苛まれ、麻薬で苦痛を紛らそうとしていたのだ。ターナーの孤独な日々だけでなく、浩志から分け前として金をくすねる満太郎の悲惨な履歴も浮き彫りになる。さらに基地の町で生きる女たちや母親たちの残酷なエピソードも挿入される。やがて浩志は傷ついたターナーの安否を気遣うようになる。兵士であるのに戦場で人を殺したことで気が触れるターナー、そして浩志や満太郎が抱える貧しさや日々の暮らしが象徴する世界は余りにも大きいテーマであるとも言えよう。

「拾骨」は沖縄戦で犠牲になった人々の骨を拾う物語だ。主な登場人物は語り手の「私」を含めて四人。「私」は本土の側の人間として沖縄戦で犠牲になった人々の遺骨を拾う意味を問う。他の三人、和子、松田、宮里は沖縄側の人間だ。大きな物語の中に、四人の絡んだ恋愛関係が浮かび上がってくる。「私」は松田の子を宿し妊娠中絶した過去を持つ。静謐なガマ（洞窟）の中で死んだ人々と今を生きる小さな虫たちの命の対比。白昼夢かと思われる四人の感情が描く不可解なドラマ。ガマの中で「私」を犯す宮里の行為や戦中に赤ん坊を殺した老婆の行為……。いずれも不可解な人間の行為だが、この行為を描くことによって文学への挑戦、人間への挑戦がなされた作品とも言えるだろう。

「船上パーティー」は基地の町に住む姉と弟の物語だ。基地で働くフィリピン人のマリオが、沖縄からグアムへ転勤することになる。マリオの送別パーティーが大晦日の船上で行われる。マリオのハーニーは「僕」の姉だ。中学生の「僕」は船上パーティーに招待される。語り手は「僕」で、「僕」から見たマリオと姉の関係、姉に対する「僕」の微妙な心理が吐露される。基地の町で大人になっていく少年の心理を描きながら沖縄を発見し沖縄を発信する作品とも言えるだろう。

「崖の上のハウス」は、極めて観念的で形而上学的な実験作だ。すべてが夢の中の出来事のようにも思われる。この特異な空間と時間の中で人間のもつ記憶や祈りが試される。例えば血縁関係が個の自立に有効かどうか、信仰は生きる支えになるかなどだ。夢中劇のように定かでないドラマの中で人間の生き方が描かれていく。それは「崖の上のハウス」と比喩される脆い関係だ。それでも人間は必死に生きていく。何者かに怯えながら、何者かに励まされながら。この答えが、ここではメタファーとしての白い壁に描かれた絵に示されているように思われる。

「軍用犬」は、基地の街で生きる人々の苦悩を軍用犬を殺すという強烈なメタファーで描いている。たじろぐほどの緊迫した比喩だ。大学を卒業したばかりと思われる「俺」と友人の玄三、嘉一との三人の闘いだが、基地の街で主体的に生きることの葛藤を軍用犬だけでなく様々なメタファーを駆使して描いている。作品中には〈革命〉〈植民地化〉〈社会変革〉〈運動〉〈抗争〉〈アジト〉などの言葉が飛び交うが、「なんとか歯どめをかけなければ、十数年後には島中が基地だらけになってしまう」としてこれを阻止する闘いが模索されるのだ。軍用犬は兵士や基地の喩えだと思われるが、諧謔やユーモラスな展開の中で、作者の目は本質的な課題の深部まで抉りだしている。

「Xマスの夜の電話」は悲しい。抑え抑えた筆致で基地の街に住む夫婦の別離を描いている。結婚して一人の娘を得た夫婦は、やがて「彼」の浮気によって離婚を余儀なくされる。離婚後、元妻はベースの中で黒人兵と暮らすようになる。Xマスの夜に元妻から電話をもらう。二人とも今でも互いに愛しあっていることが分かるのだが、もう元に戻ることができない。元妻は黒人兵の子どもを身ごもり米国へ旅立つことを決意しているのだ。少しの誤解が重なってそのような別れを余儀なくされるのだが、元妻の未来に幸せがあるかどうかは分からない。しかし、このような選択肢を余儀なくされる日常が身近にあるのが基地の街、沖縄の現状なのだ。

「落し子」はどのように理解すればいいのだろう。結末で父親を殺す息子の行為はいかようにも解釈できる。思い切りデフォルメされた登場人物が織りなす物語は、現代の神話であり寓話である。とてつもない発想から生まれた作品だ。作品の舞台はK島で、隣には米軍の演習場になっているクバ島がある。立ち入り禁止のクバ島に足を踏み入れた十九歳の敬雄の「銀玉」（K島では金玉のことを銀玉と呼んでいる）がソフトボール大に腫れ、黄金色に光りだすという奇病に取り憑かれる。それだけではない。敬雄には怪力も宿ったのだ。このことにどう対応するか。島の住民たちが我利我欲に囚われながら右往左往する。何しろ住民たちは米軍から多額の補償金を得ているからだ。このことの顛末が面白おかしく語られる。もちろん作品はパロディだが、島人の行動はおかしくもあり哀れでもある。しかし、悲しくとも笑えない。身近なだれかの行為でもあり、自分の行為でもあるかのように思われるからだ。光った「銀玉」は何を意味するか。敬雄は島の「落し子」か、それとも米軍の「落し子」か。敬雄は島の有する神話的世界を比喩し、父親は俗なるものを意味するのか。

あるいはどちらも米軍の比喩なのか。多様な解釈が成り立つだろうが、この比喩を読むこと自体が又吉栄喜文学の魅力であり、又吉栄喜ワールドの一つでもあろう。

「白日」も不思議な作品だ。登場人物は三名。日本兵とアジア人とアジア人の女だ。戦争が終わった直後の沖縄が舞台である。アジア人は武器を持っていて敗残兵である日本兵を威嚇し「君を処刑しなければならない」として処刑場所を選ぶために歩いている。アジア人の女は妊娠していて気が触れている。戦時中に日本兵の相手をさせられて「背中には桃色の斑点ができていた」。女はアジア人の男と幼なじみであるか、兄妹であるようにも思われる。物語は「歩行譚」とも喩えられるべき体裁を有して展開されるが、問われるテーマは戦争だ。だが、日本兵を処刑する理由が判然としない。いやすべてが判然としない。「歩けば何かが分かるだろう」として三人は歩き続ける。歩くことによって何かを忘却し何かを甦らせようとしている。何かとはとてつもなく大きな罪のようでもあり、希望につながる美しい記憶であるようにも思われる。モノローグのように発せられる作品中のすべての会話や三人を取り巻く風景描写も広がりや深みのあるメタファーになっているように思われる。

4

ところで今回発刊される「又吉栄喜小説コレクション全四巻」は、多くの読者が待ち望んでいたものだ。文芸誌に発表された未刊行の作品44編を四巻にまとめて出版してくれる企画には快哉を叫びたい。ここから又吉栄喜文学の新しい発見が汲み上げられ、文学の可能性もが浮かび上がってくるはずだ。

又吉栄喜の作品世界は、本巻に収載された八つの作品をみても分かるとおり一筋縄では括れない。敢えて総括的に述べれば又吉栄喜が描く作品世界はたぶん三通りに大別される。一つは沖縄戦で、「ギンネム屋敷」に代表されるような記憶の継承のテーマである。本巻に収載された作品「白日」もこの系譜になる。二つ目は基地を題材にしながら政治的にアンバランスな沖縄の現実を描く作品世界である。本巻に収載された作品の多くも、沖縄の基地と対峙する人々の生き方を、時にはパロディ風に、また時には新鮮な感動と哀感を有して鋭く描いている。三つ目は歴史的な時間の中でも消え去ることなく営まれてきた沖縄の人々の特異な日常世界を描く作品群である。それは神話的世界と称してもいいが、民族や土着の世界から汲み上げる普遍的な世界と言い換えてもいい。その代表作が「豚の報い」である。本巻の「落し子」や他の作品にもこの傾向は色濃く反映されている。又吉栄喜は沖縄の今日の時代の激流と営々と流れる地下水脈とを見事に描き続けている作家なのだ。

表現者として自らの出自の土地に刻まれた歴史は生きる苦悩にもなる。反転して大きな僥倖にもなる。出自の土地と対峙した固有の体験をどう文学作品として定着させるか。これこそが表現者の大きな課題である。又吉文学はこの課題に答える多くの示唆を与えてくれているように思われるのだ。

又吉栄喜の文学の特質は、これら以外にも視点を変えれば数多く発見されるはずだ。このことは沖縄文学のみならず普遍的な文学の可能性を牽引するものだ。これらの作品を生みだす拠点となる「原風景」からの飛翔力は、表現活動をする者以外の人々にとっても、勇気づけられる提言となるはずである。

第3章　語れないものを語る作家の妙技

――又吉栄喜『沖縄戦幻想小説集　夢幻王国』（二〇二三年）巻末解説

1

又吉栄喜は多様な作品世界を有している。多様な題材を多様なテーマで剔出《てきしゅつ》し、先見的な方法を駆使して私たちを倦《う》ませることがない。換言すれば又吉栄喜の作品世界は謎だらけなのだ。

翻って考えるに、私たちの住む世界こそが謎だらけのようにも思われる。時代は混迷の様相を呈している。個人の価値観が国家の価値観にも止揚され、世界の各地では絶え間なく悲惨な戦争が繰り返されている。民族や宗教の相違から生じる衝突だけでなく、まさにイデオロギーやアイデンティティが他者や他国を蹂躙する。個の世界が公の世界と往還する。矛盾や不幸に陥りながらも人々は必死に堪え幸せを求めているようにも思われる。

ところで、又吉栄喜の文学は自らが住んでいる沖縄の土地にスポットを当てるところに特質の一つがある。私たちの土地に埋もれた弱者の言葉を掘り当てる。混迷な時代の混迷な様相を浮き彫りにする。回答は保留のままにし判断は読者の私たちが担うのだ。

文学とは、あるいは曖昧なままにある境域に光を当てアポリアな問いを提出することかもしれない。又吉栄喜の作品に登場する人物は多くの問いを抱えたままで立ち往生する。デフォルメされた言動は隠蔽された課題を浮かび上がらせる。身近なだれかに似た主人公の造形の巧みさとおかしさ。これらの人物が作り出す喜怒哀楽の世界は確かに私たちの世界であることを発見して驚いてしまうのだ。

曖昧な問いを明らかな問いにして具現化する。語れないものを語る作家の妙技が確かにここにはある。しかし、肝心なのは、このような時代を投影した人々の姿や行方には、絶望だけでなく希望の隘路をも嗅ぎ取ることができるのだ。予測不可能な人物であるがゆえに、多様な可能性が示される。この世界が又吉文学の魅力の一つである。

2

又吉栄喜は一九四七年沖縄県浦添市に生まれた。一九七五年に発表された処女作「海は蒼く」は

「第一回新沖縄文学賞」佳作を受賞する。その後、時を経ずして一九七六年には「カーニバル闘牛大会」で「第四回琉球新報短編小説賞」、一九七七年には「ジョージが射殺した猪」で「第八回九州芸術祭文学賞」、一九八〇年には「ギンネム屋敷」で「第四回すばる文学賞」、そして一九九六年には「豚の報い」で「第一一四回芥川賞」を受賞する。

「海は蒼く」を発表したのは二十六歳の時だから、青年期から古希を過ぎた今日まで、およそ五十年もの間小説を書き続け、多様で多彩な話題作を提示し続けてきたことになる。

例えばその幾つかを紹介すると、処女作の「海は蒼く」は、二十代の又吉栄喜の瑞々しい感性があふれている。主人公は十九歳の女子学生だ。主人公もまた繊細な感性の持ち主で、それゆえに生きることに懐疑的になっている。そんな主人公が年老いた漁師の言葉に癒やされ自らを発見し希望を取り戻す作品だ。私には主人公の姿に、表現者としての又吉栄喜の姿を重ねてしまう。表現者として出発の号砲を告げる作品のようにも思われるのだ。

「カーニバル闘牛大会」は、穏やかな文体で沖縄の状況を登場人物に象徴させた。しかし、物語の深部には鋭い告発の刃がある。少年の目から見る大人たちの姿を通して米軍支配下にある沖縄の状況を絶望と希望を交えて描いた作品だ。

「ジョージが射殺した猪」は、米軍基地の兵士の姿を、これまでの強い兵士としての固定概念を転倒させ、弱くナイーブな一箇の人間として描いている。人間の姿を、民族や国境をボーダーレスにしてピュアな存在として描くことも又吉文学の特質の一つである。

「ギンネム屋敷」は、戦後を生きる人間の姿を描いたが、戦争で瓦解した人間の精神は容易には修復できない。それも虐げられた弱者にこそ絶望的な楔《くさび》として刻印される記憶となる。そんな重いテーマを鮮やかに提示した作品とも言える。

「豚の報い」は、沖縄という土地に根ざした「マブイ（魂）」や「ウタキ（御嶽）」、さらに食文化としての「豚」などを援用しながら、逞しく生きる人間の強さと弱さを描いた作品だ。さらに近作「仏陀の小石」では、沖縄とインドを往還しながら、登場人物の「作家」に、小説を書く方法を易《やさ》しく開示させている。そして、昨年二〇二二年には、『又吉栄喜小説コレクション』全四巻を出版し、これまでの未刊行作品四十四編を網羅した。第一巻には年譜も付記されている。このことによって、ますます「又吉栄喜文学」の研究が盛んになるであろう。

そして今日、これらの軌跡を経て又吉栄喜の新たな作品世界が、本書によって提示されたように思われるのだ。

3

本書に収載された作品は、書き下ろされた四編の作品と、かつて新聞紙上に発表された二編の掌編小説から構成されている。「沖縄戦幻想小説集」と名付けたのは著者の意向だという。

沖縄戦の体験や悲劇の継承は、沖縄で表現活動をする多くの人々にとって重要なテーマの一つである。しかし、「幻想小説」というスタイルでの作品は新しいアプローチであろう。このこと一つを取っても、又吉栄喜の創作意欲は今なお健在で旺盛であることが分かる。沖縄戦を描く新しい方法の開拓と挑戦である。実際、沖縄戦をテーマにした興味深い作品が収載されている。

特に、語れないものを小説作品として語る作家の妙技は刺激的である。だれもが自明としてきた沖縄戦を、名も無い生活者のレベルから俯瞰し透視する。言葉は私たちを貫き攪乱する。私たちは、私たちの中に住んでいる他者を発見し、他者の中に潜んでいた私たちを発見する。これこそが小説の力であろう。

「兵の踊り」は、いかにも沖縄戦幻想小説だ。死者を忘れずにあの世とこの世をボーダーレスにする沖縄の精神風土を小説に定着させた。主人公の「僕」は沖縄本島北部の経塚集落に住んでいる。昭和元年生まれの僕は幼くして両親を亡くし、区長である伯父に育てられる。立派な兵士になることが僕の夢だ。僕は親しい友人の和夫たちと一緒にエイサーを踊るのだが、背が低く病弱であるため大きな太鼓を操ることができない。それゆえにチョンダラーの役を精一杯演じている。昭和十九年、僕はやはり徴兵検査で不合格になった。エイサーを踊った仲間たちはみんな徴兵されて戦死する。和夫の母親も、和夫を慕っている早智子も和夫の死に衝撃を受ける。

終戦後、村に活気を取り戻すために、区長の計らいで再びエイサーを復活させる試みがなされる。村の青年たちはほとんど戦死してしまったので、どこからか呼び寄せたエイサー隊が村を練り歩く。ところが、エイサー隊は全員が顔を白く塗っている。戦死した和夫たちのようにも思われるが定かでない。しかし、その中でチョンダラーを踊っているのは、確かに生きている僕であるようにも思われるのだ……。

　不条理な問いが幾つも発せられ、不条理な出来事が幾つも重ねられる。戦争に征く和夫と征かない僕の違い。戦争に村の伝統行事であるエイサーを対峙させる問いの広がりと深さ。逞しい和夫の死と貧弱な僕の生の意味。デフォルメされた僕の思い。チョンダラーという造形の妙……。フィクションとしての小説の特権を見事に駆使して作品世界を作り上げたと言えよう。

「全滅の家」も、この世とあの世の幽界を舞台にした作品だ。主人公の「僧」（＝浜元彦市）は自らを求道者のように思い、「僧」と呼ばせている。戦争の一年前は十三歳。戦後数年が経過した二十歳のころ、ある寺の住職に仕え修行に励む。住職が寄付金を遊興費に充てるなどの不正に気づいて寺を出る。その後宮里村の小さな寺で修行をやり直す。昭和二十五年のことだが、ここから物語は奇妙な浮遊感覚を有しながら展開する。どうやら僧は精神を病んでいて病院へ入院して治療を受けているようにも思われる。僧の住まいは寺なのか病院なのか判然としない。病者と正常者の区別も曖昧になる。海辺に散歩に出掛けた僧は、白いワンピースを着た少女と出会う。一家全滅の家族の話を聞き、供養をお願いされる。ためらいながらも受託するのだが、一緒に供養をしていた村人が、いつの間にか全滅した住人の家族に入れ替わる。死者が死者を弔っているのか。供養を依頼した少女も、死者の一人であったのか。生者と死者の区別が曖昧になる。物語は多くの問いを重ねながら展開され、一家全滅の家族の悲劇が徐々に明らかにされるのだ。

ここでもまた提出される問いは戦争の不条理さと罪深さだろう。矛盾が突出する戦争。夢を奪う戦争。命を奪う戦争。答えを取り出せない問いがのたうち回っている。

「夢幻王国」もまた、読者を混乱のままに置き去りにする作品だ。作品の展開を担う主人公は尚子。尚子は沖縄戦で死を免れた生者のようにも思われるが死者のようにも思われる。尚子は琉球王国の時代の踊り奉行を務めた士族の末裔のようだ。同時に当時の国王から寵愛を受けたチルーにもなり、王国を愛してやまない母親の悦子にもなる。登場人物は時間や空間を飛び越え、いくつもの姿になって存在する。そして本作品で展開される戦争は、先の太平洋戦争だけではない。琉球処分と呼ばれ、琉球王国が解体された明治期の日本国と琉球国との間の戦争でもあり、薩摩の侵略を受けて傀儡政権となった時代の戦争のようにも思われる。

尚子はいずれの戦争をも生き延びて琉球王国を敬愛する人々の住む浦和集落にたどり着くのだが、そこに住む人々もまた集落も実在しない幻影のように思われる。分かっていることは、すべての登場人物が、今では滅亡した琉球王国を愛し王国復興の幻想を抱いていることだ。この主題をキーワードに物語は展開する。言い換えれば琉球王国を介して沖縄戦を見つめ直す。詳細な描写を通して展開される物語は、パッチワークのようにうまくつなぎ合わせることはできない。物語は奇妙な余韻を残して幕が下りるのだ。あるいは幕は上がり続けているのかもしれない。

「平和バトンリレー」は、様々な比喩と逆説を一つの語句やフレーズに重ねたままで展開される作品のように思われる。それゆえに喚起される想像力は容易に鮮明な像は結ばない。昭和三十年初め、小学五年生の「僕」と友人の雄一郎が体験した不思議な世界が語られる。それは見たかもしれないし見なかったかもしれない日常であり非日常だ。また二人に語られる死者たちの日常であり非日常である。

雄一郎の父親は戦争体験のトラウマを抱えて気が狂い自殺をしてしまう。強いもの、屈強な世界に憧れる雄一郎にとって、父の仇を討つためには戦争はまだ続いていなければならない。人口に膾炙される「平和」の言葉は皮肉にも空虚にも響く。戦死者の幽霊たちは雄一郎だけでなく私たちの傍らにもいつでも立っている。「平和バトンリレー」は貫徹されたのか、「新しい日本兵」を作るのか、と私たちに問いかけている。

掌編小説「二千人の救助者」と「経塚橋奇談」も不思議な味わいを持った作品だ。「二千人の救助者」は一九九九年八月十二日「毎日新聞夕刊」に掲載された。主人公の「私」は闇夜、ボートに乗り、沖合に出て海に潜ったが、私はボートを見失った。私は救助者を待とうと肝を据える。突然目の前に小舟が現れる。「助けてくれ」と声を出すが、小舟は次々と通り過ぎる。私はいつしか助けを求めているのは私ではなく、小舟に乗った人々ではないかと思い始める。私は沖縄戦の際、「激戦地の南部から夜、海岸沿いに奄美大島に避難する人たちが小舟を必死に漕いだ」というエピソードを思い出す。命はどのように選別されるのだろうか。戦場で助けられなかった二千人の命と、平和な時代に助けられる一人の私の命……。戦争では命の悲喜劇も選ばれることなく訪れるのだ。

「経塚橋奇談」も戦争の不条理さを明らかにする。戦争で死んだかと思われる幽霊になった「私」

が語り手だ。怪談、奇談、異談を作り出すのが戦争なのか。日常と非日常の世界をボーダーレスにし、手に負えない偶然を作り出すのが戦争なのか。作品は掌編ではあるが掌に余る多くの問いを投げかけているようにも思われる。

4

又吉栄喜は、沖縄で沖縄を書く芥川賞作家だ。このことは徹底している。それゆえに沖縄文学の開拓者であり牽引者でもあるのだ。

本書でも小説という手法でしか描けない無数の問いを「沖縄戦幻想小説」として新しい方法を設定して提示した。本書のユニークさはこの方法にあるだろう。もちろん、これらのことは、戦争の不条理さだけでなく人間の不可解さをも提示する。蛇足ながら、人間の不可解さは同時に人間の可能性につながることも示唆している。

ところで、沖縄の戦後文学の担い手たちは困難な時代に背を向けることなく、むしろ困難な時代をこそ表現してきた。沖縄戦では県民の三分の一から四分の一の人々が犠牲になる。本土防衛の島として位置づけられ多くの悲劇が生み出される。にもかかわらず、国策により、県民は戦後の二十七年間を亡国の民として米国政府統治下に置かれる。県民の人権を無視したかのような軍事優先政策の統治が続くなか、平和な島の建設を夢見て一九七二年には日本復帰を勝ち取る。

しかし、多くの県民の願いは顧みられることなく、逆に復帰と同時に、本土にある米軍基地の多くは沖縄県に移駐される。現在、辺野古新基地建設が多くの県民の反対を押し切って進められている。それだけではない。国家の安全保障を担う島として、与那国、石垣、宮古など南西諸島には有事を想定されて自衛隊基地が次々と建設されている。

沖縄はどの時代も常に過渡期である。それゆえに沖縄の表現者たちの特質の一つに、時代に対して倫理的であることが上げられる。自らが生きて生活するこの沖縄こそが、最も関心のある場所なのだ。この場所から離れることなく、沖縄の表現者たちの言葉は紡がれる。

又吉栄喜は多様な貌を持ち多様な表現者であるが、その作品世界は紛れもなくこの沖縄の地に大きな碇《いかり》を降ろしている。むしろ先駆者として沖縄の表現者たちを鼓舞しているように思われる。本作品集に収載された作品群はこのことの証左であろう。死者を疎かにしない沖縄の精神風土と見事に融合した作品世界を作りあげている。少なくともこの文脈で本書に収載された作品を読むと、曖昧な作品世界の理解に一歩も二歩も近づくことができるように思われる。そのとき、作品の有する分かりにくさが、改めて魅力的な衣装をまとって立ち上がってくるはずだ。

又吉栄喜は、どんな困難時にも希望を捨てることなく、「夢幻王国」を夢見ているようにも思われる。あるいは「夢幻王国」を夢見ることの力を、私たちに示唆しているようにも思われるのだ。

【付録】

1　又吉栄喜受賞歴

１９７５年　第１回新沖縄文学賞佳作「海は蒼く」
１９７６年　第４回琉球新報短編小説賞「カーニバル闘牛大会」
１９７７年　第８回九州芸術祭文学賞「ジョージが射殺した猪」
１９７８年　第13回沖縄タイムス芸術選賞奨励賞
１９８０年　第４回すばる文学賞「ギンネム屋敷」
１９９６年　第１１４回芥川賞「豚の報い」
１９９６年　第30回沖縄タイムス芸術選賞大賞

2　又吉栄喜出版歴（単著単行本のみ。収載作品も示す）

◇２０００年代以前
１９８１年１月11日　『ギンネム屋敷』集英社。

1988年1月18日 「ジョージが射殺した猪」「窓に黒い虫が」「ギンネム屋敷」『パラシュート兵のプレゼント 短篇小説集』海風社。「シェーカーを振る男」「パラシュート兵のプレゼント」「島袋君の闘牛」「憲兵闖入事件」「カーニバル闘牛大会」「海は蒼く」

1996年2月10日 『豚の報い』文芸春秋。

1996年6月25日 『木登り豚』カルチュア出版。

1998年8月31日 『波の上のマリア』角川書店。

1998年2月20日 『果報は海から』文芸春秋。「果報は海から」「士族の集落」

◇2000年代

2000年6月25日 『海の微睡み』光文社。

2000年6月30日 『陸蟹たちの行進』新潮社。

2002年6月1日 『人骨展示館』文芸春秋。

2003年2月21日 『鯨岩』光文社。

2003年2月1日 『巡査の首』講談社。

2007年3月25日 『夏休みの狩り』光文社。

２００８年２月25日　『呼び寄せる島』光文社。
２００９年３月５日　『漁師と歌姫』潮出版社。

◇２０１０年代
２０１５年２月20日　『時空超えた沖縄』燦葉出版社。
２０１９年２月21日　『仏陀の小石』コールサック社。
２０１９年７月１日　『傑作短編小説集　ジョージが射殺した猪』燦葉出版社。
「海は蒼く」「カーニバル闘牛大会」「ジョージが射殺した猪」
「猫太郎と犬次郎」「努の歌声」「テント集落綺譚」「尚郭威」

◇２０２０年代
２０２１年７月８日　『亀岩奇談』燦葉出版社。
「亀岩奇談」「追憶」
２０２２年５月12日　『又吉栄喜小説コレクション１　日も暮れよ　鐘も鳴れ』コールサック社
２０２２年５月12日　『又吉栄喜小説コレクション２　ターナーの耳』コールサック社。
「ターナーの耳」「拾骨」「船上パーティー」「崖の上のハウス」
「軍用犬」「Xマスの夜の電話」「落し子」「白日」

2022年5月12日　『又吉栄喜小説コレクション3　歌う人』コールサック社。

「歌う人」「アブ殺人事件」「爪の御言」「冥婚」「土地泥棒」

「闇の赤ん坊」「金網の穴」「招魂登山」

2022年5月12日　『又吉栄喜小説コレクション4　松明綱引き』コールサック社。

短編―「松明綱引き」「牛を見ないハーニー」「盗まれたタクシー」

「闘牛場のハーニー」「大阪病」「告げ口」「マッサージ師」「水棲動物」

「訪問販売」「青い女神」「見合い相手」「ヤシ蟹酒」「野草採り」

「宝箱」「村長と娘」「司会業」「慰霊の日記念マラソン」

掌編―「潮干狩り」「冬のオレンジ」「少年の闘牛」「陳列」「爪」

「緑色のバトン」「窯の絵」「コイン」「サンニンの苔」

「へんしんの術」

2023年6月30日　『夢幻王国―沖縄戦幻想小説集』インパクト出版会。

「全滅の家」「兵の踊り」「平和バトンリレー」「夢幻王国」

「経塚橋奇談」「二千人の救助者」

3　本書収載論稿初出一覧

第Ⅰ部　豊穣な作品世界

第1章　重層構造の面白さ――「海は蒼く」　書き下ろし

第2章　原風景からの飛翔――「ジョージが射殺した猪」　書き下ろし

第3章　戦後を生きる戦争体験者の苦悶と狂気ー「ギンネム屋敷」　書き下ろし

第4章　沖縄という土地の持つ再生力ー「豚の報い」　書き下ろし

第5章　転倒する風景――「ターナーの耳」　書き下ろし

第6章　風土が生み出したエンターテインメント小説――「呼び寄せる島」　書き下ろし

第Ⅱ部　作家の肖像――なぜ書くか、何を書くか

第1章　沖縄で生き、沖縄を書く――又吉栄喜の覚悟　書き下ろし

第2章　境域を越える豊かな視線――又吉栄喜の方法　書き下ろし

第3章　救いへの挑戦、或いは自立への模索　転載

第Ⅲ部　又吉栄喜をどう読むか――「又吉栄喜作品集　巻末解説3題」

第1章　又吉文学の魅力と魔力――『亀岩奇談』　転載

第2章　文学の力・人間への挑戦――『又吉栄喜小説コレクション 第2巻』　転載

第3章　語れないものを語る作家の妙技 ――『沖縄戦幻想小説集　夢幻王国』　転載

4　参考文献・参考資料（出版年順）

◇2000年以前

『文学の思い上がり――その社会的責任』ロジェ・カイヨワ、桑原武夫・塚崎幹夫訳　1959年9月20日、中央公論社。

『物語の構造分析』ロラン・バルト、花輪光訳、1979年11月15日、みすず書房。

『すばる』1980年12月号、1980年12月1日、集英社。

『小説の経験』大江健三郎、1994年11月1日、朝日新聞社。

『戦後文学を問う――その体験と理念』川村湊、1995年1月20日、岩波書店。

『琉球新報』1996年1月12日朝刊。

『沖縄タイムス』1996年1月13日朝刊。

『現代文学に見る沖縄の自画像』岡本恵徳、1996年6月23日、高文研。

『木登り豚』又吉栄喜、1996年6月25日、カルチュア出版。

◇2000年代

『小説の力』田中実、2000年3月1日、大修館書店。

『若い小説家に宛てた手紙』マリオ・バルガス・リョサ、木村榮一訳、2000年7月30日、新潮社。

『清新な光景の軌跡―西日本戦後文学史』花田俊典、2002年5月15日、西日本新聞社。
『大城立裕全集9巻　短編Ⅱ』大城立裕、2002年6月30日、勉誠出版。
『芥川賞全集 第十七巻』2002年8月10日、文藝春秋社。
『小説作法』スティーヴン・キング、池央耿訳、2004年2月1日、アーティストハウス　パブリシャーズ。
『過去は死なない―メディア・記憶・歴史』テッサ・モーリス・スズキ著、田代泰子訳
2004年8月2日、岩波書店。
『場所を生きる―　ゲーリー・スナイダーの世界』山里勝己、2006年3月1日、山と渓谷社。
『占領の記憶　記憶の占領―戦後沖縄・日本とアメリカ』マイク・モラスキー、鈴木直子訳
2006年3月20日、青土社。
『物語の役割』小川洋子、2007年2月10日、筑摩書房。
『到来する沖縄―沖縄表象批評論』新城郁夫、2007年11月15日、インパクト出版会。
「戦後沖縄文学における『伝統のゆらぎ』『近代のゆらぎ』
―大城立裕・目取真俊・又吉栄喜の小説から―」加藤宏、2008年3月
明治学院大学社会学部付属研究所年報38号。
◇2010年代
『戦争記憶論―忘却、変容そして継承』関沢まゆみ編、2010年7月20日、昭和堂。

『詩の礫』和合亮一、2011年6月30日、徳間書店。

『記憶を和解のために――第二世代に託されたホロコーストの遺産』エヴァ・ホフマン、早川敦子訳
２０１１年８月10日、みすず書房。

『ヒューマニティーズ　文学』小野正嗣、２０１２年４月26日、岩波書店。

『沖縄の記憶――〈支配〉と〈抵抗〉の歴史』奥田博子、２０１２年５月31日、慶應義塾大学出版会。

『沖縄の文学を読む――摩文仁朝信・山之口貘そして現在の書き手たち』松島浄
２０１３年７月25日、脈発行所。

『沖縄文学選』岡本恵徳・高橋敏夫・本浜秀彦編、２０１５年１月30日、勉誠出版。

『時空超えた沖縄』又吉栄喜エッセイ集、２０１５年２月20日、燦葉出版社。

『出来事の残響ー原爆文学と沖縄文学』村上陽子、２０１５年７月８日、インパクト出版会。

『沖縄文化研究４３巻』２０１６年３月31日、法政大学沖縄文化研究所。

（「又吉栄喜『ジョージが射殺した猪』論：占領時空間の暴力を巡って」柳井貴士論文収載）

『団塊世代からの伝言ー平和・愛・生きる原点』又吉栄喜・松井直樹他
２０１６年10月１日、燦　葉出版社。

『うらそえ文藝』第２２号、特集芥川賞作家又吉栄喜の原風景　２０１７年、浦添市文化協会文芸部会。

『又吉栄喜文庫開設記念トークショー　すべては浦添から始まった』パンフレット
２０１８年９月30日、浦添市立図書館。

『沖縄と朝鮮のはざまで』呉世宗、２０１９年１月31日、明石書店。

『仏陀の小石』又吉栄喜、２０１９年3月22日、コールサック社。

『傑作短編小説集　ジョージが射殺した猪』又吉栄喜、２０１９年6月23日、燦葉出版社。

『沖縄　記憶と告発の文学ー目取真俊の描く支配と暴力』尾西康充、２０１９年11月１５日、大月書店。
◇２０２０年代
『季刊文科』８０号、２０２０年3月26日、鳥影社。

「又吉栄喜『豚の報い』論ー物語起点としての〈豚〉と変容する〈御嶽〉」柳井貴士『昭和文学研究』83集（昭和文学会）２０２１年9月、笠間書院、168―181頁。

『現代沖縄文学史』落合貞夫、２０２２年3月3日、ボーダーインク。

『又吉栄喜小説コレクション１　日も暮れよ鐘も鳴れ』２０２２年5月30日、コールサック社。

『又吉栄喜小説コレクション２　ターナーの耳』２０２２年5月30日、コールサック社。

『又吉栄喜小説コレクション３　歌う人』２０２２年5月30日、コールサック社。

『又吉栄喜小説コレクション４　松明綱引き』２０２２年5月30日、コールサック社。

『〈怒り〉の文学化ー近代日本文学から〈沖縄〉を考える』栗山雄佑、２０２３年3月25日、春風社。

『夢幻王国ー沖縄戦幻想小説集』又吉栄喜、２０２３年6月30日、インパクト出版会。

大城　貞俊

（おおしろ さだとし）

一九四九年沖縄県大宜味村に生まれる。元琉球大学教育学部教授。詩人、作家。県立高校や県立教育センター、県立学校教育課、昭和薬科大学附属中高等学校勤務を経て二〇〇九年琉球大学教育学部に採用。二〇一四年琉球大学教育学部教授で定年退職。

主な受賞歴

沖縄タイムス芸術選賞文学部門（評論）奨励賞、具志川市文学賞、沖縄市戯曲大賞、九州芸術祭文学賞佳作、文の京文芸賞最優秀賞、山之口貘賞、沖縄タイムス芸術選賞文学部門（小説）大賞、やまなし文学賞佳作、さきがけ文学賞最高賞、琉球新報活動賞（文化・芸術活動部門）などがある。

主な出版歴

詩集『夢（ゆめ）・夢夢（ぼうぼう）街道』（編集工房・貘）一九八九年／評論『沖縄戦後詩人論』（編集工房・貘）一九八九年／評論『沖縄戦後詩史』（編集工房・貘）一九八九年／小説『椎の川』（朝日新聞社）一九〇三年／評論『憂鬱なる系譜―「沖縄戦後詩史」増補』（ZO企画）一九九四年／詩集『或いは取るに足りない小さな物語』（なんよう文庫）二〇〇四年／小説『記憶から記憶へ』（文芸社）二〇〇五年／小説『アトムたちの空』（講談社）二〇〇五年／小説『運転代行人』（新風舎）二〇〇六年／小説『G米軍野戦病院跡辺り』（人文書館）二〇〇八年／小説『ウマーク日記』（琉球新報社）二〇一一年／大城貞俊作品集〈上〉『島影』（人文書館）二〇一三年／大城貞俊作品集〈下〉『樹響』（人文書館）二〇一四年／『「沖縄文学」への招待』琉球大学ブックレット（琉球大学）二〇一五年／『奪われた物語―大兼久の戦争犠牲者たち』（沖縄タイムス社）二〇一六年／小説『一九四五年チムグリサ沖縄』（秋田魁新報社）二〇一七年／小説『カミちゃん、起きなさい！生きるんだよ』（インパクト出版会）二〇一八年／小説『六月二十三日アイエナー沖縄』（インパクト出版会）二〇一八年／『椎の川』コールサック小説文庫（コールサック社）二〇一八年／評論『抗いと創造―沖縄文学の内部風景』（コールサック社）二〇一九年／小説『海の太陽』（インパクト出版会）二〇一九年／小説『沖縄の祈り』（インパクト出版会）二〇二〇年／評論集『多様性と再生力―沖縄戦後小説の現在と可能性』二〇二一年（コールサック社）／小説『風の声・土地の記憶』（インパクト出版会）二〇二一年／小説『この村で』（インパクト出版会）二〇二二年／小説『蛍の川』（インパクト出版会）二〇二二年。／小説『父の庭』（インパクト出版会）二〇二三年／小説『ヌチガフウホテル』（インパクト出版会）二〇二三年／大城貞俊未発表作品集　第一巻　小説『遠い空』　第二巻『逆愛』　第三巻『私に似た人』　第四巻『にんげんだから』（インパクト出版会）二〇二三年

又吉栄喜をどう読むか
『土地の記憶に対峙する文学の力』

二〇二三年十一月十五日　第一刷発行

著者……大城貞俊
企画編集……なんよう文庫
〒九〇一－〇四〇五　八重瀬町後原三五七－九
Email:folkswind@yahoo.co.jp

発行人……川満昭広
発行……インパクト出版会
〒一一三－〇〇三三　東京都文京区本郷二－五－一一服部ビル二階
電話〇三－三八一八－七五七六　ファクシミリ〇三－三八一八－八六七六
Email:impact@jca.apc.org
郵便振替〇〇一一〇・九・八三一四八

装幀……宗利淳一
印刷……モリモト印刷株式会社